김영석 시의 깊이

김영석 시의 깊이

강희안 엮음

국학자료원

책머리에

이 책은 김영석 시에 관한 각종 연구의 글 중 배재대학교 현대문학회 편으로 발간된『김영석 시의 세계』이후 쓰여진 것들을 엮을 의도에서 기획되었다. 글의 성격에 따라 3개의 부와 1개의 부록을 포함하여 4부분으로 나누었다. 제1부 시인론과 작품론, 제2부 사설시론, 제3부는 서평을 위주로 실었다. 그러나 편집 배열상 다소 애매한 부분이 있어 각 부의 소제목은 따로 붙이지 않기로 했다.

제1부에서 강희안은 홍용희가 김영석 시에 대해 동양 화엄불교의 시각에서 생성의 무無라는 신성성의 문제를 다루었다면, 강희안은 서구 철학의 탈인간중심주의의 입장에서 심층생태학적 윤리 의식을 제시하였고, 이경철은 통시적 시점을 유지하여 시세계의 궤적을 추적하였으며, 최서림은 공시적 관점에서 5개의 핵심 테마를 근간으로 김영석 시의 새로운 특질을 밝혀내고 있다.

제2부에서는 김영석 시에 관한 논의 중에서 가장 미개지라 여겨지는 사설시에 관한 평문만을 따로 모았다. 안현심의 논문은 사설시와 관상시의 새로운 기법을 고찰하면서 그에 따른 의식의 양상을 탐색했고, 오홍진은 김영석의 사설시에 대해 "시대의 비극이 '새로운 시적 영역'을 낳는다"

라고 총체적으로 요약하고 있다면, 남기택은 사설시를 "근대적 시학의 공준을 근본적으로 재구하고자 하는 노력의 결과"라고 정리하고 있다.

　제3부는 김영석의 시선집『모든 구멍은 따뜻하다』와 제6시집『고양이가 다 보고 있다』라는 시집을 다룬 서평들이다. 전정구가 김영석의 시적 특질이 "주관/의식과 객관/대상이 동시 발생적이며 병립竝立－병생竝生의 관계"에 있다는 점에 주목한다면, 이덕주는 "현상에 존재하는 양변을 포월하는 불이不異와 불이不二"의 질서를 조명하고 있다.

　지금까지 김영석의 시에 대한 연구를 개관해 보면, 그가 우리 시사詩史에서 새롭게 사유하고 실험한 '사설시'와 '관상시'가 우리 시의 권역을 넓히는 데에 기여했다고 말하거나, 그의 시가 겨냥한 형이상의 세계는 마땅히 시사적 자리매김이 되어야 한다고 부언하는 이들이 적지 않다. 또 어떤 연구자는 김영석 시인은 주체를 지우면서 개아 너머의 근원적 세계를 겨누고 있다는 점에서 수많은 우리의 근현대 시인들 일반과 구별된다는 측면을 강조하기도 한다.

　이러한 평가들은 일찍이 김우창이 한국 현대시의 실패는 단적으로 불가시의 세계를 보려고 하는 형이상적 충동의 결여에 있다고 진단한 것에 대한 하나의 적극적 응답이라고 여겨진다. 엮은이는 다만 이런 점에 비추어 김영석의 시에 대한 본격적인 연구가 좀더 요청된다고 믿고 있으며, 어디까지나 이 작은 책이 거기에 조금이라도 보탬이 되기를 바랄 뿐이다.

이러구러한 이유로 책이 늦어져 필자 여러분들에게 송구스런 마음을 금할 길이 없다. 시인의 자료 하나라도 허투루 다루지 않기 위한 마지막 예의이자 배려라는 말로 위안을 삼는다. 끝으로 재수록을 허락해 준 필자들과 어려운 여건에서도 각별한 배려를 아끼지 않은 국학자료원 정구형 사장에게 감사의 말을 전한다.

2017년 2월
연자산 기슭 연구실에서
엮은이 강희안

차 례

제3부

부록

일러두기

* 모든 글의 말미에는 그 글의 서지 사항을 밝혀두었다. 단 서지 사항이 없는 두 편의 글은 이 책에 처음 수록되는 것이다.
* 이경철과 강희안의 글은 가독성을 위해 원텍스트와 동일하게 행갈이를 하였다.
* 부록에는 독자들의 이해를 돕기 위하여 김영석의 시론 몇 편을 덧붙였다.

제1부

김영석, 서정에 대한 고정관념에 도전하다

| 최서림

1. 새로운 서정시를 시도하다

김영석의 서정시는 기존의 어떤 시론으로도 설명이 어려울 정도로 새롭다. 기존의 시론으로 쉽게 해석이 되는 시는 사실상 별로 중요하지 않다고 볼 수 있다. 문학사에서 의미 있는 시는 기존의 시론으로서는 해석이 안 되는 것이어야 한다. 기존의 시론을 부정해버리고 스스로 새로운 시론을 낳는 것이어야 한다.

그런데 많은 사람들, 아니 대부분의 사람들이 서정시에 대해 편견을 가지고 있다. 서정시는 고정된 실체라는 고정관념을 지니고 있다. 아무리 세월이 흘러도 변하지 않는 보편적 실체로 존재한다는 고정관념을 도그마처럼 지니고 있다. 이런 고정관념은 리얼리스트나 모더니스트만 가지고 있지 않고 서정시인이나 시론가들도 가지고 있다는 데 문제의 심각성이 있다.

서정시는 시대에 따라, 장소에 따라 끊임없이 변화해 왔다. 사람들이 살아가는 방식, 곧 문화의 양식에 따라 다양하게 변화해 왔다. 서양과 동양의 서정시가 다르고, 고대가요와 신라 향가가 다르다. 고려속요와 시조가 다르다. 문화권에 따라 자기들이 맞닥뜨린 삶의 문제를 해결하고자 하는 방식, 꿈을 꾸는 방식에 따라 다양하게 전개되어 온 것이다. 그걸 무시하고 서정시는 초시대적 보편성을 지니고 있다고 단순하게 연역적으로 해석해버리는 것은 지적으로 태만하다 할 수 있을 것이다.

등단한 지 이십여 년 만에 비장의 무기처럼 선보인 첫 시집『썩지 않는 슬픔』은 전통적인 자연물을 소재로 다루고 있으나 전통적인 자연서정시와는 사뭇 다르다. 모두에 실려 있는 작품「종소리」는 자연물인 흙을 소재로 했지만, 목가적인 삶의 행복을 이야기하는 전원시도 아니고, 산수자연의 이치를 궁구하는 산수시도 아니다. 그리고 자연물의 생명력을 완상하는 영물시도 아니다.

> 흙은 소리가 없어 울지 못한다
> 제 자식들의 덧없는 주검을
> 가슴에 묻어두고 삭일 뿐
> 소리를 낼 수가 없구나
> 그러나 흙은
> 제 몸을 떼어 빚은 사람을 시켜
> 살아있는 동안
> 하늘에 종을 걸고 치게 한다
> 소리 없는 가슴들
> 흙덩이가 온몸으로 부서지는
> 소리를 낸다.
>
> ─「종소리」전문

이 작품에서 보듯이, 소재나 대상이 산수자연이 아니라 흙으로 나타난다는 점에서 새롭다. 산수자연은 이치를 궁구하는 대상이지만, 흙은 존재론적인 대상이다. 산수자연을 구성하는 근본물질이라는 점에서 보면 흙은 훨씬 더 근원적인 데가 있다. 사람을 비롯한 우주만물의 기본 구성 물질이지만, 흙은 그 자체로 울 수가 없다. 그 속에 울음소리를 간직하고 있지 않기 때문이다. 흙은 스스로는 울 수가 없어서 사람을 통해서 운다. 자기 몸을 떼어 낸, 자기 몸의 일부인 인간을 통해서만 울 수 있는 게 흙의 운명이다.

이렇게 보면 김영석의 시에서 인간은 매우 주체적이다. 우주에서 차지하는 위상이 매우 높다할 수 있다. 도가 인간을 크게 하는 것이 아니라, 인간이 도를 크게 하는 것이라고 공자가 말했다. 천지가 서로 도와 인간을 만들었지만, 인간이 없으면 하늘도 땅도 없다고 정자가 말했다. 김영석에게도 하늘에다 종을 걸고 치는 것은 인간이다. 소리 없는 가슴을 안고 온몸이 부서지도록 종을 쳐서 만물을 일깨워주는 인간은 역사의 주인이 될 자격을 갖추고 있다. 그렇게 온몸으로 역사에 부딪히다가 덧없는 주검으로 흙 속에 묻힐 운명이기 때문에 더더욱 그럴 자격이 주어지는 것이다.

이처럼 김영석의 시는 자연을 다루고 있으면서도 산수자연 같은 이치를 따지는 대상이 아니라, 흙과 같이 보다 근본적인 대상을 소재로 하고 있음을 알 수 있다. 이것은 종래의 심성수양을 위한 자연도 아니고, 안빈낙도를 위한 자연도 아니다. 인간을 포함한 모든 우주만물들을 존재론적이면서도 사회역사적, 정치적 관점에서 보고 있는 형국이다. 이렇게 사회역사적 시학과 존재론적 시학을 합해놓은 작품은 우리나라에서 보기 드물다 할 수 있겠다. 1960년대 조지훈이 시론에서는 서정성과 역사성, 사회성을 통합해야 한다고 주장했지만, 실제 창작에서는 이렇다 할 성과를 내어놓지 못했다. 서정성에다 사회역사성, 정치성을 결합시켰다는 점에서 김영석의 서정시는 매우 새롭다 할 수 있을 것이다.

2. 서정은 '세계의 자아화'란 공식에 의문을 제기하다

1920년을 전후하여 이 땅에 본격적으로 이입된 낭만주의 미학으로 인해 우리 문단이나 학계에는 서정시가 지극히 주관적이고 사적인 장르라는 고정관념이 형성되어 널리 퍼져 있다. 유럽에서도 주관적이고 사적인 장르로서의 서정 개념은 18세기 낭만주의 시대에 형성된 것이다. 그 전에는 객관적이고 보편적인 미학에 근거를 둔 고전주의 시학이 대세를 이루고 있었다. 특히 이 땅에서 주관적인 낭만주의 시학이 오래 동안 영향을 미친 것은 따로 연구해 볼 만한 일이다.

서정시를 주관적 장르로 몰아간 주된 세력으로 독일문예학자들을 들 수 있다. 부르주아적인 근대 주체를 중심으로 한 세계의 총체적 통합이 미학적 근거가 되고 있는데, 그 학문적 완성은 헤겔에 의해 이루어진다. 이 헤겔 미학을 이어받은 자이들러는 서정시에서의 미학적 통합 방식을 '자아에 의해 포획된 세계'라는 명제로 재정립한다. 이 자이들러의 영향을 받아서 조동일이 '세계의 자아화'란 용어를 만들어 낸다. 그리고 김준오가 동일성이란 용어를 사용해서 서정시 일반을 설명하려고 했다. 그러나 김준오가 사용하고 있는 이 동일성이라는 용어에도 주체중심적 뉘앙스가 들어있다. 즉 세계의 자아화라는 관념에서 벗어나지 못하고 있다.

> 갈대는 바람에 흔들리면서
> 제 얼굴 맨살을
> 두 손으로 가리지도 못하고
> 울고 서 있다.
> 그러나 사람은
> 끝없이 생각에 흔들리면서,
> 흐르는 물 위에 글씨를 쓰듯

무수한 가면 위에
제 이름을 쓰고 운다

갈대가 흔들리는 사이
강물은 제 몸으로 길을 내며
스스로 길이 되어 흐르고
새는 작은 가슴 날개로
넓은 하늘 푸른 빛살이 된다
그러나 사람은
뜻으로 길을 내어
아직 닿지 못한 길 위를
홀로 떠도는 나그네로 남는다.

―「갈대」 전문

위의 작품에서 갈대, 강물 등 자연물은 인간을 중심으로 동화되어 있지 않다. 즉 주체 중심적으로 동일화되어 있지 않다. 시적 주체는 자연대상과 일정한 거리를 유지한 채 '관찰'을 하고 있다. 따라서 여기에서는 '세계의 자아화' 같은 동일화가 일어날 수 없다. 시적 화자에 의해 관찰된 사물들은 시적 주체와 대등한 입장에서 만나고 있다. 이것이 바로 시인 김영석이 꿈꾸는 '서정적 만남'의 진정한 모습인 것이다.

제1연에서 자연인 갈대는 가식 없이 있는 그대로 자신의 울고 있는 모습을 보여준다. 그에 비해 사람은 끝없이 생각에 흔들리면서 흐르는 물 위에다 글씨를 쓰듯 변화무쌍하게 변해가는 가면을 쓰고서 울고 있다. 자연과 인간 사이에 근원적인 괴리가 생긴 것이다.

제2연에서는 강물과 새라는 자연물이 나온다. 강물은 제 몸으로 길을 내며 스스로 길이 되어 흐른다. 저절로 그러하다는 동양적 자연관이 보인다. 새도 작은 가슴 날개로 넓은 하늘 푸른 빛살이 된다. 이 시에서 자연

만물은 원래 그것들이 생겨나면서 품수한 생명의 이치대로 움직인다는 것을 볼 수 있다. 그런데 인간만은 그렇지 못하다. 인간과 자연 사이의 이러한 괴리는 비동일성의 미학을 보여준다. 그러나 그 인간이 뜻으로 길을 내어 낙원을 향해 나그네로 떠도는 모습을 묘사함으로써 이 작품은 궁극적으로 동일성의 세계를 지향하고 있음을 볼 수 있다.

이 작품은 겉으로는 인간과 자연간의 비동일성을 보이고 있으나 속으로는 동일성의 꿈을 내장하고 있다. 이처럼 이면으로는 동일성을 지향하되 표면으로는 비동일성을 내세우는 것이 이 시대 새로운 서정의 특징이다. 동일성과 비동일성 간의 역동적 통합 속에 새로운 서정이 긴장감과 진정성을 확보하는 것이다. 이런 점에서 김영석의 서정시는 새롭게 조명되어야 할 가치가 있는 것이다.

김영석의 서정시에 나타나는 동일성에는 주체 중심적 뉘앙스가 들어 있지 않다.[1] 인간을 포함한 우주만물이 서로 대등한 입장에서 민주적으로, 제유적으로 상호주체적으로 만나고 있다는 점에서 김준오의 동일성과는 분명히 다르다. 김준오는 전통서정시를 설명하기 위해 동일성이란 용어를 가져왔지, 새로운 서정시를 설명하기 위해 가져온 것은 아니었다. 김영석의 새로운 서정시는 비동일성을 통과한 동일성을 이야기한다. 현실에서의 비동일성을 전제로 한 동일성을 이야기한다는 점에서 전통적 서정시와는 다른 측면을 확보하고 있다.[2]

그리고 위의 작품에서는 시적 화자가 자연의 역사와 인간의 역사를 통합하고자 하는 시도를 하고 있음을 알 수 있다. 대자연의 흐름 속에서 명멸하는 인간 역사의 상흔을 노래한 신석정의 후기시 일부와도 맥이 닿아

---

1) 김영석에게는 동일성이란 용어보다 '시적 만남'이란 용어가 더 적절할 것으로 보인다. 그러나 여기서는 논의의 편의를 위해 그냥 동일성이란 용어를 쓰기로 한다.
2) 김준오는 비동일성이란 개념을 해체시(반서정시)를 설명하기 위해서만 사용하고 있는 면이 있다.

있음을 볼 수 있다. 이 점은 앞에 인용한 시 「종소리」에서도 확인이 된다. 시적 주체는 인간의 역사를 보듬어 안고 도도히 흘러가는 자연의 역사를 말하고 싶은 것이다. 자연이 지닌 화해의 정신과 인간세계가 지닌 갈등과 분열의식을 하나의 틀 안에서 엮어내고자 하는 데서 시적 긴장감과 밀도를 높이고 있다할 것이다.

이처럼 동일성과 비동일성을 변증법적으로 통합하고자 시도하는 김영석의 역동적인 서정시에는 단순히 세계의 자아화란 공식으로는 설명할 수 없는 새로운 면모들이 나타난다. 문학이론이란 것은 항상 실제 창작을 뒤좇아 가는 것이다. 미네르바의 부엉이는 황혼이 되어서야 비로소 날기 시작하는 것이 아니던가. 지나간 이론으로 새로운 문학 현상을 설명하는 게 문학연구이고 보면 아이러니한 점이 느껴진다.

3. 서정엔 비판정신이 결여되어 있다는 생각을 흔들다

1930년대 초 이래 이 땅의 리얼리스트들이나 모더니스트들은 한결같이 서정에는 비판정신과 부정정신이 들어가 있지 않다는 비판을 해오고 있다. 사실 이것은 문단에서 헤게모니를 잡기 위한 협공이었다. 그들은 전략적 무지와 전술적 무시로 서정시를 잠재우려 했다고 봐야 할 것이다.

서정시에는 유토피아적 비전이 들어가 있다. 암담한 현실에서 서정적 비전을 제시하는 것만으로도 당대의 현실을 비판하고 부정하는 역할을 수행하는 것이다. 서사양식과 달리 서정양식은 시적 비전만을 제시해도 용납이 된다. 서정양식 또한 미메시스에 기초하고 있다. 미메시스란 우리가 모방하고 도달하고 싶어 하는 보다 나은 세계를 미리 제시하는 것이다. 김영석에게 있어서 서정적 비전은 두 가지 갈래로 나타난다. 하나는 개인적인 구원이고, 다른 하나는 공동체적인 구원이다. 전자가 정신주의적인 것이라면, 후자는 생태 내지 생명적인 것이다. 먼저 정신주의적인 구원을 제시한 시를 보자.

> 내 마음에는
> 아무도 모르는 극지가 있다.
>
> 극지에 이를수록 살아나는 모든 것들은
> 한껏 키를 낮추고
> 숨소리도 죽이고
> 작아질 대로 작아져서
> 마침내 푸른 하늘만 드넓다.
>
> 내 마음에는
> 바람도 흔들지 못하는
> 극지의 고요가 살고 있다.
>
> ―「극지」 전문

이 작품에서 시적 화자가 모방하고 싶어 하는 극지는 정신적 구원의 처소이다. 정신적인 수련을 극한까지 밀고 나아갈 때 도달할 수 있는 마음의 경지다. 이 극지는 '나' 외엔 아무도 모르는 곳이어서 매우 사적인 공간이다. 비록 사적이지만 유토피아적 공간이다. 그 극지에 이르면 모든 것들은 살아난다. 그리고 작아지고 낮아져서 겸손해진다. 숨소리도 죽일 만큼 자기주장을 내세우지 않는다. '나'는 작아지고 하늘(우주자연)만 확대된다. 김영석이 추구하는 정신적 유토피아의 세계는 이처럼 주체가 모래알처럼 작아질 때 확보된다. 주체가 극한까지 작아지면 하늘(우주자연)은 극한까지 확대된다. 그런데 역설적으로 이 극한까지 확대된 하늘에 의해,

극한까지 축소된 주체가 다시 극한까지 확대된다. 바로이때 정신적인 구원이 이루어진다. 이렇게 극한까지 확대된 주체 속에서 모든 것은 살아나고, 주체를 닮아 작고 겸손해진다. 이때 주체와 우주만물이 동시에 구원을 받는다. 지극히 사적인 차원에서 시작된 구원이 보편적인 것으로 확대되는 순간이다. 정신적 구원은 이렇게 순간적인 것이다. 아니 순간을 통해 영원에 이르는 것이다.

그런데 이런 정신주의적인 구원은 관념적인 차원에만 머무르지 않는다. 이런 정신주의적인 구원은 세속 자본주의적인 삶의 방식에 대한 비판으로 이어진다. 시적 주체의 마음속에는 '바람'도 흔들지 못하는 극지의 고요가 살고 있다. 즉 외부 현실이 방해할 수 없는 드높은 곳에 주체의 마음이 자리 잡고 있다. 이 숭고의 정신은 자본주의 현실에 대한 부정정신으로 이어진다. 이처럼 정신주의적인 시학에도 사회학적인 측면이 결합되어 있는 것이다. 정지용에서부터 내려오는 정신적 염결성이 이 시로 이어지고 있다고 봐야할 것이다. 일제강점기 말 서정시인들은 정신적인 염결성으로 파시즘 현실과 대결할 수 있었던 것이다. 이 반자본주의적인 염결성은 자연스레 공동체적인 구원으로 연결되는 것이다.

> 개개비는 다 어디로 갔나
> 마른 강가 갈숲에
> 빈 둥지만 바람에 맡겨둔 채
> 개개비는 다 어디로 갔나
> 우리들이 제 가슴 깊은 속을
> 한 번도 돌아보지 않는 동안
> 마른 강바닥은 자갈만 드러나고
> 흰 목에 푸른 물길 굽이굽이 감은 채
> 그 작은 새들은 다 어디로 갔나
> —「개개비는 다 어디로 갔나」 일부

개개비라는 작고 예쁜 새가 빈 둥지만 남기고서 다 떠나버렸다는 이유로 생태적인 공동체에 훼손이 찾아왔다. 그런데 특이한 것은 시적 화자가 생태공동체에 초래된 훼손이 환경파괴 때문이 아니라, '우리들'이 제 가슴 깊은 속을 한 번도 돌아보지 않았기 때문이라는 것이다. 우리 각자가 자기 마음을 제대로 관리하지 못해서 생태공동체에 손상이 초래된 것이라 보고 있다. 그런데 여기서 '우리들'이 제 가슴 깊은 속을 한 번도 제대로 돌아보지 않은 것은 정신적 염결성을 상실해버렸기 때문이라고 해석할 수도 있다. 그리고 정신적 염결성을 상실해버린 것은 결국 자본주의적인 물신성 때문이라 해석할 수도 있다. 이렇게 정신주의적인 해석 방법이 사회학적 해석 방법과 연결됨을 볼 수 있다. 이것이 바로 김영석 서정시가 지니고 있는 현실비판 정신이다. 훼손된 세계에다 질문을 던지는 것만으로도 이상세계에의 염원을 간접적으로 드러낸다고 볼 수 있다.

김영석의 작품 속에 나타난 이러한 반자본주의적 비판정신을 통해서 우리는 서정시가 단순하게 체제 옹호적이지만은 않음을 알 수 있다. 우리는 거기서 잘못된 현실을 개혁코자 하는 의지도 읽어낼 수 있다. 다만 그 개혁방법이 관념적인 것을 제1원칙으로 하고 있다는 것이 현실주의자들과는 다른 점이다. 자신의 마음을 바로잡음으로써 세상을 변혁시키고 구원할 수 있다는 믿음이 전제되어 있다. 이 믿음을 토대로 그의 서정시는 도덕적이면서 관념적인 진보를 꾀할 수 있는 것이다. 그런 점에서 본다면 그의 미학적 태도는 온건한 보수의 정치성을 띤다고 볼 수 있다.

4. 서정시는 '순수하다'는 선입견에다 질문을 던지다

우리를 불편하게 하는 모든 시는 정치적이다. 기존의 질서를 부정하고 새로운 질서를 꿈꾼다는 의미에서 정치적이다. 정치란 기존의 지배질서를 그대로 유지하는 것이 아니라, 새로운 질서를 위해 사물들을 재배치하는 것이다. 기존의 지배질서를 그대로 유지하는 것은 정치가 아니라 통치나 치안에 지나지 않는 것이다. 사물들 간 새로운 질서를 도모하는 시는 그래서 정치적일 수밖에 없다. 태초의 근원적인 질서를 회복하고자 하는, 소위 역진보의 진보를 꿈꾸는 온건보수주의자들의 미학도 정치적으로 불순해 보일 수밖에 없다. 그래서 사물들의 질서를 바로잡으려고 천하를 주유했지만 공자는 어디에도 발을 붙이지 못한다.

詩는 말로 지은 집이다. 한 개인이나 공동체가 들어가 행복하게 살 수 있는 집을 설계하고 미리 제시하는 것이 시가 지닌 목표의 하나이다. 그런 미메시스적인 꿈을 지니고 있다는 점에서 진정한 서정시 역시 기성권력으로부터 경계와 배척의 대상이 된다. 오늘날 제대로 된 서정시마저 외면 받는 것은 바로 우리를 불편하게 만드는 미메시스적인 꿈 때문일 것이다. 현실에 만족한 자들에게 꿈꾸기란 불온하고 불순한 것이다. 그런 점에서 김영석의 '순수'서정시는 정치적이다. 결코 '순수'하지 않다. 문학이 정치성을 배제하고 '순수'해야 한다고 강변하는 자들이야말로 비순수하다. 그들에겐 치안을 유지하는 게 정치다. 그것은 진정한 의미에서의 정치가 아니다. 순수를 외치는 자가 외려 비순수하고, 비순수를 표방한 자가 순수해지는 형국이다.

시는 비공식적인 역사이다. 공식적인 역사가 현실에서 승리한 자들의 삶을 기록한 것이라면, 시는 패배한 자들의 삶을 기록한 것이다. 역사에서 소외되고 버려지고 잊힌 자들의 이름을 불러내서 그들의 작은 역사들을 복원해 주는 행위이다. 이 시대의 시는 명명보다 호명행위에 더 많이 의존하고 있다. 역사의 어두운 지층에 깔려 침묵하고 있는 작은 중얼거림을 불러내어 그들로 하여금 소리 내어 말할 수 있게 하는 것이다. 박탈된 권리를 되찾게 해주는 것이다.

김영석의 시는 순수하다. 순수해서 순수하지 못하다. 그의 순수한 정신 세계는 타락한 현실세계에 대한 부정정신에서 출발한다. 그의 시가 진짜로 순수할 수 있는 것은 그가 길 밖에 존재하고 있기 때문이다. 공식적인 역사의 길 밖에서 길 안의 삶을 비판적으로 바라본다. 제도 밖에서 제도 안을 감시하는 마음으로 자신을 성찰하고 있다. 그는 망명자이다. 이곳에 살면서도 이곳에 속하지 못하는 자이다. 그는 현실이라는 세계를 둘러치고 있는 울타리 안과 밖에 동시에 존재하고 있다. 그는 비판정신을 유지하기 위해 스스로를 공식적인 역사 밖에다 위치시키고 있다.

> 초겨울 해거름
> 뒤꼍에 걸어둔 시래기를 삶는다
> 시래기를 삶는 냄새에서는
> 외양간 옆 쇠죽가마에서 끓이는
> 모락모락 하얀 김이
> 쇠여물 냄새가 난다
>
> ―「시래기」 일부

> 저 뒤안길 대숲에는
> 우리가 돌아보지 않고 잊어버린
> 그림자가 바람과 함께 쓸쓸히 살고 있다
> 달빛이 새어드는 대숲에는
> 스산한 댓잎 바람에 옷깃을 펄럭이는
> 우리의 그림자들이 기다리고 있다
> 언젠가는 꼭 한번 만나야 할
> 그림자들이 댓잎 바람에 부셔지며
> 기억 속에 서성이고 있다.
>
> ―「대숲」 전문

「시래기」라는 작품 속의 시적 자아는 매우 소박한 삶을 살고 있다. 시골에서 즉, 역사 밖에서 여물이나 끊이고 시래기나 삶으며 살아간다. 자기 스스로를 길 밖의 존재로 위치시키며 길 안의 화려한 삶을 간접적으로 에둘러 비판하고 있다. 이렇게 소박하고 순수한 자신의 삶을 전면에 내세우는 것 역시 또 다른 호명의 한 방식이다. 자신과 같이 보잘 것 없으나 소박하고 진실한 삶을 살아가는 사람들을 역사의 지층에서 불러내어 작은 역사의 주체로 복원시켜주는 방법이다. 시는 이렇게 잊혀지고 덮여진 존재들이 스스로의 입으로 말을 할 수 있는 권리를 되찾아주는 것이다.

「대숲」에서는 그렇게 가려지고 잊힌 이름들이 그림자들이라는 상징적 존재로 나타난다고 볼 수 있다. 그 그림자는 바로 우리의 실제 모습, 본질적 모습이다. 대숲이라는 공식적 역사의 그늘에 가려져 보이지 않는 이름들이다. 우리는 그 이름들을 기억이라는 어두운 역사의 지층으로부터 불러내주어야 한다. 이때의 호명은 초혼행위와 유사하다. 역사 속에서 죽고 사라진 이름을 불러낸다는 것은 다시 살려내고자 혼신을 다하는 초혼 행위에 다름 아닌 것이다. 호명행위가 초혼행위로 전이되는 순간 그것은 위험한 것이 된다. 그것은 산 자들의 질서를 파괴할 수 있을 정도로 래디컬 해진다. 그래서 호명행위는 급진적인 정치성으로 이어질 수도 있다. 그런데 김영석의 호명 행위는 자기 자신을 향하고 있다는 데 특징이 있다. 그리하여 정치적 급진성으로까지는 나아가지 않고 적절한 선에서 멈출 줄 안다.

5. 서정에는 미래가 없다는 생각을 반박하다

2000년대 들어와 서정시에 대한 해체주의자들의 공격은 가히 융단폭격이었다. 그러다 보니 멀쩡히 서정시를 잘 쓰던(?) 시인들조차 해체시 또는 미래파시 쪽으로 돌아서기도 했다. 그 중에 대부분은 시를 기술이나 기교쯤으로 이해하는 시인들이었다. 해체시나 미래파시는 비평적 지원을 집중적으로 받는 반면, 서정시는 비평적으로 완전히 소외되어 있었다. 대학원에서 공부하는 비평도구들로는 '새로운 서정시'들을 비평할 수 없었기 때문이다. 이 비평적 지원의 공백 상태에서 서정시 쓰는 시인들은 침묵하거나 의기소침하거나 해체시로 선회하기도 했다. 이때 서정시에는 미래가 없다는 사망선고가 내려지곤 했다

그리고 무엇보다 고도로 발달된 자본주의 현실에서 서정시는 무기력하다는 비판이 사망선고의 한 원인일 것이다. 과연 자본주의 사회에서 서정시는 할 일이 없는가? 그렇게도 무기력한가? 무기력하기로 치면 해체시도 민중시도 마찬가지 아닌가? 문학이 꿈꾸는 변혁은 아주 조그만 것이다. 반딧불같이 아주 작은 것들이 무수히 모여서 결국에는 큰 변화를 이루어 내는 것이다. 집단적인 행동이 가능하지 않은 시대, 직접적인 정치 행동도 별 효용이 없는 시대, 말로써 싸우는 글쓰기야말로 근본적인 변혁을 불러일으킬 수 있다. 정치적 싸움보다 문화적인 싸움이 보다 더 근본적인 것이다.

신자유주의의 벽에다 사랑의 말 폭탄을 던지는 서정시인은 이 시대의 문화적 레지스탕스다. 불가능한 해방을 위하여 불가능한 싸움에 도전하는 것이 서정시인이다. 새로운 공동체적 연대를 꿈꾸는 자이다. 거짓질서를 부정하는 데 그치지 않고 새로운 질서를 구축하는 현실적인 대안을 모색하는 자이다.

타락한 시대에 타락한 방법으로 저항하는 것이 아니라, 사랑을 바탕으로 하는 고상한 싸움을 하는 것이다. 세상에 사랑만큼 힘든 것이 어디 있겠는가. 이런 이유로 진정한 서정시만큼 도달하기 어려운 건 없다고 본다. 서정시는 결코 아무나 쓸 수 있는 시시한 것이 아니다. 아무나 함부로

덤빌만한 게 아니다. 사실 오늘날 대부분의 모더니스트들은 진정한 사랑으로부터 도피하고 있지 않은가.

이 시대에도 진정한 사랑을 꿈꾸는, 바람직한 만남을 토대로 한 공동체를 꿈꾸는 서정시에다 모든 것을 건다는 것은 무모한 도전으로 보인다. 그러나 세상에 무모한 도전 없이 가능해지는 예술이 어디 있겠는가. 사랑이 불가능하고 서정이 불가능하니까 거기에다 도전장을 내미는 것이다. 가능하다고 모두 다 우우 몰려가는 데로 따라가는 자들은 진정한 시인으로 보기 힘들다. 다들 서정이 불가능하다고 다른 쪽으로 도피해가는 상황에서 서정시를 고수하고, 서정시의 새로운 길을 모색하고 있는 시인 중에 하나가 바로 김영석이다.

　　이것은 수많은 얼굴들의 무덤이다

　　무덤 위로 날아가는 한 마리 흰나비
　　흰나비 날갯짓 사이로 지는
　　보라 보라 연보라빛 오동꽃.

　　　　　　　　　　　　　　　　　－「청동거울」 전문

청동거울은 유구한 시간 속에서 유한한 사물로서 존재한다. 그러나 인간들에 비해서는 상대적으로 유한성에서 어느 정도 벗어나 있다. 그 청동거울 안에 무수한 사람들의 얼굴이 내장되어 있다. 그 사람들은 죽고 없으나 청동거울은 지금도 여기에 존재하고 있다. 그 자신 역사적인 산물이면서 청동거울은 무수한 인간의 역사를 기억하고 있는 사물인 셈이다. 그런 의미에서 청동거울은 무덤이 된다.

무덤은 사람이 만든 역사적 사물이다. 이 역사적 사물인 무덤 위로 자유로운 영혼을 상징하는 흰나비가 날고 있다. 이 나비는 '역사적 공간'(인

간세계)과 '초역사적 공간'(자연세계) 사이를 자유자재로 날아다는 존재
이다. 그 나비의 날갯짓 사이로 '영원한' 자연세계가 오동나무 꽃 연보랏
빛으로 그 환상적인 모습을 드러내고 있다. 동양사상에서는 자연을 영원
한 존재로 보고 있다. 그 영원한 존재인 자연은 자신의 비밀을 신비롭게
현시하는 데, 그걸 포착하는 순간 시가 탄생한다는 것이다.

　위의 작품은 역사적 인간적 차원과 초역사적 자연적 차원을 신비롭게
환상적으로 결합하고 있다. 그래서 시적 긴장감이 고도로 농축되어 있다.
이 시대 새로운 서정이 나아갈 길은 전통적 서정이 지녔던 초역사적 자연
의 세계와 인간의 사회역사적 세계를 통합하는 데 있다. 앞에서 말했듯이
서정성과 역사성의 결합, 동일성과 비동일성의 결합, 서정적 비전과 서사
적 갈등의 결합 속에 새로운 길이 열리는 것이다. 물론 여기서의 동일성
은 은유적인 것이 아니라, 제유적인 것이다.

　　　풀밭에서 혼자 놀던 아이가
　　　알록달록한 종다리를 잡더니
　　　그 작은 새의 가슴에서
　　　흰 구름을 뭉게뭉게 꺼내어
　　　푸른 하늘로 연신 날려 보낸다
　　　그리고는 이윽고
　　　종다리도 구름 따라 날려 보내고
　　　풀잎 속으로 들어간다
　　　머리칼도 안 보이게
　　　풀잎 속에 숨는다

　　　아이들은 그렇게
　　　파란 풀잎 속에 숨어 있다.
　　　　　　　　　　　　　　－「풀잎」 전문

위의 시에서 아이와 풀잎은 하나로 동화되어 있다. 아이 중심으로 동화가 되어있지도 않고 풀잎 중심으로 동화가 되어있지도 않다. 아이와 풀잎은 상호주체적으로 대등하게 만나고 있다. 즉 제유적으로 동일화가 이루어지고 있다. 이 제유적 상상력은 이 시대 서정의 새로운 길을 여는 데 일정 정도 도움이 될 것이다. 김영석은 철저한 제유주의자다. "아이들은 그렇게 파란 풀잎 속에 숨어있다"라는 구절에서 인간도 결국은 대자연의 일부라는 사상을 내비치고 있다. 그의 제유적 상상력은 당연히 동양사상을 두루 섭렵한 데서 나온 것이다. 그런데 이 제유적 상상력이 현실과의 긴장관계를 확보하지 못하면 문학성이 떨어질 위험이 있다. 그 문제를 아래의 작품에서처럼 또 한 번 역사적 차원과 초역사적 차원 간의 통합을 통해서 해결해나가고 있다.

거름처럼 고요한 것은 없으리
육장 시끌시끌한 세상은
저 거름이 내뿜는 거품 꽃이리.

— 「거름」 전문

육장 시끌시끌한 인간 세상이 바로 거름이 내뿜는 거품 꽃에 지나지 않는다는 것을 말하고 있다. 그 거름 또한 대자연 안에서 분해되고 있는 성질의 것이니, 인간세상의 유한함이 자연의 영원함에 포옥 안겨있다는 것을 이중적으로 드러내고 있는 셈이다. 역사적 차원인 인간 세상의 유한성과 초역사적 차원인 자연의 무한성을 결합시킨다는 것은 말처럼 쉽지가 않다. 인간의 유한성을 감싸 안고 초월하는 자연의 무한성을 노래하는 것은 이 시대 자본주의 문화의 찰나성을 비판하는 것이 된다. 자본에 의해 모든 단단한 것들이 공기 중으로 휘발되어버리는 시대 영원한 것이야말로 중심이 될 수 있기 때문이다. 중심을 부정해버리면 동일성이 불가능해지고 정체성을 확보할 수 없게 된다. 김영석의 서정시에 있어서 중심은 바로 영원한 자연이다. 이 자연을 중심으로 만물이 유기적 질서를 이루고 있는 것이다. 자본에 의해 파괴되고 훼손된 사물들이 이 영원한 자연이란 중심으로 돌아올 때 원래의 상태를 회복할 수 있는 것이다.[3] 그리고 「종소리」에서 보았듯이, 인간 역시 그러한 자연의 일부로 보고 있다. 따라서 전통 동양시학에서는 주체중심의 동일화, 세계의 자아화가 일어날 수 없는 것이다.

그러면 어떻게 하여 자연을 중심으로 하여 만물이 유기적으로 만나고 있는가가 문제의 핵심인데, 그것은 우주 자연이 지니고 있는 사랑으로 설명될 수 있을 것이다. 유가들은 우주의 본질을 仁이라 한다. 이 仁은 생명적 존재인 우주 속의 만물이 서로서로 사랑하는 방식이다. 그걸 유가들은 감응이라 한다. 사물들 사이의 생명적 교감 속에서 사랑을 찾는 것이다. 우주자연은 사랑을 매우 성실하게 수행해나간다고 본다. 그래서 우주 자연의 본질을 誠이라고도 부른다. 이렇게 우주자연이 본질적으로 지니고 있고 성실하게 실천하고 있는 사랑이 바로 사물들 간 제유적 만남, 유기적 만남을 가능케 하는 것이다. 이처럼 김영석 서정시의 추동력은 대자연이 지니고 있는 사랑에서 나온다고 볼 수 있다. 오늘날같이 해체되고 분열된 현실에서 사물들 간 통합을 위한 사랑의 힘을 자연에서 가져오고 있는 것이다. 왜냐하면 인간 세상의 시끌시끌한 분요도 대자연이 지니고 있는 사랑의 품 안에서 이루어지고 있기 때문이다. 이것은 사물과 사물 간의 대등한 만남, 곧 제유적인 공동체를 향한 소망이 대자연이 베풀어주는 사랑 안에서 실현될 수 있다는 사상이다.

다시 한 번 말하자면, 모든 사물들을 해체시키고 있는 자본의 막강한

---

3) 이 자연의 영원성은 무한성을 말하는 것이지, 불변성을 이야기하는 것은 아니다. 역(易)에서는 변역(變易) 가운데 불역(不易)이 있음을 말하고 있다.

힘과 인간의 이기심과 싸워 이기기 위해서는 엄청난 사랑이 필요한데, 김영석은 그 사랑의 힘을 무한한 자연에서 가져오고자 하는 것이다. 동양사상을 받아들이는 사람들에게 있어서 자연은 신적인 존재와도 같기 때문이다. 이 시대 신적 존재 없이, 신적 존재로부터 오는 사랑의 힘이 없이 어찌 저 막강한 자본과 싸워서 이길 수 있겠는가.

결국은 자본과 사랑 간의 싸움이다. 다시 한 번 벤야민을 읽고 싶어지는 때이다. 사랑의 말 폭탄을 던지는 레지스탕스로서의 시인만이 진정한 서정의 길을 열어갈 수 있을 것이다. 지난 80년대에는 길거리에서 눈에 보이는 야만과 화염병으로 싸웠다면, 이제는 보이지 않는 야만과 말로써 싸워야 한다. 자본과 사랑의 싸움도 알고 보면 말과 말의 싸움 아래 놓여 있다. 말을 거머쥔 자가 미래도 세상도 지배하는 것이다. 자본의 논리를 대변하는 말과 싸워 이길 수 있는 말은 신학적인 도움 없이는 불가능하기 때문이다.

횔덜린의 말대로 신이 떠나버린 시대, 이 암담하고 궁핍한 시대 그런 시인이 몇 명, 아니 한 명만 있어도 미래는 덜 어두울 것이다. 그런 반딧불 같은 존재들에 의해 역사는 조금씩 아주 조금씩 바뀌며 나아가는 것이다. 아직은 서정에 미래가 없다고 속단하지 말아야 할 이유가 여기에 있다. 모든 변화와 발전은 인간의 말이 지닌 힘에 의존하고 있는 것이다. 사람들 사이의 참된 연대는 '회복된 말'로 이루어지기 때문이다. 언어에 의한 공동체가 이미지에 의한 공동체보다 현실적인 대안이 될 수 있는 이유가 여기에 있다 할 것이다.

(시와미학, 2015, 봄호)

서정과 형이상학적 교감을 위한 길 없는 길

"길은 없다/그래서/꽃은 길 위에서 피지 않고/참된 나그네는/
저물녘 길을 묻지 않는다." ―「길」 전문

1. 시류(時流)가 아니라 시의 시성, 본질을 울리는 시

흙은 소리가 없어 울지 못한다
제 자식들의 덧없는 주검을
가슴에 묻어두고 삭일 뿐
소리를 낼 수가 없다
그러나 흙은
제 몸을 떼어 빚은 사람을 시켜
살아있는 동안
하늘에 종을 걸고 치게 한다
소리 없는 가슴들
흙덩이가 온몸으로 부서지는
소리를 낸다.

― 「종소리」 전문

32 │ 김영석 시의 깊이

김영석 시인이 1992년 펴낸 첫 시집 『썩지 않는 슬픔』 맨 앞에 올린 시이다. 이 시를 읽는 순간 가슴이 쿵하고 울렸다. 큰 쇠북종 맥놀이처럼 웅웅 울려오는데 대체 뭔 소린지 맥이 잡히지 않았다. 그럼에도 온몸으로 부서지며 울어야 하는 시와 시인의 운명, 숙명 같은 것이 느껴져 그 맥놀이와 함께 온몸으로 찌르르 전율할 수밖에 없었다.

시인이 직접 권두에 올린 시는 그 시집의 대표시로 봐도 무방할 것이다. 그것도 첫 시집 맨 앞에 올린 시는 자신의 시세계를 관통하는, 시집 전체를 끌고 가는 기관차 같은 기운이 있는 시로 봐도 좋을 것이다.

위 시 「종소리」를 읽으며 그런 기운이 그대로 전해졌다. "흙덩이가 온몸으로 부서지는 소리"에서 뜻은 제대로 잡히지 않지만 우주를 있게 한 태초의 폭발, 빅뱅의 힘과 파문이 맥놀이처럼 전해졌다. 그와 함께 1970년 『동아일보』, 1974년 『한국일보』 신춘문예로 등단한 시재(詩才)가 왜 20여년 만에 첫 시집을 펴냈는지도 짐작이 갔다.

> 이제 나이만큼 철이 들고 나서, 외롭고 신산한 인생살이를 시에 의
> 지해 산다는 것이 무엇인지, 시가 인생의 구원이 될 수 있다는 것이
> 무슨 뜻인지 겨우 알 것 같다. 그리고 삶의 적막함을 알 만큼은 알게
> 도 되었다.

시인은 첫 시집 후기에서 이렇게 늦게 펴낸 이유를 사실대로, 겸손하게 밝혔다. 그러나 시를 운명처럼, 뭐라 규정되기 전의 태초의 무엇으로 여기는 시인의 염결성이 시를 쉬이 보고 발표하는 것을 삼가게 했을 것이다.

> 가장 단단한 아픔을 캐어내어 시심에 불을 지르며 그가 보내온 지
> 난 20여 년의 세월들은 썩지 않는 슬픔을 키워서 맑고 향그러운 종소
> 리를 들려주고 있다는 것이다. 허망한 불빛에 눈뜨지 못하는 소비사

회에서 횡행하는 온갖 허무적 시편들에게 그의 시가 보여주는 견인
적 염결성은 귀중한 귀감이 될 것이라 믿는다.

첫 시집 발문에서 밝힌 동료 최동호씨의 위 같은 평처럼 견인적 염결성
때문에 늦게서야 시집을 선보이게 했을 것임을 첫 시집에 실린 시편들은
웅변하고 있다. 정치적으로는 유신독재와 광주민주화운동, 사회 경제적
으로는 산업화와 소비향락시대로 불리는 저 1970, 1980년대의 시들은
거개가 입 없는 것들의 입이 되려했다. 말 없는 시대의 말, 전언傳言이 되
려했다.

종말로 치닫던 독재 정권 아래 서정시를 쓴다거나 시의 시성詩性을 논
한다는 것은 양심에 스스로도 부끄러웠던 시대였다. 그러니 참여시, 민중
시 등으로 말 못하는 시대의 입이 되거나 해체시, 도시시 등으로 언어와
시를 조작하며 위선과 허위를 까발리거나 한통속이 돼갔던 시대였다.

거대한 강물이 도도히 흐른다. 그런데 수심이 보이지 않는다. 강물
의 깊이는 한없이 표면화되어 요지경 같은 현란한 물거품을 일으키
며 흘러간다. 허위의식과 조작된 욕망의 저 즉물적인 물거품의 환영
속에 진짜와 가짜가 뒤바뀌고 옳음과 그름이 뒤섞인 채 흘러만 간다.

2011년 시선집 『모든 구멍은 따뜻하다』를 펴내며 책머리에 밝힌 시인
의 말 한 대목이다. 수심, 강물의 밑바탕을 흐르는 강심수는 보이지 않고
물거품, 파랑만 보이는 게 강물이던가. 넓게 보면 우리 현대시 100년사가
강심수로서 시의 본원은 보이지 않고 그 파랑들만 보이고 득세해왔다.

일제와 분단, 독재의 질곡을 벗어나기 위해 현대시는 전언으로서, 시의
현대화를 위한 실험으로서 복무해야만 했다. 그런 전언과 실험만이 파랑으
로 일렁이며 눈에 들어오고, 그런 파랑을 일으키기도 하고 정화하는 서정

이니 시성의 강심수는 깊이깊이 흘러내려도 논의나 화제의 대상이 될 수 없었다. 특히 가장 엄혹한 독재의 시대 1970, 1980년대는 더더욱 그랬다.

가볍게 분노하거나 서투르게 절규하지 않고 절제 있게 묘사한다.
― 김현

이 시대 어떠한 시류에도 곁눈을 주거나 타협하지 않고 자기의 길을 걸으려는 성실한 모습.
― 조태일

정련된 시정신의 결정체로서만 이루어진 시.
― 정호승

첫 시집 표4에 실린 이 같은 촌평들에서 볼 수 있듯 김 시인의 시편들은 당시 시단 주류와는 영판 달랐다. 시혼, 에스프리를 직격해 들어 간 시들이었다. 아, 그러나 이런 시, 시의 강심수는 파랑만 일렁이는 부박한 시단에서 제대로 평가를 받을 수 없었다.

그의 시편들은 우리에게 남다른 독법(讀法)과 수용 원리를 요청하면서 다가왔다고 할 수 있다. 그 결과 우리는 그 오롯하고 개성적인 성취에 비해 우리 평단의 평가가 너무나 인색했다는 사실에 상도(想到)하게 된다.

첫 시집을 비롯 그동안 펴낸 『나는 거기에 없었다』, 『모든 돌은 한때 새였다』, 『외눈이 마을 그 짐승』, 『거울 속 모래나라』, 『바람의 애벌레』 등의 시집에서 가려 뽑아 2012년 출간한 시선집 『모든 구멍은 따뜻하다』의 말미에 실린 해설에서 유성호 씨가 밝힌 말이다. 강심수는 못보고 파랑에만 익숙한 시단과 평단에서 시의 본류, 본질은 이제 남다른 독법이 돼버려서인가. 여하튼 그런 시인의 시에 대한 평가가 인색했던 것은 사실이고 아직도 여전히 악화가 양화를 구축하는 우리 문학현실이 안타까울 뿐이다.

그런 문학 현실에 시인은 초연했다. 문단 행사 뒤풀이 술좌석에서 몇번 봤을 때 시인은 여느 때나 쾌한 같았다. 사심 없는 웃음으로 단박에 술잔만 비우며 어울릴 뿐 교언영색巧言슈色 아부하는 소위 '문단정치' 낌새는 그 어느 구석에서도 찾아보기 힘든 호한으로만 내겐 보였다.

그런 시인이 어디 시류에 야합하겠는가. 그런 것에 아랑곳하지 않는 시인의 성품이 시에 대한 평가를 더 인색하게 했을 것이다. 그런데다 프롤로그로 올린 시 같이 "길은 없다"며 언어로써, 시로써 가 닿을 수 없는 데를 가려하고 있으니. 소리 없는 가슴으로 빠개져가며 저 하늘의 쇠북종을 울리려하고 있으니 태양으로 직격해 오르다 태양열에 녹아버린 이카로스 밀랍 날개 꼴 아니었겠는가.

그러나 시가 갈 길, 시의 운명이 또한 그러할지니. 불구의 언어로 본질을 직격해 들어가야 하는 것이 시의 숙명 아닐 것인가. 시인의 시편들은 이런 시의 숙명에 복무하고 있다. 현실이나 역사나 메시지 등 시의 시류가 아니라 지금 천지간에 드러나 있는 현상의 본질에 직격해 들어가고 있다. 언어로 언어가 갈 수 없는 본질을 있는 그대로 드러내려하고 있다.

생각, 인식의 길 위에 핀 익숙한 꽃이 아니라 제 홀로 본디대로 피어난 꽃과 만나려하고 있다. 이 최초의 만남에서 온몸으로 찾아든 느낌, 그 정情을 오롯이 펼치는 것이 서정抒情이고 이게 동서고금 시의 핵이요 강심수이며 좋은 시의 기준 아니겠는가.

2. 독자와의 소통을 중시하는 절절하고 아름다운 서정시편

별 속에는 섬이 있다
아직 아무도 가보지 않은
섬 하나 떠 있다
꺼지지 않는 그 섬 하나 있기에
멀리 보는 눈빛마다
별들은 오래오래 반짝이리

꽃 속에는 섬이 있다
아직 아무도 발 딛지 않은
섬 하나 숨어 있다
지워지지 않는 그 섬 하나 있기에
닿지 않는 손끝에서
꽃들은 철철이 피어나리

눈물 속에는 섬이 있다
아무도 노 저어 닿지 못한
섬 하나 살고 있다
손짓하는 그 섬 하나 있기에
멀리서 그대와 나는
날마다 저물도록 헤매이리.

— 「섬」 전문

참 아름다운 시이다. 가 닿으려 해도 끝끝내 닿을 수 없는 너와 나의 절절한 마음을 감상과잉으로 넘치지 않게 절제하며 맞춤한 길이로 노래한 맞춤한 연시戀詩로 읽기에도 딱 좋은 시이다.

'별', '꽃', '눈물' 등 낭만이나 서정에서 익숙한 대상들을 가급적 아름다운 언어와 표현으로 노래하고 있어 친숙한 시이다. 그러면서 대상들을 까발리지 않고 가려놓고 있어 통속성을 벗어나고 있다.

대상, 그것들 속에 있는 '섬'을 노래하며 그들 배후에 있는 동일한 뭔가의 하나를 자꾸 반복해 환기시키며 형이상학적 깊이를 주고 있다. 그것은 그 누구도 가 닿아보지 못한 미지의 그 무엇이다.

그 무엇 하나로서 '떠 있고', '숨어 있고', '살고 있다'며 분명히 존재하지만 보이지 않고 알 수 없는 것이 있어 "꽃들은 철철이 피어나고 있"다. 인간의 발길, 생각길, 인식이 "닿지 않는 손끝에서" 철마다 꽃들은 피고지고 하는 섬 하나 있다.

그 '섬'이 처음 이 시를 보았을 때 내겐 '그리움'으로 읽혔다. 그래서 아름다운 연애시로 보였던 것이다. 거기 가 닿으려는 마음이 그리움이고 그런 그리움이 봄도 부르고 꽃도 피우지 않았던가. 끝끝내 가 닿을 수 없는 첫사랑, 순정한 연애시대에는 말이다.

> 사랑하는 이여
> 사람은 너무 크거나 작은 것들은
> 아예 듣도 보도 못하나니
> 제 이목구비만한 낡은 마을을 세우고
> 때도 없이 시끄럽게 부딪치나니
> 사랑하는 이여
> 이제 이 마을 살짝 벗어나
> 너무 크고 작아 그지없이 고요한 곳
> 저 배롱나무 꽃그늘에서 만나기로 하자
> 그 꽃그늘에 고대(古代)의 호수 하나 살고 있고
> 호수 중심에 고요한 돌 하나 있으니
> 너와 나 처음 만난 눈빛으로

배롱꽃 등불 밝혀 돌 속으로 들어가
이젠 그만 아득히 하나가 되자.

—「배롱나무꽃 그늘」 전문

"사랑하는 이여"를 연호하는 이 시 역시 연시로 읽어도 좋을 시이다. 너와 나 하나밖에 없는 존재로서 "처음 만난 눈빛으로" "이젠 그만 아득히 하나가 되자"고 청원하고 있으니.

이 시에서는 앞서 살핀 시「섬」에서 '별 속의 섬', '꽃 속의 섬', '눈물 속의 섬' 등 무엇 속에 있는 '섬'의 이미지가 좀 더 구체적으로 드러나고 있다. 배롱나무 꽃그늘에 있는 고대 호수 그 중심에 있는 돌 하나로.

"마을에서 살짝 벗어나"서 가운데 돌섬이 있는 호젓한 호수와 그 호숫가에 서 있는 배롱나무의 꽃그늘 풍경을 어렵잖게 떠올리게 하는 구체적이며 묘사적 이미지로 볼 수 있다. 그러면서도 "너무 크고 작아 그지없이 고요한 곳"이란 진술에서 '배롱나무 꽃그늘' 자체에 대한 추상적이며 비유적 이미지로 읽을 수도 있다.

이런 추상적 이미지가 연애시로 그냥 흘려버리기엔 아연 긴장을 주고 있다. 그러면서 "제 이목구비만한 낡은 마을을 세우고/때도 없이 시끄럽게 부딪치"는 마을과 "너무 크고 작아 그지없이 고요한 곳"의 대비를 다시 한 번 생각게 한다.

'낡은 마을'과 대비되는 '고요한 곳'은 '고대', '중심', '처음', '하나'라는 시어들을 이끌며 시원의 유일한 중심으로 거슬러 오르고 있다. 이 또한 첫사랑, 순정의 언어들이면서 앞으로 전개될 본질을 향한 김 시인 특유의 시세계의 중요한 이정표 역할을 할 시어들일 것이다.

찔레꽃이 없는 빈자리가
무더기로 싸리꽃을 피워내고

소나무가 없는 빈 곳에 기대어
서어나무는 비로소 제 푸름을 짓는다
서로가 없는 만큼 서로는 비어 있어
그 빈 곳에 실뿌리 내리고
너와 나 풀잎처럼 흔들리고 있으니

그대여 이제 오라
꽃과 꽃 사이
그리고 너와 나 사이
보이지 않는 옛 사원 하나 있으니
아침저녁 어스름에 울리는 종소리 따라
눈 감고 귀 막고 어서 오라
오는 듯 가는 듯 무심히 오라.

ㅡ「꽃과 꽃 사이」 전문

"그대여 이제 오라"며 '오라'를 연발하고 있는 이 시도 연시로 읽을 수 있다. 서로의 빈 곳을 채워주는 것, 이것이 사랑에 대한 그 흔하디 흔한 언사 아니겠는가. 그런 사랑을 어서 오라고 부르고 있으니 연애시로 볼 수도 있을 것이다.

그러나 이 시는 앞서 살핀 두 편과는 달리 '사랑'을 말하고 있으나 남녀 간의 그런 사랑은 아니어서 연애시 외양만 빈 시임을 어렵잖게 알 수 있다. 딱 반을 나눠 연을 가른 이 시 전반부 주어는 '빈 곳'이고 후반부는 '사이'이다. 사랑이 주제가 아닌 시이다.

이 시 전반부에서 '빈 곳'은 '없는 빈자리'가 아니다. 주체에게는 빈자리 일지라도 객체에게는 실뿌리를 내려 살아가는 공간이다. 그런 살아있는 공간으로서의 '빈 곳'은 시인의 시세계를 시종 관통해가고 있다.

후반부에서 '사이'는 '꽃과 꽃', '너와 나' 사이, 사물과 사물, 주체와 객체 사이를 말한다. 그 사이에 '옛 사원 하나 있다'는 대목은 「배롱나무꽃 그늘」에서 '고대의 호수' 떠올리게 한다. '그지 없이 고요한' 고대의 호수 와 '보이지 않는' 옛 사원은 시 「섬」에서의 '섬'의 이미지 연결선상에 놓여 있는 것으로 볼 수 있다.

하늘에 맞닿은 저 키 큰 나무는
맨 처음 무엇이 자라나서
저리 키 큰 나무가 되었을까요
그것이 아주 궁금하여
칸칸이 불을 밝힌 기차를 타고
나무 속 어둠을 한없이 달려가 보았더니
열심히 나무만을 생각하고 생각하는
생각의 씨앗 하나 있었습니다.

잔잔한 물결무늬 한없이 번지는
멀고도 가까운 저 한 송이 꽃은
맨 처음 무엇이 자라나서 된 것일까요
그것이 못내 궁금하여
꽃 속의 한없이 깊은 샘으로
한 줄기 두레박을 타고 내려가 보았더니
생각 속의 생각 속에
텅 빈 고요의 씨앗 하나 있었습니다.

밤하늘에 빛나는 저 많은 별들은
맨 처음 무엇이 자라나서 된 것일까요
그것이 너무너무 궁금하여
아득한 별 속의 별
속의 별 속으로
한 마리 새가 되어

나는 아직도 날아가고 있습니다
먼 옛날부터 아직도 날아가고 있습니다.

—「무엇이 자라나서」 전문

  '나무', '한 송이 꽃', '별' 등 눈에 보이는 삼라만상은 무엇이 자라나서
저리된 것이냐며 물으며 답하고 있는 동시풍의 시이다. 여리고 예쁜 시이
면서도 "궁금하여"를 연발하며 그 답, 본질을 집요하게 물고 늘어지고 있
는 시이다.

  3연으로 구성된 이 시는 그 형식면에서나 내용 면에서 처음 살핀 시「섬」
과 짝을 이루고 있다. 「섬」에서는 "아직 아무도 가보지 않은/섬 하나 떠
있"어 "꽃들은 철철이 피어나리"라고 했는데 이 시에서는 "칸칸이 불을 밝
힌 기차를 타고" 기어코 그 섬, 삼라만상 현상의 배후로 들어가고 있다.

  들어가 그것은 "생각의 씨앗"이요 궁극적으로는 "텅 빈 고요의 씨앗"임
을 밝히고 있다. 「섬」의 불가지不可知 세계에 대한 신비로움과 그리움이
이 시에 와서는 '텅 빈 고요'라는 고단위 형이상학이 돼가고 있는 것이다.

  이렇듯 김 시인의 시편들은 너와 나, 대상과 시인 사이에서 우러나는
그리움이나 정을 가급적 아름답게, 독자와 쉽게 소통될 수 있게 펴고 있
다. 서정적 자질을 서정적 기율에 맞게 편 서정시로 읽을 수 있다는 것이
다. 그러면서도 태초의 공허나 고요 등 현상과 언어에 가려진 본질, 형이
상학적 깊이를 파고들고 있다.

3. 말로써 말의 감옥을 벗어나려는 시편들

    가슴 깊이
    별을 지닌 사람들은

모두 감옥에 갇힌다
별 향한 창틀 하나 달린
감옥 속에

한번
푸른 하늘을 본 사람들은
모두 감옥에 갇힌다
하늘 향한 창틀 하나 달린
감옥 속에

타는 그리움으로
노래를 불러 본 사람들은
모두 감옥에 갇힌다
귀를 향한 통로 하나 달린
감옥 속에

순한 짐승들 숲 속을 서성이고
꿈꾸는 사람들은
한 평생 감옥 속을 종종이고

사람들은 누구나
제 키만 한 감옥 속에
조만간 갇히게 된다
갇혀서 마침내 작은 감옥이 된다.

　　　　　　　　　　　　　　－「감옥」 전문

　첫 시집에 실린 이 시는 시대상으로 보아 얼핏 저항시, 민중시로도 읽힐
수 있다. "푸른 하늘을 본 사람들은"이나 "타는 그리움으로" 등 선배 저항
시인들의 널리 알려진 시구들을 연상시키는 대목도 눈에 띄게 들어있다.
　그러나 이 시는 시류에 따라가는 단순한 저항시만은 아니다. 인간의 보

편적이고 존재론적인 한계를 파고들고 있기 때문이다. 김 시인의 시세계 문맥상으로 볼 때 저항시 너머 현상의 배후, 본질로 다가가는 길을 막는 그 무엇에 대한 저항을 '감옥'은 떠올리고 있다.

　　　　무기수들이 창을 닦는다
　　　　탈옥을 꿈꾸며 창을 닦는다
　　　　밤하늘의 잔별만큼 많은
　　　　이 세상 낱말의 수만큼 많은
　　　　창문을 하나씩 붙들고
　　　　오늘도
　　　　무기수들이 창을 내다본다
　　　　탈옥하자마자
　　　　이내 또 다른 감옥에
　　　　다시 갇히겠지만
　　　　창이 그려주는 지도를
　　　　이제는 완전히 믿지 않지만
　　　　창이 있는 동안
　　　　창이 있으므로
　　　　하늘이 파랗게 창을 닦는다.

−「창」 전문

　감옥에 갇힌 죄수들은 날마다 창을 닦는다. 감옥에서 벗어나기 위해 그들이 닦는 창은 '낱말'이다. 아무리 깨끗이 닦아 탈옥해도 또 다른 창에 갇히게 된다. 그런 무기수는 다름 아닌 시인 아니겠는가. 더러운 언어를 닦아 새 세상을 내다보고 그대로 전하려는 게 시인의 숙명 아니겠는가.

　　　　우리들의 감옥은 너무나 멀리
　　　　서로 떨어져 있다

걸어도 걸어도 도달할 수 없는
적막한 모래의 시간
전화도 없고
별빛처럼
감옥의 불빛만 아슬히 멀다

─「먼 감옥」부분

옥창 너머 별은 빛나는데, 별빛 같이 각자의 감옥의 불빛도 빛나는데 서로는 너무도 멀리 떨어져 있다. 서로 소통할 수 없어 "적막한 모래의 시간"만 흐르고 있는 게 낱말, 언어의 감옥이다.

육지의 모든 길
멸망시키고
모국어도 멸망시키고
허공 천 길
투명한 낭 세워놓고
…<중략>…
교과서는 믿지 말라고
사정없이
푸른 채찍으로 갈기는구나

─「바다는」부분

김 시인의 여느 시편들과는 달리 자제력을 잃고 서정적 긴장이 풀어져 메시지, 주장이 그대로 드러난 시이다. 교과서도 믿지 말고, 모국어도 멸망시키고, 모든 길도 끊어라는 전언이다. 모든 지식과 언어에 켜켜이 쌓인 인식의 틀을 멸망시키고 "허공 천 길 투명한 낭" 그 백척간두百尺竿頭에 서서 새로 출발하라는 것이다.

"제 이목구비만한 낡은 마을을 세우고/때도 없이 시끄럽게 부딪치는"

언어의 마을을 떠나 "그지없이 고요한 곳"(이상 「배롱나무꽃 그늘」 부분)
으로 떠나란 것이다. 그래서 이 글 프롤로그로 올린 시 「길」에서 "길은 없
다"는 단정이 나왔을 것이다.

> 말을 배우러 나는 이 세상에 왔네
> 말을 익히며 말을 따라
> 산과 바다와 들판을 알았네
> …<중략>…
> 더 깊고 더 많은 말을 배우기 위해
> 이제 익힌 말을 다시금 버려야 하네
> — 「말을 배우러 세상에 왔네」 부분

　말의 감옥, 해서 모국어도 멸망시키라고 했지만 시인은 말을 버릴 수가
없다. 언어도단言語道斷의 참진 세계에 들기 위해 선에서는 묵언수행도 하
지만 언어로 절을 세워야하는 시는 말을 버릴 수 없다.

> 자신은 사십구 년 동안 쉬지 않고 설법을 했지만
> 사실은 한 마디도 하지 않았노라고
> 한 말씀을 더 보태고
> 고요히 홀로 입적하였다
>
> 부처님이 지쳐버린 팔만대장경
> 그 경전 밖에서
> 봄 여름 가을 겨울
> 꽃은 피고 지고
> 새는 날고
> 송이송이 눈이 내린다.
> — 「경전 밖 눈은 내리고」 부분

평생 설법을 한 부처님도 말로서는 참진이며 본질의 세계를 제대로 전할 수 없어 한 마디도 하지 않았노라고 했다. 한 선지자의 말씀인 그 경전 밖에서 세상은 또 피어나고 있다는 것이다. 그런 스스로의 세상 자체, 본질에 언어와 시는 어떻게 가 닿을 수 있을 것인가. 그런 시적 방법론과 형이상학을 시인의 많은 시편들은 담고 있다.

4. 의미론적 세계에서 존재론적 세계로 나아가는 시

"실재(實在, Existence)는 언어의 능력 밖에 있다." 서양의 현대문예이론가 필립 휠라이트가 언어의 속성을 밝히며 한 말이다. 일찍이 동양에서는 노자가 "말로 전할 수 있는 도는 불변의 도가 아니다(道可道非常道)"고 설파했다. 그리고 끝없이 언어와 시 문법을 실험하며 우리 시를 현대화시킨 김춘수 시인은 불가佛家의 선禪을 빌어다가 언어와 시에 대해 이렇게 말했다.

> "불립문자, 교외별전, 직지인심, 견성성불(不立文字, 教外別傳, 直指人心, 見性成佛)—어느 하나를 떼어놓고 바라보아도 언어가 발 디딜 틈은 없다. …<중략>… 우리는 결국 신(神)을 말 속에서 가지지 못한다는 것이 된다. 그것은 결국 하나의 사물도 말 속에서는 가지지 못한다는 것이 된다. 그런 안타까운 표정이 곧 말일지도 모른다.

시는 그런 표정의 정수精粹일는지도 모른다. 누가 시를 산문을 쓰듯, 자연과학의 논문을 쓰듯 쓰고 있는가? 시는 이리하여 영원한 설레임이요, 섬세한 애매함이 된다"고. 직접 시를 짓는 체험과 동서양 문예이론을 섭렵하여 내린 나름의 결론이다.

그렇다. 시와 불가의 선은 태생이 한가지이다. 언어에 의해 가려지고 차단된 실재며 도에 도달하려함에서 둘은 한통속이다. 나와 너의 참모습을 통찰해내려는 시선과 마음에서는 같다.

그러나 불립문자인지라, 선은 묵언정진默言精進이요 이심전심以心傳心이지만 시는 바로 그런 불구의 언어로 지은 절집이라서 어떻게든 말로 전하고 돌려주어야 하기에 안타까운 표정일 수밖에 없다.

선은 소승小乘이요 시는 대승大乘이다. 독자 대중들을 아등바등 구차한 현실의 이 차안此岸에서 저 피안彼岸으로 건네주어야 하는 게 시의 숙명 아니던가. 언어가 끝끝내 불구의 방편일망정 그 언어를 새롭게 하고 고쳐가면서 너와 나의 진심을 대중과 소통하고픈 게 시일 게다.

> 시는 본질적으로 정서 또는 느낌에서 싹트는 것이고 언어와 사유는 거칠게 분할하고 분별하는 실용적 도구에 불과한 것이기 때문이다. …<중략>… 시는 가장 원초적 생명 현상인 느낌과, 그 느낌과 나란히 짝을 이루고 있는 실재를 겨누는 것인데 그 느낌과 실재는 무한한 연속성을 그 특징으로 갖는 것이고, 언어와 사유는 그 무한한 연속성을 편의적으로 분할 한정하는 것이다. 이것이 언어라는 도구를 사용할 수밖에 없는 시인의 운명이다.

2011년 여섯 번째 시집 『바람의 애벌레』를 펴내며 '시인의 말'에서 밝힌 말이다. 느낌과 실재라는 존재론적 세계에 닿을 수 없는 언어를 도구로 그 세계로 닿으려는 시인의 숙명을 밝히고 있는 것이다. 이 서문 뿐 아니라 시인은 다른 시집을 펴낼 때마다 자신의 언어관을 개진했고 위에서 살핀 시들 또한 그러한 언어관이 배인 시들이다.

"소리 없는 가슴들/흙덩이가 온몸으로 부서지는/소리를 낸다" (「종소리」)는 절묘한 표현은 뜻보다는 느낌을 잡으려는 간절한 소리, 언어이다.

「섬」에서 사람의 손이 닿지 않는 손끝에서 철철이 피어나는 꽃 세상도, 「배롱나무꽃 그늘」에서 "고대의 호수"나 「꽃과 꽃 사이」에서 "옛 사원"도 그런 실재를 잡을 수 있는 태초의 언어 세상일 것이다.

또 앞에서 살핀 일련의 '감옥' 시편에서도 시인은 말, 의미의 감옥에 갇히지 않은 언어들이 소통되는 세상으로의 탈옥을 꿈꾸고 있다. 의미론적 세계가 아니라 존재론적 세계를 시인의 시는 꿈꾸고 있다는 것이다.

"언어를 통하여 인간은 즉자적卽自的인 세계의 예속에서 풀려나와 대자적對自的인 세계의 넓이를 바라볼 수 있게 된 것이다"고 김우창 씨는 「시와 언어와 사물의 의미」라는 평문에서 밝혔다.

즉자적 세계의 감옥에서 풀려난 반대급부로 인간은 실재와 차단된 언어의 감옥에 갇히게 됐다. 느낌이나 실재로 세상과 접하는 것이 아니라 인류의 유산이 덕지덕지 쌓인 언어를 통해서만 세상과의 접촉이 가능한 의미론적 세계에 갇히게 된 것이다.

언어철학에서 자아와 대상간의 관계는 존재론(Ontology)적 차원과 의미론(Semantics)적 차원으로 나뉜다. 존재론적 차원이 자아와 대상이 1대 1로 직접 접촉하는 2원적 구조라면 의미론적 차원은 언어를 매개로 자아와 대상이 만나는 3원적 구조이다.

언어로 대상과 접하고 사고하고 인식하는 이 3원적 구조에서는 대상의 참모습은 언어라는 로고스에 의해 차단, 은폐되게 마련이다. 시는 그런 언어를 통해 다시금 의미론적 세계에서 존재론적 세계로 돌아가려는 한 생명현상으로 김 시인은 보고 있는 것이다.

이 시집에서 실재의 세계에 대한 탐구는 탈의미의 언어를 기반으로 삼는다. 탈의미는 문자 그대로 의미를 벗어나는 것으로서 이때의 의미라는 것은 현실의 관념이나 이데올로기를 지시한다. …<중략>… 탈의미의 시는 의미의 무화가 아니라 의미(현실)의 실체를 부정하지 않으면서 그 이전의 실재를 탐구한다는 점에서 무의미시와는 다르다.

이형권 씨는 『바람과 애벌레』 말미에 실린 해설 「바람의 감각과 실재의 탐구」에서 위같이 시인의 시를 '탈의미의 시'라고 불렀다. 김춘수 시인이 시험했다 의미를 잃고 절망에 빠진 '무의미시'와 다른 것은 의미를 무화하지 않고 의미 이전의 실재를 탐구하는 시가 탈의미의 시라는 것이다.

> 시 쓰기란, 물론 다 그렇다는 것은 아니지만, 말과 사물이 미묘하게 어긋난 그 틈으로 들어가는 일, 그 틈을 가능한 한 넓게 벌리는 일, 그 틈으로 무한대의 공간과 무량한 고요를 체험하는 일, 그래서 눈에 보이는 사물이나 말의 의미에만 매달리지 않고 자유롭게 살게 하는 일, 일종의 그런 것일 수도 있지 않을까, …<중략>… 나의 시가 공(空)과 존재와 언어의 일여적(一如的) 순환과 생성 속에서 태어나 생명과 존재와 자유와 하나가 되기를 희망한다.

시집 『나는 거기에 없었다』 '서문'에서 밝힌 말이다. 시인은 언어에 대해 전혀 회의하지 않는다. 우리 일상어의 불구성에 회의하고 새로운 의미를 창출하려 비틀고 비비 꼬고 해체하며 언어를 학대하는 '낯설게 하기'라는 현대시의 기법과는 다른 차원이다. 언어의 불구성은 의미나 소통에 있는 것이지 문자 자체에 있는 것은 아니라며 언어에 지극히 봉사한다. "말과 글이야말로 천지의 마음"이라는 동양 고전 주역을 인용하며 언어의 '정명론'을 견지하고 있는 시인이 김 시인이다.

김 시인은 「도의 전일성과 본원성의 시적 표현」이란 평문에서 『역경』에서 '도와 글은 하나로 같다'는 '도문일체道文一體'가 동양시학의 전통이요 19세기 말까지 한국문학사 전체를 관통하는 핵심적 이념이었다고 했다. 도는 우주적 생명 그 자체요, 만물을 생장 변화시키는 질서이다. 그 도의 나타냄으로서 하늘에는 天文이 있고 땅에는 地文이 있으며 그것을 잇는 '우주관'으로서 사람에게는 人文이 있다.

이렇게 언어는 원래 도, 곧 우주만물 생명의 실재와 같았다. 때문에 언어에 생명, 곧 사물의 본질을 담아내야 한다는 것이 정명사상이다. 그런 도로서의 언어를 회복해 '일여적 순환과 생성'을 드러내려 한 것이 김 시인의 시의 언어요 문법이요 주제이다.

5. 일여적 생성과 순환을 드러내는 바람과 허공 이미지

소금이 어디서 왔는지
사람들은 모른다

바람은 잡초 밭에서 일어나고
잡초는 바람 속에서 생기는 것
잡초와 바람이 한 몸으로 흔들리면서
밤낮으로 어둠을 낳고
이름 모를 수천 마리의 짐승들이
그 어둠을 몰고 바다에 투신하여
흰 소금이 되면
소금이 제 살 속에
방울방울 진주처럼 키운 빛들은
하늘로 올라가 별이 되는 것

별들이 왜 아슬히 먼지
눈물은 왜 짠지
사람들은 모른다.

ㅡ「잡초와 소금」 전문

"사람들은 모른다"면서도 소금과 바람과 별 등 사물들의 내력을 말하고 있는 시이다. 깨달은 사실을 '~것'이라는 명사 종결로 단정적으로 말하고 있다. 지식이나 그것들을 종합해내는 인식에 의해 깨달은 것이 아니라 시적인 깨달음, 사물들과 우주의 내력과 통하는 소위 '도통道通'한 것을 말하고 있는 시이다.

시인이 말한 '일여적 생성과 순환'의 양상을 드러내고 있다. 바람에 일렁이는 잡초 밭을 보며 '바람'과 '잡초'는 마치 『주역』에서 음과 양이 되어 만물을 낳아 우주를 순환시키는 것으로 보인다. 뭐 뭣이 되어가는 순환 양상이 서정주 시인의 윤회를 연상시키기도 한다.

"내가/돌이 되면//돌은/연꽃이 되고//연꽃은/호수가 되고"(서정주, 「내가 돌이 되면」 부분) 같이 바람은 잡초가 되고 어둠이 되고 소금이 되고 빛이 되고 별이 되고 눈물이 된다. 그 순서는 어떻게 뒤바꿔도 좋을 만큼 세계는 서로 맞물려 순환하며 뭔가로 몸 바꿔 전화轉化되어 갈 뿐 결국은 '일여'로 같다는 것을 보여주고 있는 시이다.

> 풀잎에 머물던 이슬이
> 이내 하늘로 돌아가듯
> 흰 구름이 이윽고 빗물이 되어 돌아오듯
> ─「모든 돌들은 한때 새였다」 부분

일여의 순환론적 세계관은 과학적이다. 수증기라는 공기가 빗물이라는 물로 바뀌어도 질량은 바뀌지 않듯 모든 화학적 변화에도 질량은 같다는 질량불변의 법칙은 정설이 된 지 오래지 않은가.

태초의 혼돈 속에서 뭔지 모를 것들이 서로를 끌어당기는 인력引力으로 뭉치다 마침내 한 점 빛으로 폭발해 우주 삼라만상의 파노라마를 펼쳐가고 있다는 것이 우주 탄생의 정설이 돼가고 있는 빅뱅이론 아니던가.

그걸 시적으로 깨달아 "모든 돌들은 한때 새였다"는 명제를 단박에 시 제목으로 올렸을 것이다.

> 나는 거지라네
> 몸도 마음도 다 거지라네
> 천지의 밥을 빌어다가
> 다시 말하면
> 햇빛과 공기와 물과 낟알을 빌어다가
> 세상에서 보고 겪은
> 온갖 잡동사니를 빌어다가
> 마른 수수깡으로 성글게 엮듯
> 잠시 나를 지었다네
> 달이 뜨면 달빛이 새어 들고
> 마파람 하늬바람 거침없이 지나간다네
> 그래도 거지는
> 빌어 온 것들로 날마다 꿈을 꾸고
> 빌어 온 물과 소금으로 눈물을 만든다네
> 나는 처음부터 빈털터리 거지였다네.
>
> ―「거지의 노래」 전문

이런 일여적 순환론적 세계관이 인간으로서의 개성 혹은 자아를 지우게 하고 있는 시이다. 빅뱅으로 생긴 원소들을 빌어 잠시 형상을 이뤘다 다시 원소로 돌려주고, 그 원소마저 블랙홀로 빨려들어 다시 한 점도 없는 무로 돌아가는 것이 우주의 생명이다.

그런 한 때 한 부분의 우주 생명체로서의 시인을 '거지'라고 말하고 있는 시이다. 우주 일원으로서 그들과 함께 아름답게 꿈을 꾸며 마치 가스통 바슐라르의 '몽상의 시학'과 물, 불, 공기 등 '물질적 상상력'의 질료를 제공하기에 충분한 시로 읽히게 한다.

바람도 죽는다.
죽어서는 오래 삭지 않는 뼈를 남긴다.
단청이 다 날아간 내소사 대웅전
앙상히 결만 남은 목재를 보라
바람의 뼈가 허공 속에
거대한 적멸의 집 짓고 서 있다.

— 「바람의 뼈」 전문

6행 밖에 안 되면서도 참 단단하게 꽉 들어찬 시이다. 모든 존재를 탄생
시키고 전화시키는 "바람도 죽는다"는 거대 명제를 증명해 보여주고 있
다. 시인의 고향인 부안에 있는 고찰 내소사 대웅전 낡은 목재를 보고 사
실적으로 드러내고 있지 않은가.

풍화風化 작용으로 결만 남은 목재, 그것이 시인의 눈에는 바람의 뼈대
로 보였을 것이다. 목재를 낳고 그렇게 풍화시키며 바람은 다시 "허공 속
에/거대한 적멸의 집 짓고" 있다. "바람도 죽는다"고 했지만 목재와 바람
의 구분도, 생과 사의 구분도 사라진 '적멸의 집'을 보아낸 것이다.

숯을 아시나요
마파람 하늬바람 모두 잠들고
어두운 길로 다니던 뭇 짐승들
아득히 벼랑으로 떨어져버린
고요 속의 검은 뼈를 아시나요

벼락의 고요 속 등잔불도 꺼지고
춘하추동 층층이 쌓이어 묻힌
사투리의 무덤을 아시나요

남루한 옷들은
타오르는 불길에 벗어버리고

살 속의 불길에 주어버리고
썩지 않는 뼈로 남아
길을 껴안는 숯을 아시나요

깊고 먼 자정(子正)
당신의 벌판에도 눈이 내리면
맑은 이마에 소리 없이 타오르는
불과 이별한 빛으로 타오르는
당신 영혼의 숯을 아시나요.

-「숯」 전문

‘바람의 뼈’ 이미지가 ‘숯’으로 드러나고 있는 시이다. “마파람 하늬바람 모두 잠들고” “고요 속의 검은 뼈”라는 숯의 이미지는 내소사 대웅전 풍화된 목재에서 본 ‘바람의 뼈’이미지와 같다.

“아시나요”를 연발하며 숯의 이미지를 4연으로 나눠 정겹고 차분하게 전하고 있다. 1연에서는 삼라만상이 사라진 적멸이 “고요 속의 검은 뼈”로 형상화 되고 있다.

2연에서는 “사투리의 무덤”이란 숯의 형상과는 아무런 관련이 없는 이미지로 드러난다. “고요 속 등잔불도 꺼지고”에서는 숯의 검정색 이미지가 드러나나 ‘사투리’는 아무런 연관관계를 찾을 수 없다. 춘하추동 계절이라는 세월이 층층이 쌓인 사투리의 무덤이라는 수식에서 그 숯은 태초의 언어, 본질적 언어임을 알 수 있다.

3연에서는 옷이나 살은 다 태워버리고 남은 뼈, “썩지 않는 뼈”로 형상화되고 있다. 그 숯은 “길을 껴안는 숯”이다. 다른 시들에서 버리라고, 떠나라고 외쳤던 길, 곧 본질을 껴안는 언어와 시의 이미지로 숯을 드러내고 있는 것이다.

마지막 연에서는 “영혼”이라는 고단위 관념의 이미지로서 숯이 드러난다. 한번 불타올라 된 숯이 다시 빛으로 타오르는 "영혼의 숯". 해서「숯」
은 인식을 다 태워버리고 본질로 영혼의 빛을 내는 숯 이미지 속에 시인
이 말한 공과 존재와 언어가 일여적으로 타오르고 있는 시로 봐도 좋을
것이다.

> 살아있는 것들은 모두
> 제 구멍 속에서 태어나
> 제 구멍 속에서 살다 간다
> 천지는 큰 구멍 속에서 살고
> 천지간에 꼼지락거리는 것들은
> 저만한 작은 구멍 속에서 산다
> 바람이 불면 구멍마다 서로 다른
> 갖가지 피리소리가 난다
> 딱따구리도 굼벵이도
> 제 구멍 속에서 알을 품고 새끼 치고
> 싸리꽃은 제 구멍만큼 흔들리면서
> 씨앗을 흩뿌린다
> 빈 구멍들의 피리소리도 아름답지만
> 크고 작은 구멍의 허공은
> 자궁처럼 참 따뜻하다.
> ─「모든 구멍은 따뜻하다」전문

　참 지당한 말씀이다. 한 구멍 안에서 태어나 평생 한 구멍만 파다 한 구
멍에 묻힌다는 좀 야하면서도, 일생을 말하는 이야기가 고개를 끄덕이게
하며 회자되듯 이 시 또한 그렇게 순리로써 읽힌다. 그러면서도 "바람이
불면 구멍마다 서로 다른/갖가지 피리소리가 난다"는 시적 진술로 제 각
각의 생명의 아름다움을 노래하면서 일여로서의 '구멍'의 뜻을 심화시키
고 있다.

이 시에서 구멍은 모든 생명이 태어나고 씨를 뿌려 존재를 영속시키는 터전이면서 "구멍의 허공"이라 하여 허공과 같은 의미로 쓰이고 있다. 존재와 무를 함께 드러내고 있는 '허공'이란 관념을 살아있는 구멍으로 구체화하고 있는 것이다.

햇빛 밝은 빛나는 세상
어느 구석
어느 허공에
그림자도 드리우지 않고
소리 없이 숨어 있는 덫
덫이 딛고 있는 정적 안에서
나무는 열심히 이파리를 만들고
새들은 꿈꾸고
햇빛 밝은 조용한 세상
소리 없는 미소처럼
어느덧 세상의 허공을 장악한 덫
덫의 관대한 품안에서
사람들은 몰래몰래 꿈을 꾸고
아이들은 새로 태어나고.

－「덫」전문

첫 시집에 실려 있는 이 시도 얼른 보면 독재정권에 저항하는 시처럼 읽힐 수도 있다. 무소불위의 독재자 빅브라더 덫의 "관대한 품"안에서 몰래몰래 꿈을 꾸고 아이들도 낳으며 살아가는 양태를 그린 시로도 읽힐 수 있다.

물론 이 시가 쓰였을 시대의 압제가 그리 쓰게 했을지 몰라도 이 시도 구멍, 허공을 '덫'의 이미지로 드러내고 있는 것으로 봐야 할 것이다. 우의가 아니라 문자 그대로 세상을 장악한 구멍의 관대한 품으로 봐야할 것이다.

그런데 시인은 왜 그런 허공, 구멍, 고요를 '덫'이란 섬뜩한 이미지로 드러내려했을까. 잡으려면 잡히지 않고 덫에 걸려든 것은 결국은 본질은 다 빠져나간 인간의 초라한 언어, 인식뿐이어서 '덫'이라 하지 않았을까. 그렇다면 그 덫에 걸리지 않고 그 세계와 존재의 본질로서의 고요한 허공을 어떻게 상하지 않게 드러낼 수 있을 것인가.

6. 우주와 교감하는 생명, 기운이 그대로 느껴지는 시편들

> 가을걷이 끝난 텅 빈 들판에
> 이따금 지푸라기가 바람에 날리고
> 지금은 아무도 살지 않는
> 외딴 빈집
> 이따금 낡은 문이 바람에 덜컹거린다
>
> 바람에 날리는 지푸라기와
> 바람에 낡은 문이 덜컹거리는 소리는
> 누가 보고 들었는가?
> 시를 쓰는 내가?
>
> 나는 거기에 없었다.
>
> — 「나는 거기에 없었다」 전문

3연으로 된 위 시에서 1연은 보고 들은 그대로를 쓴 것이다. 들판도 집도 텅 빈 공간에서 바람만 지푸라기를 날리고 빈집 문을 덜컹거리게 하고 있다. 삼라만상을 전화시키는 바람의 기운만 느껴질 뿐 아무 것도, 시인의 느낌이나 인상마저도 소거된 이미지로만 나가고 있는 연이다.

이런 이미지는 대상을 더욱 구체적, 인상적으로 전하기 위한 감각적 이미지도, 관념을 구체적으로 전하기 위한 관념의 육화肉化랄 수 있는 비유적 이미지도 아니다. 그냥 있는 그대로 묘사한 묘사적 이미지이다.

때문에 시인의 감정이나 관념이 묻어나지 않는다. 아니 대상에 감정과 관념을 덧씌우지 않기 위해 시인이 능동적으로 현상학적 판단중지를 해 사물을, 풍경을 있는 그대로 돌려주는 이미지가 묘사적 이미지이다. 해서 위 시에서 시인은 "나는 거기에 없었다"고 감히 말하고 있는 것이다.

그럼 위 시는 누가 쓰고 있는 것인가. 보고 들으며 시를 쓰는 주체는 누구인가. 그것은 텅 빈 공간, 고요, 구멍을 부는 바람이다. 우주 운항의 도道로서의 바람, 기氣가 쓴 시처럼 보이게 하려 애쓴 이미지이고 그런 시인의 시론을 밝힌 관념시로 위 시는 볼 수 있다.

　　관상시(觀象詩)가 겨누고 있는 것은 신화와 이데올로기를 가능한
　　한 걷어내고 자연과 현실을 있는 그대로 보자는 것이다. 자연과 현실
　　을 마주하고 조용히 관상하자는 것이다. 그렇게 하자면 우선 사고-
　　감정의 수직적 깊이를 최소한으로 축소하고 감각-직관의 수평적 넓
　　이를 극대화해야 한다.

시인은 『외눈이 마을 그 짐승』 말미에 부록으로 붙인 「관상시에 대하여」에서 자신의 묘사적 이미지 위주의 시들을 '관상시'로 명명하며 그 목적을 위같이 밝혔다. 신화와 이데올로기가 덧씌워진 의미 이전의 자연과 현실 자체를 느껴보자는 것이다.

"의미 이전의 보이지 않고 개념화되지 않는 움직임, 즉 상(象)을 느껴보자는 것이다. 상은 느낄 수밖에 없는 것이고 느낌이야말로 개념과 달리 모호하지만 가장 확실한 앎이기 때문"이라고.

그렇다면 '상'이란 무엇인가. "상이란 기(氣)가 움직이는 모습, 즉 기상(氣象)이다. 기는 우주의 본체라고도 할 수 있는 것이므로 이 세상의 모든 존재와 현상은 기의 생성이 아닌 것이 하나도 없다"고 시인은 같은 평문에서 밝혀놓았다.

시인이 말한 그런 '기상'이 위 시 전반부 텅 빈 공간을 부는 '바람'에서 느껴지지 않는가. 시인을 지우고 대상에 덧씌워진 의미를 제거해가면서 시인은 그런 기의 움직임을 전하려는 관상시에 이르게 된 것이다.

> 뜨락을 가꾸지 않은 지 여러 해
> 온갖 잡초와 들꽃들이
> 절로 깊어졌다
> 풀숲 여기저기 흩어진 돌들은
> 깊은 생각에 잠겼다
> 이제 내 마음대로
> 저 돌들을 치우고
> 잡초를 뽑을 수 없다는 것을
> 조용히 깨닫는다.
>
> ― 「버려 둔 뜨락」 전문

더할 것도 덜할 것도 없이 풍경과 심사를 그대로 털어놓고 있는 시이다. 그런데도 어떤 향기가 고졸하게 밴 시이다. 무위자연無爲自然이라는 도가 사상의 핵은 물론 시인이 말한 동양철학의 핵으로서 기상이 그대로 느껴지는 시이다. 시인은 이미 그런 경지에 이르고 있는 것이다.

> 천지는 무심히
> 철 따라 꽃 피우고 눈 내리고
> 쉼 없이 일을 하지만

사람은 제 한 마음 바장이어
눈서리에 잎 지는 걸 바라보며
근심할 뿐 아무 일도 못 하네
천지는 마음이 텅 비어
없는 듯이 있고
사람은 마음이 가득 차
있는 듯이 없네.

– 「마음」 전문

부제를 '고조 음영古調 吟詠'으로 달아서인가. 노자의 『도덕경』 한 구절이나 시공을 초월해 영원히 읽힐 옛 시처럼 보이는 시이다. 동서를 막론하고 인문학이 문을 연 인류지혜의 황금기 성현들이 말했던 명제들, 가령 '무위자연'이나 '너 자신을 알라'는 화두를 우리는 지금 속 시원히 풀어내고 있는가. 발전은 없이 시대에 따라 시대에 맞게 그 자리만 맴돌고 있는 게 인문학 아니던가.

시인 역시 그런 성현들의 화두를 체험적으로 풀어내고 있는 것이다. 그런 경지에 이르러 이렇게 자연스럽게 '관상시'란 이름으로 그 고단위 철학을 쉽게 쉽게 풀어내 보여주고 있다.

옛날에 이 마을은
조석으로 갯물이 드나들고
변산 골짜기 골짜기에서
바다 구경을 나온 돌들이 많아
돌개라 부르는 곳
오늘도 북산의 닭바위에 쫓겨
남산의 지네바위가 능선을 따라
한사코 바다를 향해 기어가는데
수억 년을 그렇게

쉼없이 쫓고 쫓기는데
참 이상한 일이다
해질녘 괭이질을 잠시 멈추고
멀리 썰물 지는 바다를
허전한 마음에 넋놓고 바라보다가
문득 돌아보면
지는 햇살을 눈물처럼 반짝이며
텅 빈 뻘밭 가슴 드러내는 썰물을
닭바위도 지네바위도 하던 짓을 멈추고
참으로 망연히 바라보고 있는 것이다
산새도 돌멩이도 산천초목도
모두 가난한 한 식구가 되어
노을빛에 하염없이 바라보고 있는 것이다.

―「썰물 때」 전문

부제로 '기상도氣象圖 24'가 붙은 시이다. 앞서 살핀 대로 시인은 "동양의 전통적 시정신의 한 핵심에 닿아 있는 관상시를 시도해보고자"한다고 서문에 밝히며 2007년 펴낸 시집 『외눈이 마을 그 짐승』에서 '기상도'란 부제를 달고 일련번호를 붙이며 본격적으로 관상시를 선보이기 시작했다. 우주의 본체인 기의 움직임을 느낌으로 그대로 그리고 있는 시가 '기상도'이다.

해서 일련의 '기상도' 시에는 시인이 소거되지 않는다. 느낌으로 그 대상, 풍경들과 한 몸이 되어있다. 시인이 말한 '느낌', 기상도 시에 드러난 느낌에서 문득 공자가 시를 한마디로 정의한 '사무사思無邪'란 말이 떠오른다. 시란 사특하지 않은 생각이라고. 우주의 기, 그 기 속에 살아가는 세상의 풍습을 개인적으로 사특하게 판단 말고 그 느낌만을 그대로 전하라는 말처럼 떠오른다.

위 시를 보면 인간의 잣대로 나눈 시간과 공간이 그대로 살아나고 있다. 예나 지금이나 이곳이나 저곳이나가 구분되지 않고 이어져 있다. 생물이든 무생물이든 거기에 시인도 한 식구가 되어 느낌을 교감하며 살아가고 있다. 일여적 세계의 모습을 사무사의 느낌으로 잡아낸 풍경 속에는 강한 애니미즘, 기의 생동이 느껴지고 있다.

> 막막한 세상의 끝
> 천지에 더 이상 갈 곳이 없고
> 더 이상 나아갈 길이 보이지 않을 때
> 나는 홀로
> 돌담을 마주하고 선다
> 조용히 돌거울을 들여다보면
> 거기 내가 길이 되어 누워있다
> 지평선 너머로 사라지는 한 줄기
> 길이 되어 외롭게 누워있다.
>
> — 「돌담」 전문

가슴이 먹먹하도록 아름다운 시이다. 온 길, 갈 길 꽉 막힌 막막한 처지에서 저 지평선 너머에서 온몸 부서지며 우는 흙종 소리가 들려오는 것 같다. 그래서 막막하지만 되레 안온한 느낌이 그대로 전해지고 있다. 나 홀로의 존재가 아니라 내가 돌이 되고 돌은 다시 저 지평선 너머 광활한 우주까지 가닿는 길이 되어가며 가없이 확장돼 가고 있다.

「길」에서 "길은 없다"고 했는데 「돌담」에 와서는 "내가 길이 되어 누워 있다"고 한다. 은산철벽銀山鐵壁 같이 버티고 선 돌담이 시인이 되고 지평선 너머까지 사라져가는 길이 된 것이다. 언어로 갈 수 없는 본질 세계, 우주의 본 모습인 일여적 세계를 드러내기 위해 시인은 언어로, 시로 용맹정진 하고 있는 것이다.

다다나 쉬르리얼리즘, 가깝게는 김춘수 시인 등이 언어의 불구성으로 말미암아 그런 시의 실험을 했다. 그리고 지금도 몇몇 시인들이 나와 세계의 본질에 가까이 가기 위해 그런 실험을 하고 있다. 그런 시도를 하며 언어와 시와 독자와 멀어지고 있다.

그런 실험시류와 비교해볼 때 시인의 시들은 시, 서정시의 기율을 지키고 있다. 대상, 우주와의 교감을 중요시하는 만큼 독자와의 소통, 교감에도 더욱 공을 들이고 있음을 시 편편에서 볼 수 있다.

신석정의 목가적 비의秘義의 아름다움이나 한용운의 형이상학적 물음의 깊이, 서정주의 순환적 영통靈通 등 선배 시인들은 물론 동료 시인들의 독자들에게 익숙한 시 문법들도 편편에서 떠오르게 한다. 물론 독자와의 익숙한 소통을 위해서일 것이다.

그러면서도 선배 동료들의 그런 시 문법이 가닿지 못한 본질세계, 공과 고요, 적멸의 세계까지 있는 그대로, 생기 넘치게 드려내려고 한데서 김영석 시인의 시사적 의미는 있을 것이다. 한 경지에 이르면 언어도단에 빠져 허우적거리며 언어와 시를 버리곤 하는데 시의 본질, 서정을 끝까지 지켜내며 한 경지에 이른 김영석 시인의 시세계는 평가받아야 마땅할 것이고 앞으로도 더 깊고 넓은 조명이 비춰지길 기대한다.

무위 혹은 생성의 허공을 위하여

- 김영석의 시세계

| 홍용희

김영석 시 세계의 출발과 지향은 허공이다. 물론 그의 시 세계는 다채로운 주제의식과 형식으로 펼쳐지고 있지만 그러나 그 생성과 귀결의 중심점은 무위無爲의 허공으로 파악된다. 이점은 그의 시 세계 전반에 걸쳐 빈번하게 등장하는 "허공", "구멍"등의 이미지를 통해서도 확인된다. 이를테면 그가 등단한 이래 시력 40여년에 걸쳐 간행한 5권의 시집의 주요 대표작을 순차적으로 모은 선집 『모든 구멍은 따뜻하다』(2011)의 표제작 역시 "크고 작은 구멍의 허공"이 중심점을 이루고 있다. 그의 시 세계에서 허공은 모든 존재자의 생성과 소멸의 원점이다. 그래서 그의 시 세계에서 허공의 없음은 있음의 반대가 아니라 있음의 어머니이며 주인이다. 이를테면, "보이지 않는 것들이 사는 허공 속에서/보이는 것들이 사는 이 세상"(「고양이가 다 보고 있다」)이 창조되는 원리이다. 허공은 활동하는 무無인 것이다. 이것은 그의 매우 심원하고도 독창적인 박사학위 논문이기도 한 『도의 시학』의 도道와 상통한다. 기본적으로 도道는 우주 생명의 운행 원리에 해당하는 무위자연無爲自然의 질서를 가리키기 때문이다.

이번 시집 『고양이가 다 보고 있다』는 그동안 간행한 시집에서 노래한 허공의 세계가 좀 더 다양하게 변주되면서 일상성의 감각과 감성으로 밀도 높게 노래하고 있다. 우주에서 가장 큰 허공은 하늘과 땅 사이의 텅 빈 공간일 것이다. 하늘과 땅 사이의 텅 빈 공간은 물론 그 어떤 것도 행함이 없다. 그저 거기에 있을 뿐이다. 그러나 또한 그 무엇도 하지 않음이 없다. 삼라만상이 그 허공에서 생성, 활성, 소멸하지 않는가. 허공은 있음과 없음의 무수한 접힙과 펼침의 장이다. 그래서 노자가 설파한 바대로 '천지지간 기유탁약호 허이불굴'(天地之間 其猶橐籥乎 虛而不屈), 즉 우주는 풀무와 같이 비어 있음으로 다함이 없이 행한다는 역설이 성립된다. 허공은 인위와 대별되는 무위의 기운생동하는 공간인 것이다.

그래서 그의 시편을 읽어나가는 과정은 기운생동하는 허공의 노래의 여정을 감상하는 과정이 된다. 다음 시편은 이와 같이 그의 시 세계가 기본적으로 채움 보다는 비움을, 인위 보다는 무위를, 있음 보다는 없음을 지향한다는 점을 예각적으로 보여준다. 그에게 자신의 본모습을 비추는 거울은 "기억"이 아니라 오히려 "망각"이다.

> 인적 없는 외진 산 중턱에
> 반쯤 허물어진 제각(祭閣)
> 아무도 모르는 망각 지대에
> 스러지기 직전의 제 그림자를
> 간신히 붙들고 있다
> 구석에는 백치 같은 목련이
> 하얀 꽃을 달고 서 있다
> 아, 기억만 거울처럼 비치는 것이 아니구나
> 망각은 더 맑고 고요한 거울이구나.
>
> ―「거울」 전문

시적 화자는 "기억"보다 "망각"에서 자신의 본모습을 발견하고 있다. 삶의 흔적들보다 "스러지기 직전"의 "망각"의 세계가 오히려 자신의 본모습을 일러주는 "거울"이라는 것이다. "허물어진 祭閣"의 "구석에" 서 있는 "백치 같은 목련" 역시 "망각"의 비움의 이미지를 배가시키고 있다. "백치"와 "망각"은 공통적으로 비움의 계열적 동일성을 지니기 때문이다. 이것은 모든 존재자의 근원은 무無라는 인식이 바탕을 이룬다.

다음 시편은 이러한 점을 좀 더 선명하게 드러낸다.

태초에
모든 것이 물에서 시작되었다고 한다
산천초목 날짐승 길짐승이
모두 물에서 나왔다고 한다
그런데 이제 세상은
모두가 자기는 맹물이 아니라고
핏대를 세우며 박 터지게 싸우는 통에
하루도 조용할 날이 없다
참다못한 맹물이
그만 좀 시끄럽게 하고
제발들 돌아오라고 외치는데
아무 소리도 나지 않으니
아무도 들을 수가 없다
그런데 바보는
이 맹물이 외치는 소리를
참 용케도 알아 듣는다

— 「맹물」 부분

"맹물"이란 아무 것도 섞지 않은 물을 가리킨다. 그래서 관용구로는 실속이 없거나 내용이 없는 것으로 사용된다. 그러나 바로 이 실속과 내용이 없는 물이 만물의 본성이고 근원이다. "그런데 이제 세상은/모두가 자기는 맹물이 아니라고/핏대를 세우며 박 터지게 싸우는 통에/하루도 조용할 날이 없다". 세상이 "맹물"과 멀어지면서 "조용할 날"이 없는 투쟁과 싸움으로 혼탁해져 가고 있다. 스스로 자신의 본성을 부정하면서 무질서의 파행이 발생한다. 무위가 아니라 인위적 작위가 주도하면서 세상은 온통 혼란스러워졌다는 것이다. 이기적인 욕망과 집착, 주의와 주장이 앞서면서 세상은 소외, 억압, 고통이 난무하기 시작한 것이다. 그래서 시적 화자는 "바보"의 미덕을 강조한다. "바보"만이 "맹물이"외치는 "그만 좀 시끄럽게 하고/제발들 돌아오라"는 소리를 "알아 듣"기 때문이다. 「거울」에서 노래한 "백치 같은 목련"의 "백치"가 "바보"로 변주되고 있는 것이다. 물론 이 때의 바보는 "맹물"과 같이 아상我相이 없는 무위에 가까운 존재를 가리킨다. 그러나 그의 시 세계에서 이러한 "맹물"과 "바보"로 표상되는 무위의 삶은 아무 것도 하지 않는 것이 아니라 하지 않음으로서 모든 것을 행하는 것을 가리킨다.

다음 시편은 바로 이러한 무위의 삶의 특성을 구체적으로 드러내고 있다.

> 어느날 산 기슭에 사람들이 웅성거리며
> 아주 왜소한 알몸의 시체를 보고 있었다
> 마치 고치 속의 마른 애벌레처럼
> 투명한 셀로판지에 싸인 왕이었다
> 투명한 혼이 되어서야
> 백성을 버리고 왕은 꿈을 이루었다
> 맑은 하늘이 조용히 굽어보고
> 나무들이 바람에 사운대며 지켜보는데
> 모인 사람들이 모두 왕답게
> 한마디씩 제 주장들을 하고 있었다.
>
> ― 「왕의 꿈」 부분

왕의 꿈이 "투명한 혼이 되어서"야 이루어지고 있다. 왕이 되고자 하는 권력의지와 욕망이 완전히 무화된 지점에서 진정한 왕으로 등극 되고 있다. 이러한 시적 정황은 노자의 ≪도덕경≫ 48장의 가르침을 연상시킨다. "도를 닦으면 날마다 덜어지거니와 덜고 또 덜면 이윽고 함이 없음에 이르게 되고 함이 없으면 되지 않는 일이 없다." (爲道日損 損之又損 以至無爲 無爲而無不爲) 도에 이르는 길은 인위나 작위를 버리고 자연의 순리에 순응하는 것임을 설파하고 있는 것이다. 그리고 이와 같이 자연의 순리에 따를 때 "천하를 얻을 수 있다"(故取天下 常以無事). 다시 말해 천하를 얻는 것은 무위로써 하라는 것이다. 자신의 탐욕과 권력의지로 세상과 마주하고 세상을 얻고자 하는 것을 경계하는 가르침이다. 이를 조금 더 적극적으로 해석하면, 천하를 얻는 것도 무위가 아니라 인위적인 작위로 하면 이루어지지 않는다는 것이다.(故取天下 常以無事 及其有事 不足而取天下) 무위란 만물을 사랑하여 기르지만 그것들의 주인이 되려고 하지 않고 만물이 그 품에 돌아오지만 그것들을 자기 것으로 소유하지 않으려는(愛養萬物而不爲主 故常無慾 可名於小矣 萬物歸焉而不爲主:≪도덕경≫ 34장) 자세이다. 이러한 무위의 자세를 지닐 때 천하를 다스리는 참된 왕이 될 수 있는 것이다. "백성을 버리고 왕은 꿈을 이루었다"는 시적 전언의 배경이 바로 여기에 있다.

이렇게 보면, 김영석의 시 세계에서 무위는 우주적인 질서와 조화의 능동적인 창조 행위가 된다. 다음 시편은 이 점을 보여준다.

어찌어찌 혼자 살던 메두리댁 할머니가
빈집만 덜렁 남겨 놓고 세상을 떴다

…<중략>…

일손을 놓고 모두 기지개를 켰다
어깨를 겯고 서 있던 돌담도
비로소 팔을 풀고 앉아 발을 뻗었다
어느새 메두리댁 소문이 씨앗처럼 퍼져
사방팔방에서 날아온 유민들이
안팎으로 정착하여 함께 살기 시작했다
이제 대왕의 만백성들은
이름이 있거나 없거나 생긴 대로
낮이면 해 그늘 지어 낮잠도 자고
밤이면 이슬방울마다 별을 물려
저마다 제 꽃을 꿈꾼다

— 「메두리댁」 부분

　"메두리댁" 할머니가 떠나면서 "메두리댁"은 주인 없는 "빈집"이 되었
다. "빈집"이 되면서 메두리댁은 "제 이름값을 제대로 쳐서/이내 산 둘레
가 된"다. "메두리댁"을 관장하는 질서가 인위에서 무위로 대체된 것이다.
"메두리댁"이 "한량없이 너그러운" 본래의 영토로 돌아간 것이다. 이제
"만백성들"이 "이름이 있거나 없거나 생긴 대로/낮이면 해 그늘 지어 낮잠
도 자고/밤이면 이슬방울마다 별을 물려/저마다 제 꽃을 꿈꾼다". 이곳에
서는 모두가 "백성"이고 모두가 "대왕"이다. 무위자연의 조화의 진경이다.
　이렇게 보면, "빈집"의 없음은 우주적 생성의 없음으로 해석된다. 다음
시편은 이와 같은 "빈 집"의 공간이 "뒤 안"과 "빈터"의 이미지로 변주되
어 나타나고 있다.

　① 모든 것은 뒤안이 있습니다 오리나무 갈참나무 잎갈나무 지렁
　　이 굼벵이 동박새 벌새 승냥이 멧돼지 막대기 돌멩이 모두 모두
　　제 뒤안이 있습니다 어떤 일이 일어나면 거기에는 반드시 뒤안
　　이 있기 마련입니다 …<중략>… 먹고 자고 사랑하고 이별하

는 데에 생로병사와 희로애락이 있는 데에 모두 모두 뒤안이 있
습니다 뒤안이 없는 곳은 아무 데도 없습니다 이 세 상은 뒤안
의 그늘인지 모릅니다 그렇습니다 세상은 뒤안의 그늘입니다
                                          —「아편꽃」부분

② 나무가 한사코 발돋움하며
  새들을 길러 날게 하는
  그 하늘 빈터에
  무지개는 피고 지네

  빈터에서 찔레꽃 철쭉꽃이 피고
  찔레꽃 철쭉꽃 진 자리
  너와 나 사이
  그 빈터에
  이름 없는 바람에 실려
  옛 종소리 은은히 들리네

  그 빈터에 빈터가 있네.
                                        —「옛 종소리」전문

  시 ①에서 "세상은 뒤안의 그늘"이다. 모든 가시적인 현상은 비가시적
이며 규정되지 않는 그래서 "뒤안"이라고 말할 수밖에 없는 것에 의해 주
관된다. 이러한 "뒤안"은 모든 사물에 내재한다.
  또한 시 ②는 "빈터"가 생성의 중심이다. 1연과 2연의 기운생동을 주관
하는 주체는 "하늘 빈터"이다. "하늘 빈터"가 "나무"를 "발돋움하"게 하고
"새들을 길러 날게"한다. 지상의 "찔레꽃 철쭉꽃이 피고" 지는 것도 "빈
터"의 관장 속에서 이루어진다. 그리고 "너와 나 사이" "바람"이 일고 "옛
종소리 은은히 들리"는 것도 역시 "빈터"의 신묘한 주관 속에서 가능하
다. 마지막 행의 "그 빈터에 빈터가 있네" 는 구체적으로 규정할 수 없고

지시할 수 없으나 분명히 존재하면서 모든 우주적 존재를 가능하게 하는 "빈터"의 속성을 노래하고 있는 것으로 보인다.

여기에서 "뒤안"과 "빈터"는 '생성의 무'無에 해당된다. 우주의 삼라만상은 모두 이처럼 무에서 생성하고 활성화된다. 가령 흰 눈의 경우도 "막막한 허공으로 올라가더니 피와 살과 뼈를 모두 사위고/이제 고요한 흰빛이 되어 돌아"(「다시 또 눈이 내린다」)오지 않는가. "허공"은 삼라만상의 자궁이다.

한편, 우주의 모든 존재자는 기본적으로 이와 같은 "뒤안"과 "빈터"로 표상되는 "허공"의 산물이라는 점에서 근원 동일성을 지닌다.

> ① 벌레야 너는 어디서 오니
>   네가 온 곳에서 온단다
>
>   온 곳 거기가 어디니
>   거기가 여기란다
>
>   그럼 어디로 가니
>   거기로 간단다
>   지금까지 한 말은
>   모두 너의 말이란다.
>
>   —「문답 1」부분
>
>
> ② 돌멩이야 너의 고향은 어디니
>   내 고향은 별이란다
>   어느 별이니
>   별은 다 같으니까
>   너의 안에 있는 별이기도 하단다
>
>   —「문답 2」부분

시 ①과 ② 모두 공동체적인 우주 생명의 세계관이 드러나고 있다. "벌레"나 화자나 모두 기운생동하는 허공의 산물이다. 생성의 우주적 근원으로서 허공이 "별"의 이미지로 변주되면 ②와 같은 시편이 된다. "별은 다 같으니까/너의 안에 있는 별"과 "돌멩이"의 "고향"인 "별"이 동일하다.

한편, 모든 생명이 우주적 보편성과 개별적 특수성을 지니는 것처럼 허공 역시 동일하다. 다음 시편은 개별적 존재성에 내재하는 허공을 "빈집"의 이미지로 노래하고 있다.

> 너의 마음 깊이 숨어 있는
> 빈집 한 채
> 너의 슬픔과 외로움과 그리움이
> 거기서 생기는
> 너는 모르는 그 빈집
> 비가 오나 눈이 오나
> 오랜 세월 너만을 기다리는
> 텅 빈 그 집.
>
> — 「빈집 한 채」 전문

"빈집"이란 어디에 있으며 무엇인가? "빈집"은 "마음 깊"은 곳에 있다. 그러나 정작 "너는 모"른다. 이것은 있으면서 없고 없으면서 있는 역설적 존재성을 지니기 때문이다. "빈집"이 바로 허공의 존재론적 특성을 지니고 있는 것이다. "빈집"의 존재성은 스스로 자각 하지도 못하지만 그러나 자신의 존재의 본질이며 근원이다. "너의 슬픔과 외로움과 그리움이/거기서 생기"고 "비가 오나 눈이 오나/오랜 세월 너만을 기다"리고 있다. "빈집"이 너의 삶을 주관하는 무위의 허공이다. 노자가 설파한 "비어 있음을 철저히 정관하고 고요함을 지키면 만물이 함께 번성하되 나는 그 돌아감을 보고", "모든 사물이 끊임없이 바뀌지만 저마다 제 뿌리로 돌아오는

것"(致虛極 守靜篤 萬物竝作 吾以觀其復 夫物芸芸 各復歸其根)을 볼 수 있
다는 전언을 환기시킨다.(≪도덕경≫ 16장) 모든 존재자에게는 만물의 생
성과 수렴의 원점에 해당하는 비어 있는 허虛가 존재하는 것이다. 따라서
모든 존재자는 제각기 자신이 지닌 비어 있음의 본성과 이치에 순응해야
한다는 일깨움이다. 텅 빈 허虛, 즉 "빈집"이 가 제각기의 삶의 우주적 중
심이다. 실제로 세상의 주인은 유有가 아니라 무無이다. 거시적으로 볼
때, 무無 속에 유有의 표식들이 산재하는 것이 세상의 본래의 모습이 아닌
가. "새도 비행기도 허공 밖을 날 수밖에 없고/뜨고 지는 해와 달도/푸른
밤 별조차도/허공 속을 가리키는 표지일 뿐이"(「고양이가 다 보고 있다」)
지 않는가.

그러나 세속적인 현실 세계는 허공이 중심이고 주인이 아니다. 오히려
"아스팔트"가 대체하고 있는 형국이다. 다음 시편은 "아스팔트" 제국이
된 현실 세계를 풍자적으로 드러내고 있다.

오늘도 사방팔방에서
쾌락에 지쳐 소리소리 지르고 있다
거대한 성기처럼 군사정부가 일어나더니
변강쇠 같은 튼튼한 나라를 세우려면
길부터 곧고 크고 길게 세워야 한다고
온 나라 방방곡곡에 고속도로를
힘줄 돋은 아스팔트 길들을
혈맥처럼 고동치게 했다

…<중략>…

아스팔트의 정력이 무진장 생산하는
밥과 고기를 꾸역꾸역 먹으며

줄기차게 내달리던 사람들이
문득 하늘을 올려다본다
하늘도 별도 아스팔트의 내장이 된 지 오래
하늘이고 땅이고 캄캄하다
문득 들리는 소리
아스팔트 길들이 신음하는 소리
— 「아스팔트 길」 부분

"아스팔트"가 세상의 지배자이다. "거대한 성기처럼" 왕성하던 "군사 정부"에 의해 건설되기 시작한 "아스팔트"가 전국토는 물론 시적 화자의 "뱃 속"과 "하늘도 별도" 압살하고 있다. 이제 "하늘도 별도" "아스팔트"의 "무지막지한" 탐욕의 시선의 대상으로 전락되고 있다. 그래서 "하늘이고 땅이고 캄캄하다". "문득 들리는 소리"는 "아스팔트 길들이 신음하는 소리"이다. 기계문명의 제국으로 전락된 인공 사회의 풍속도이다.

이러한 인공 사회에서 무위의 생태학은 반생명적인 유위의 "무한 반복의 둥근 고리"로 대치된다.

저절로 된 것 말고 만들어진 것들은 모두 주인이 사용하기 위하여
작동되는 기계들이다

그러나 한번 만들어지면 기계는 이제 입력된 내용과 작동하는 방
식을 가지고 거꾸로 저를 만든 주인을 길들이며 만들기 시작한다 만
들어진 것은 되짚어서 만든 것을 만드니 서로가 서로를 만들고야 만
다 결국 하나님도 사람이 만든 기계가 된다 1차 기계인 하나님과 2차
기계인 사람과 사람이 만든 3차 기계는 둥근 고리가 되어 꼬리를 물
고 돌아간다
— 「기계들의 깊은 밤」 부분

무위의 생태 사슬을 대체한 인위의 사슬의 현장을 묘파하고 있다. "저절로 된 것 말고 만들어진 것들은" 모든 생명의 질서를 전복시킨다. 그래서 기계가 사람의 주인이 되고 사람이 하나님의 주인이 된다. 세상은 온통 "온갖 기계들이 숨을 쉬면서 내뱉은" "쇳가루 같은" 어둠으로 캄캄하고 무겁다. 세상의 주인이 무위의 텅 빈 허공이 아니라 녹슨 기계이다.

이러한 인공사회에서 "사람들은/별빛을 잊고 산다." 이때, "별빛"이란 모든 존재가 지닌 우주생명의 신성성을 가리키는 것으로 해석된다.

> 이제 사람들은
> 별빛을 잊고 산다
>
> 풀과 벌레와 새들이
> 제 등불을 홀로 지켜
> 서로 먼 별빛이 되듯
> 어느 길가에 버려진 돌멩이도
> 아득한 기억 저편에서
> 홀로 반짝인다.
>
> ―「등불」 전문

"풀과 벌레와 새들"도 "제 등불을 홀로 지"키고 있다. 그래서 서로에게 "먼 별빛이"되어 아름다운 자연의 조화를 이룬다. 모든 사물은 제각기 우주적 신성성을 지닌다. 화엄 불교의 일미진중함시방―微塵中含十方의 이치에 대응된다. 작은 티끌 하나도 우주적 영성이 깃들지 않은 것이 없다. 이것은 다르게 표현하면 모든 존재는 우주 생명 공동체의 근원인 무의 산물이라는 뜻이기도 하다. 그러나 "이제 사람들은/별빛을 잊고 산다." 그렇다면, "별빛"을 다시 회복하는 방법은 무엇일까? 그것은 물론 앞에서 노래한 무위의 허공을 스스로 회복하는 것이다. 이를 좀 더 구체적으로 말하면 스스로 "호젓한 호수"나 "상수리나무"의 시선을 찾는 것이다.

> 산속의 호젓한 호수
> 그 맑은 외눈
> 내가 한눈 팔고 다니며
> 두 눈 뜨고 보지 못한
> 하늘과 바람과 별을
> 혼자 보고 있었네.
>
> $\qquad\qquad\qquad$ —「호수」 전문

> 밭 사이를 뱀처럼 기어가는 길과
> 머리칼을 곤두세워 소리치는 나무들
> 아이들을 위한 무슨 요지경을 만드는지
> 어디 목공소에서 망치 소리 들려오고
> 하늘 거울 속으로 날아가는 새 떼와
> 새들의 흔적을 지우는 흰 솜구름
> 문득 바람이 불자
> 상수리나무가 풍경을 말끔히 지우더니
> 그 큰 액틀의 눈을 뜨고서
> 창밖을 보는 나를 물끄러미 바라본다
> 창문을 벗어나려 안타까이 파닥거리는
> 흰나비 한 마리를 조용히 바라본다
>
> 내 눈은 상수리나무의 눈이었다
> 내가 본 것은 상수리나무가 본 것이다.
> $\qquad\qquad$ —「내가 본 것은 상수리나무가 본 것이다」 부분

"호수"는 세상을 있는 그대로 보고 있었다. "내가 한눈 팔고 다니며/두 눈 뜨고 "보지 못한 "하늘과 바람과 별을" "호수"는 "맑은 외 눈"으로 온전

히 보고 있었다. "호수"의 무연함이 우주를 총체적으로 감상하는 방법이었다. 이러한 "호수"의 "맑은 외눈"을 갖는 다는 것은 스스로 "상수리나무"처럼 살고 보고 느끼는 것이기도 하다. 하지 않으면서 하지 않음이 없는 무위자연의 이치를 생활 속에서 내면화하는 것이다. 이것이 바로 "옛날 옛날 한 신인(神人)이/이 우주와 신의 비밀을 밝힌/세상에 하나뿐인 비급"(「비밀」)을 터득하고 실천하는 길이다. 이 지점은 김영석의 시 세계가 추구하는 정점이면서 세속적 현실 속에서 일러주는 생활 철학의 "맑고 고요한 거울"(「거울」)이며 화두이다.

(시집 『고양이가 다 보고 있다』 해설, 2014)

김영석 시의 심층생태학적 윤리 의식 연구

| 강희안

1. 머리말

고전주의 시대에서부터 현재에 이르기까지 인간이 자연의 일부라는 인식은 지극히 평범하면서도 자명한 사실이다. 그러나 인간중심주의(anthropocentrism)로 무장된 근대 철학사에서 이 고루한 명제는 미리 예견된 것처럼 주체적 인간의 필요에 의한 존재하는 피동적 객체로 취급되기 시작한다. 즉 인식론적 차원에서 본 르네 데카르트R. Descartes의 사유하는 인식 주체로서의 인간과 행위론적 차원에서 본 프란시스 베이컨F. Bacon 의 과학적 지배 주체로서의 인간, 그리고 윤리적인 차원에서 본 임마누엘 칸트I. Kant의 도덕의 입법 주체로서의 인간 등으로 분류한 인간중심주의 사상이 대두되자 자연은 기계론적 관점에서 인간을 위한 이용과 정복의 대상으로 전락한 것이다. 인간이 우주만물 가운데서 가장 우월한 존재라는 인간 중심주의적 관념은 서구 철학의 핵심 주제였다고 해도 과언은 아니다.

이와 같은 인간중심주의적 의식은 특히 종교와 철학 속에 뿌리 깊게 박

혀 있어 자연을 무분별하게 이용하고 착취하는 결과를 낳고야 말았다. 그
렇다면 고대부터 현대 생물학을 토대로 하는 철학적 인간학에 이르기까
지 그들이 인간의 정체와 본질을 제대로 인지했는가의 문제가 제기된다.
막스 셸러M. Scheler가 증명했듯이 인간우월주의는 단순히 인간의 관점에
서만 타당하다는 사실이다.1) 인간을 자연 대상보다 우위에 놓는 일은 계
급적인 우주관으로서 인간 이기주의의 다른 형태일 뿐이다. 이러한 인간
중심의 세계관에 의해 물질문명이 고도로 발달한 만큼 인류는 환경오염
과 생태계 파괴라는 거대한 자연의 재앙과 직면한다. 그 결과 인간과 자
연이 상생의 관계를 유지할 수 있느냐 하는 문제가 인류의 관심사로 부각
된다.2)

한국 현대 서정시에서도 동 · 식물은 물론 자연의 무기물에 이르기까
지 동양의 전통사상과 연계된 심층생태주의(deep ecology)3)는 다양한 관
점으로 산재한다. 그러나 거개가 생명중심주의 관점에서 불교의 연기론
과 맞물려 자연과 인간의 연대감을 조성하는 시편들이 대부분이다. 따
라서 탈인간중심주의(anthrodecentrism) 관점에서 생명체는 물론 자연의

---

1) 막스 셸러는 인간에 대한 단순한 형이상학적 사색이 아니라 생물학 심리학 동물행
   동학을 기초로 인간과 동물을 비교하는 방법을 거친다. 다윈의 진화론 등에 의해서
   인간과 동물의 차이가 단순히 양적인 차이로 간주되는 데에 반기를 들고 인간과 동
   물의 차이는 뛰어넘을 수 없는 본질적인 차이가 있다는 점을 입증하려고 시도하는
   차원에서 중요하다. M. Scheler, 진교훈 역,『우주에서의 인간의 지위』, 아카넷, 2001.
2) 이러한 종의 평등을 주장할 경우 발생하는 충돌에 대처하기 위해서는 인간적인 윤
   리학을 정립하는 일이 먼저 선행되어야 한다. 각기 다른 인간의 종들이 서로 평등을
   주장하면서 차별적 대우를 일삼듯이 인간은 의식적으로만 모든 종들이 평등하다고
   주장했기 때문이다. 생태계의 질서가 위협받기 시작하면서부터 자연 대상을 정당한
   관점에서 새로운 윤리학으로 접근할 필요성이 대두된 것이다.
3) 심층생태주의(근본생태주의)란 표층생태주의(환경생태주의)의 상대어로서 우리의
   세계관과 문화와 생활양식 따위의 문제에 대해 근원적인 질문을 던지면서 인간과
   자연이 평등한 관계로서 조화로운 생태학적 윤리관에 이르려는 급진적 생태운동을
   가리킨다. 송명규,「생태철학」,『현대생태사상의 이해』, 99~130쪽 참조.

무기물까지 인간과 동등한 실체로 인정하는 심층생태학적 윤리 의식을 전경화한 시들은 전무한 실정이다.4) 더욱이 김영석 시인의 시에는 현재의 환경적 폐해를 전문적인 기술로써 해결하려는 표층생태주의(shallow ecology)라 일컫는 전통적 환경생태주의와는 전혀 다른 자연의 무기물까지 인간의 범주로 편입한 근본적인 윤리관을 제시하고 있어 주목된다.5)

이와 같이 인류에게 불어 닥친 문명의 폐해에 대해 골몰하는 김영석의 시에는 생태공동체로서 인간과 자연의 평등에 관한 세 가지 관점의 시각이 수렴되어 있어 관심을 환기한다. 여기에는 탈인간중심주의를 바탕으로 동물과 식물, 나아가서는 자연의 무기물에 이르기까지 우주 공동체의 일원으로서 인간과 동등하게 길항하는 심층생태학적 윤리 의식을 표방한다. 따라서 본고에서는 서구 탈인간중심주의 철학의 세 가지 기본 요체인 감정 중심적 관점, 생명 중심적 관점, 생태 중심적 관점 등으로 세분하여 김영석 시가 드러낸 새로운 관계의 윤리에 대해 면밀히 분석해 보고자 한다.

---

4) 이와 같은 심층생태주의적 시적 경향에 대한 문제 제기는 김동명이 거론한 정현종 후기시에 대한 논의 정도에 불과하다. 그는 정현종 후기시에 등장하는 지구생태계 내 식물이나 동물, 무기물까지 개체적 존재는 어떤 것도 단순한 물질의 덩어리가 아니라고 말한다. 무기물까지도 고립적인 대상이 아니라 어디 기대지 않으면 살아갈 수 없는 상호관여물로서 인간과 천체 현상과의 유기체성에 따르는 순환성의 수용이라는 의미를 창출한다고 주장한다. 정현종 후기시의 생태학적 논의는 결국 유기체적 자연관의 범주에서 다루어질 뿐이다. 다시 말해서 김영석 시의 경우처럼 무기물이 인간의 사유에까지 직·간접적으로 영향을 미치며 평등하게 상생하는 심층생태학적 윤리관으로까지 확대되지는 않는다는 한계점이 주어져 있다. 김동명, 「정현종의 후기시에 내재된 동양사상의 심층생태주의적 양상 연구」, 『동북아문화연구』 제31집, 2012.
5) 표층생태주의가 오염이나 자원고갈의 문제에 대해 인간 중심적인 관점에서 인류의 풍요와 건강을 목적으로 하는 환경운동이라면, 심층생태주의는 인간을 포함한 자연은 상호작용과 상호의존성 속에 구성되고 존재하는 유기체로 보는 관점이다. 이러한 유기론을 생명현상의 중요한 근거로 삼을 때 지구 생태계의 다양성, 자기 조절력, 항상성은 강조될 수밖에 없다는 사실이 중시된다. 정효구, 「우주공동체와 문학」, 『초록생명의 길』, 시와사람사, 1997, 104쪽 참조.

자연 생명체부터 시작하여 무기물까지 포괄하는 휴머니즘 의식이란 90년대 이후 한국 생태주의 시에서는 미미하게 산견되는 희귀한 인문학적 경향에 해당되기 때문이다.

2. 감정 중심적 동물화

철학사의 관점에서 휴머니즘(humanism)과 인간중심주의(anthropocentrism)는 전혀 개념을 달리하는 용어로 분류된다. 두 가지 개념 다 인간을 가치 판단의 중심에 두는 것은 같지만 행위론과 인식론으로 엄격히 분리된다. 전자가 인간이 만든 객관적 제도가 침해한 개인의 자유 의지와 인간의 존엄성을 수호하기 위한 흐름이라면, 후자는 모든 가치판단의 척도를 인간을 중심에 놓는 편향적인 사유체계를 일컫는다. 이러한 사고의 기저에는 이 세상에서 가장 고등한 동물은 인간이라는 도저한 특권 의식이 깔려 있다. 이와 같이 인간중심주의적 사고에는 인간이 자연보다 위대하다는 근대적 의식이 내재되어 있다. 여기에 반기를 든 철학적 경향으로는 고통 감수 능력을 중시하는 감정중심주의(pathocentrism)[6]가 있다.

인간과 마찬가지로 동물도 의식과 감정이 있다고 강조하면서 동물의 고통을 외면하지 않는 것은 사회적 약자를 배려하는 것과 다르지 않다는 경향이다. 여기에는 동물의 권리를 인정한다고 해서 인간의 존엄성이 파기되는 게 아니란 의미가 부가되어 있다. 감정중심주의란 생명체의 고통

---

6) 벤담은 1780년에 발표한 논문에서 처음으로 비인간동물에 대한 인도주의적 사상의 필요성을 강조한다. 그는 '인간동물만 언어 사용 능력이 있다는 점'을 기준으로 비인간동물에 대해 존재론적 평가를 하는 것을 거부한다. 또 고통 감수 능력의 관점에서 비인간동물에 대한 학대를 '노예의 고통'에 비유하면서 무엇보다 중요한 것은 "동물들도 고통을 느낀다"는 사실에 초점을 맞춘다. Jeremy Bentham. *Principles of Morals and Legislation*. Kitchener: Batoche Books, 2000.

체감 능력에 따라 인간뿐만 아니라 다른 동물도 인간과 동등하다는 가치를 부여해야 한다는 철학적 인식론이다. 여기에 동조하는 가장 급진적인 인문학적 경향은 피터 싱어P. Singer의 '동물해방론'이다.[7] 이러한 주장은 인간과 동물이 서로 배타적인 관계라기보다는 인간과 하등 다를 바 없다는 인식에서 출발한다. 피터 싱어는 인간의 도덕적 진화 과정과 동물행동학이 밝혀낸 이론을 바탕으로 하여 가장 강력하게 감정중심주의를 주장하는 대표적 학자 중의 하나이다.

> 고양이가 허공 속
> 어느 나라에서 오는지
> 아는 사람은 아무도 없다
> 마치 이 꿈속에서
> 저 꿈속으로 드나들 듯이
> 보이지 않는 것들이 사는 허공 속에서
> 보이는 것들이 사는 이 세상에
> 어떻게 그놈이 홀연히 나타날 수 있는지
> 그것은 참 알 수 없는 수수께끼다
> …<중략>…
> 뜨고 지는 해와 달도
> 푸른 밤 별조차도
> 허공 속을 가리키는 표지일 뿐이어서
> 허공 속을 드나드는 길은
> 도무지 찾을 수가 없는데

---

7) 피터 싱어는 "동물은 인간의 재량에 달린 존재가 아니며 인간의 삶만이 고귀한 것도 아니다. 인간은 자신의 소비 생활을 위해 동물에게 가하는 고통을 윤리적으로 정당화할 수 없다"는 사실을 분명히 밝힌다. '동물복지론'은 노예제 폐지와 다를 바 없이 동물의 종속 상태를 공고히 연장하고자 하는 맥락과 일치한다. 인간의 필요에 따라 동물을 이용해도 무방하지만 이유 없는 학대는 용인할 수 없다는 의식이 '동물복지론'이라면, 다른 생명을 마음대로 이용할 권리가 있느냐고 묻는 게 바로 '동물해방론'인 것이다. P. Singer, 김성한 역, 『동물해방』, 연암서가, 2012, 406~409쪽 참조.

하, 그놈은 귀신같이 나타나
언제 어디서고 우리를 지켜보고 있다
그러고 보니 고양이가 숨어 있지 않은 곳은
아무 데도 없다
푸나무에도 벌레에도 돌멩이에도
아니, 보이는 모든 것 속에
그놈이 숨어 서로를 지켜보고 있다
우리도 결국 우리 속에 숨어 있는
그놈의 눈을 통해 무엇인가 보고 있다
모든 것이 고양이의 눈이다

고양이가 다 보고 있다.

-「고양이가 다 보고 있다」 부분

　　김영석의 시에 등장한 '고양이'는 "보이지 않는 허공 속에서 보이는 것
들이 사는 이 세상"까지 넘나드는 수수께끼 같은 존재로 표상된다. 해와
달이나, 푸른 밤의 별조차도 "허공을 가리키는 표지"에 불과하므로 "허공
속을 드나드는 길"은 찾을 수 없다고 단정한다. 그러나 '고양이'란 영험한
존재는 데카르트R. Descartes가 동물은 영혼이 없으므로 감각적으로 인지
하고 사유할 수도 없다고 판단한 서구 근대철학의 이성주의를 철저하게
부정하고 있다.[8] 인용시에 등장한 '고양이'는 "모든 것 속에 숨어 서로를
지켜보는" 인간의 눈과 다를 바 없는 존재자로 현시된다. 결국 동물이
란 도덕적으로 수동적인 존재이기 때문에 의무도 권리도 없다고 선언한
칸트I. Kant의 도덕철학의 맹점도 가시화된다.[9]

---

8) 데카르트에 따르면, 이 세상에는 두 가지 실체가 있다. 이것은 영혼이라는 실체와 육
　체적 본성을 갖는 실체로 구분된다. 인간의 육체는 사멸하지만 영혼은 불멸한다고
　생각한 기독교적 교리를 수용함으로써 동물들이 의식을 갖지 않는다는 오류를 범하
　게 된다. P. Singer, 위의 책, 341쪽 참조.
9) 칸트는 자신의 윤리학 강의에서 "우리는 동물에 대한 직접적인 의무를 갖지 않는

나아가 시의 화자는 우리 속에 숨어 있는 고양이의 눈을 통해 "무엇을 보고 있는" 무의식적 자아를 인지한다. 인간과 동물이 서로 배타적인 관계가 아닌 인간과 하등 다를 바 없다는 전일적 의식에 해당된다. 여기에는 지구에 거주하는 종들 사이의 차이가 인간이 다른 종의 구성원들보다 우월하다고 생각할 근거를 제공하지 않는다는 심층생태학적 관점이 내재되어 있다.[10] 시의 화자는 "보이는 모든 것 속에/그놈이 숨어 서로를 지켜보고 있다"라는 표현을 통해 가시적 세계(인간)에서 비가시적 세계(자연)의 질서로 재편하려는 의식을 전면에 내세운다. 따라서 인용시는 "모든 것이 고양이 눈"이라는 일원론적 가치 판단을 통해 인간과 동물이 자연공동체의 일원으로서 윤리적 관계를 제고하려는 의식의 소산인 셈이다.

까만 개미들이
지상의 온갖 부스러기를 물고
끝없이 구멍 속으로 들어간다
개미구멍이 없는 땅은 어디에도 없다
그 깊이를 알 수 없는 구멍의 어둠 속에서
개미는 온갖 것을 새김질하여
땅속의 어둠을 만들고 그 어둠에서

다. 동물은 자의식을 갖지 못하며, 따라서 단지 목적을 위한 수단으로 존재한다. 여기서 목적이란 인간을 말한다."라고까지 할 정도로 동물을 인간의 하위 개념으로 취급한다. *Lectures on Ethics*, trans. L. Infield. New York: Harper Torchbooks, 1963. 239~240.

10) 폴 테일러는 종의 구성원들이 무수한 점에서 다르다는 것을 인정하지만 이 차이가 어느 한 종의 구성원을 다른 종의 구성원들보다 우월하다고 생각할 근거를 제공하지 않는다고 주장한다. 그는 인간이 다른 종의 구성원들에게 없는 합리성과 도덕적 작용과 같은 특성을 가지고 있다는 것을 인정하지만 인간 이외의 종의 구성원들이 인간에게 없는 우수한 특성을 가지고 있다는 것을 지적한다. Paul Taylor. "Respect for Nature." *Three Challenges to Ethics: Environmentalism, Feminism and Multiculturalism*. ed. James P. Sterba. New York: Oxford UP, 2001. 99~168.

막강한 힘을 얻고 다시 태어나
밝은 구멍 밖으로 거듭 나온다
산 것이거나 죽은 것이거나
이 지상에 머무는 것치고
개미의 먹이가 아닌 것은 아무것도 없다
날아가는 새도 숨어 있는 두더지도
아무리 눈곱만 한 겨자씨라도
서까래 두리기둥 주춧돌까지
개미의 새김질은 피할 수가 없다
개미의 어둠의 힘이 얼마나 센지
황소도 맥없이 구멍 속으로 끌려가고 만다
지상의 모든 것들은 결국
어둠의 젖을 먹고 자란 것들이다
구멍 속을 드나드는 개미가 없다면
저 개미의 새김질이 없다면
거듭거듭 어둠에서 볕으로 드나드는
이 세상의 되새김질은 끝나고 만다
하늘도 망하고 땅도 망한다.

—「개미」 전문

김영석의 「개미」를 읽으면 자연스럽게 인간과 동물이라는 새로운 관계의 역사를 재구할 때가 되었다는 사실이 환기된다. 인간을 기준으로 동물을 파악하기보다는 동물의 개별성과 개체성을 기준으로 삼아 그들이 진정 어떤 존재인지 이해하려는 윤리적 판단이 시의식을 지배하고 있기 때문이다. 인간과 동물의 관계를 재정립하기 위해서는 동물의 신성하고도 초자연적인 힘을 인정하는 일이 선행되어야 한다. 인용시에서의 '개미'는 자연의 유기체들을 먹이로 삼으면서도 재생시키는 아이러니한 존재인 동시에 어둠의 세계 속에서 막강한 힘을 얻는 자연을 파괴하는 인간과는 다른 존재자의 면모로써 실체를 드러낸다.

어떤 종의 구성원들이 어떤 다른 종들이 소유한 특성 중 하나만이라도 자신의 능력으로 섭수하기란 최초의 종을 바꾸지 않는 한 거의 불가능에 가깝다. 인용시에 등장한 '개미'는 인간이 생각하듯이 미미한 존재로 인지하지 않는다. 오히려 시의 화자는 '개미'를 "어둠에서/막강한 힘을 얻고 다시 태어나 밝은 구멍 밖으로 거듭 나"오는 이 세상을 장악한 존재자로 현시한다. 이 '개미'는 이 세상의 모든 것들을 '구멍'으로 끌고 들어가 새김질하여 만드는 모성적 존재이기 때문이다. 결국 인간을 포함한 모든 자연의 생명체는 "어둠의 젖을 먹고 자란" 개미의 자식들이므로 '개미'가 없다면 '하늘'과 '땅'이 망한다는 당연한 논리의 귀결점에 도달한다.

이와 같이 김영석의 시는 동물을 바라보는 관점이 피터 싱어를 비롯한 심층생태학자들의 주장과 동일한 의식으로 수렴되어 있어 관심을 불러일으킨다. 정신적 존재로서의 인간은 동물과는 달리 세계를 환경으로만 파악하지 않고 그 대상으로 파악하여 개변시키려 하는 인간의 의식에 판단 정지를 요구하고 있는 셈이다. 인간적인 특성이 다른 종들이 소유한 특성보다 더 가치가 있다고 판단할 수 있는 선결 문제 요구의 오류에 휘말려들 여지조차 없다는 사실을 자각시킨다. 선결 문제 요구의 오류에 빠지지 않은 입장에서 본다면, 인간이 동물보다 우월하다는 주장은 타당한 근거가 부재하기 때문이다.11)

---

11) 인간이 우월하다는 주장은 폴 테일러가 선결 문제로 내세운 "① 인간은 지구의 생명공동체의 구성원이다. ② 모든 생물은 상호의존의 규칙에 따라 서로 관련되어 있다. ③ 각 유기체는 목적론적 생명의 중심이다."라는 명제에 대한 근거가 상당히 빈약하다는 사실이다. 이와 같은 생명 중심의 견해를 지지할 수 있게 되면, 합리적이며 지식을 갖춘 사람은 인간이 다른 생명체에 비해 우월하다는 의식은 마땅히 철회되어야 한다는 것이다. 따라서 인간이 우월하다는 주장을 거절하고, 이보다 더 일반적으로 어떤 종이 다른 종보다 본래적으로 우월하다는 주장을 거절하면, 거기에 대응하여 종-공평의 원리(the principle of species impartiality)가 수반된다는 설명이다. Paul Taylor. Ibid., 69.

3. 생명 중심적 식물화

생명을 중시하는 환경윤리학자들은 인간 이외의 자연에 대해서도 본래적 가치를 인정하는 태도를 취한다. 주로 알도 레오폴드A. Leopold의 영향을 받은 심층생태학자들은 생명공동체를 유지하는 것은 도덕적이고, 생명공동체를 파괴하는 것은 부도덕하다는 입장에 동의한다. 생명을 보호하는데에 방점이 있으므로 동물은 물론 식물까지 포함하여 인간과 동등한 지위를 부여하는 사고방식을 생명중심주의(biocentrism)[12]라고 부른다. 어떤 형태의 생명이든 보존되고 유지되어야 한다는 심층생태학의 논의는 명확하게 생명의 다양성을 옹호하려는 탈인간중심주의 사고의 원형이 된다.

근대 문명이 자연을 정복하여 마치 지배자처럼 군림하게 된 것은 바로 인간중심주의 사상과 긴밀하게 결부된다. 서구의 인식론적 자연관 이후 인간만이 사유의 주체라는 존재론적 오류로 인해 자연은 오로지 인간의 목적을 위해 존재하는 대상에 불과했다. 자연물에도 혼이나 신령이 깃들어 있다는 동양 사상의 기저인 물활론物活論 및 만물유생론萬物有生論을 철저하게 거부당했다. 자연에 대한 신성한 감정과 신비한 의식을 거세하면서 자연을 단지 인간의 필요에 따른 하나의 수단으로 간주했다. 따라서 인간에게 자연이란 대립관계의 짝으로써 존재하는 한낱 도구적 대상에 불과했던 것이다.

---

12) 생명중심주의란 다른 말로 표현하면 지구중심주의(geocentrism)을 의미하는데, 인간끼리의 공동체가 아니라 지구 전체의 생명체와 자연의 유대 의식이자 공동체 의식을 의미한다. 하버드 대학의 생물학자인 스티븐 제이 고울드(S. J. Gould)는 "자연이 우리를 대접하기를 바라는 대로 우리가 자연을 대접해야 한다"는 표현을 통해 황금률을 실제로 자연계에 그대로 적용해야 한다고 역설한다. 이는 생명중심주의를 드러내는 전형적인 주장에 해당한다. Stephen Jay Gould. "The Golden Rule: A Proper Scale for our Environmental crisis." *Environmental Ethics: Readings in Theory and Application*. ed. Louis J. Pojman. Boston: Jones & Bartlett Pubs, 1994. 164~168 참조.

창문 밖 상수리나무에
부러져 죽은 나뭇가지와
살아 있는 가지가 얽혀 생긴
액틀 하나가 걸려 있다
그 액틀을 통해 바라보는 마을이
색지를 오려 놓은 듯 작고 선명하여
처음 보는 동화의 나라처럼 낯설다
기묘한 모양의 지붕과 색깔
밭 사이를 뱀처럼 기어가는 길과
머리칼을 곤두세워 소리치는 나무들
아이들을 위한 무슨 요지경을 만드는지
어디 목공소에서 망치 소리 들려오고
하늘 거울 속으로 날아가는 새 떼와
새들의 흔적을 지우는 흰 솜구름
문득 바람이 불자
상수리나무가 풍경을 말끔히 지우더니
그 큰 액틀의 눈을 뜨고서
창밖을 보는 나를 물끄러미 바라본다
창문을 벗어나려 안타까이 파닥거리는
흰나비 한 마리를 조용히 바라본다

내 눈은 상수리나무의 눈이었다
내가 본 것은 상수리나무가 본 것이다.
— 「내가 본 것은 상수리나무가 본 것이다」 전문

앞장에서도 언급했듯이 인간의 특성이 다른 종의 특성보다 더 가치 있
는 것이 아니라는 심층생태학자들의 주장에 이의를 제기하기는 곤란해졌
다. 그러한 주장을 정당화하는 선결 문제 요구의 오류, 즉 "창문"(문명)이
라는 인간적 시각으로 "창밖"(자연)이라는 상수리나무를 해석했던 근대

철학의 과오를 인정했기 때문이다. 여기에 등장하는 "창문"을 벗어나기 위해 안타깝게 파닥거리는 "나비"는 살려는 생명의 의지를 내포하고 있다는 점에서 인간의 입장과 동일한 개체 중의 하나로 인정된다.

그러나 인간의 영역 밖인 자연의 세계에 거주하는 '상수리나무'는 "살아 있는 가지"(삶)와 "부러져 죽은 나뭇가지"(죽음)의 경계에 걸린 "액틀"을 통해 인간을 조감하고 있다. 합리성과 도덕적 작용이 인간 이외의 종들에서 발견되는 그 어떤 특성보다 더 가치가 있다는 사실이 부정된다. 인간 이외의 종들에서 발견되는 특성을 인간과 동일한 지위로 인정할 때만이 비로소 "내가 본 것은 상수리나무가 본 것"이라는 전일적 자연관의 시각이 가능해진다. 시의 화자가 "내 눈은 상수리나무의 눈"이었다는 사실을 인정했으므로 인간에게 상생이란 관점에서 생명을 중시하는 식물화의 길이 열린 셈이다.

> 새털구름이 푸른 하늘을 짙게 물들이는
> 햇살도 눈부신 초여름 날에
> 딸기밭에서 바구니를 들고 딸기를 따던
> 예닐곱 명의 선남선녀가
> 한쪽에서 자글거리던 시비가 번져
> 그만 떼싸움 북새판을 벌였네
> 아우성을 지르며 딸기 팔매질을 하며
> 뭉개고 짓이기고 엎어지고 자빠지며
> 온통 햇살에 딸기 곤죽판이 되었는데
> 수없이 으깨진 딸기들 속에서
> 영문도 모른 채 튀어나온 볼 붉은 아이들이
> 철없이 뛰어다니며 겨드랑이를 간질이는지
> 붉은 딸기 곤죽 속에서 꼬물거리던 사람들이
> 갑자기 하늘 보고 크게 웃기 시작했네
> 딸기밭을 내려다보던 복사꽃 가지마다

주렁주렁 매달려 있던 벌거숭이 아이들도
자지러지게 깔깔대며 웃기 시작했네
그 바람에 풀무치는 멋모르고 튀어 오르고
얼룩이 딱새들은 햇살 속으로 날아가네
떼싸움판을 떼웃음판으로 바꾸는
달콤한 딸기는 정말로 힘이 세네
딸기밭에서는 싸움이 안 되네.
　　　　　　 － 「딸기밭에서는 싸움이 안 되네」 전문

　상기 인용시에서 시의 화자는 인간이 단지 지구 생태계의 수많은 존재
가운데 하나일 뿐이라는 사실을 각인시키는 데 충실한 시선을 견지한다.
근대 철학의 인식론적 사유가 도달한 한계, 즉 인간이 자연으로부터 분리
되려고 할 때, 인간중심주의 폐해의 하나인 "떼싸움 북새판"이란 위기감
에 봉착했기 때문이다. 폴 디너P. W. Diener에 따르면 인간중심주의를 넘
어서자는 모토를 지닌 환경윤리학자들 사이에도 암묵적으로 일치된 견해
가 있다. 그것은 인간 이외의 생명, 즉 식물들까지도 인간의 경제적이고
미학적인 차원을 위해 존재한다는 태도를 버리고 하나의 동등한 인격체
로 수용하려는 관점이다.

　베이컨F. Bacon이 주장대로 인간은 행위론적 차원에서 자연을 수단화
한 결과 "딸기 팔매질을 하며/뭉개고 짓이기고 엎어지고 자빠지"는 곤죽
판을 만들었다. 여기서의 '딸기 곤죽판'이란 자연(식물)과 인간이 뒤엉킨
형상으로서 인간에겐 하나의 각성의 계기로 기능한다. 한낱 인간이란 "붉
은 딸기 곤죽 속에서 꼬물거리"는 미물, 즉 수많은 자연 생명체 중의 하나
에 불과하다는 사실의 발견이다. 자연보다 우위성을 강조하던 인간들이
오히려 자연이 인간에게 미치는 긍정적 효과에 직면한다. 시적 화자는 사
람들에게 떼싸움판의 수단이었던 딸기가 "볼 붉은 아이들"과 "풀무치",
"얼룩이 딱새"까지 웃어젖히게 만드는 위대한 식물의 힘에 주목한다. 바

로 여기에서 "떼싸움판"을 "떼웃음판"으로 바꾸는 생명 자체의 가치를 인정하며 그들의 권리를 인정하고 공존을 중시하는 문제가 제기된 것이다.

상기 인용시는 '모든 종이 평등하다'는 견해를 피력하는 생명 중심의 다원론이란 인문학계의 주된 쟁점을 포괄한다.13) 이러한 문제를 해결하기 위해서는 무엇보다도 새로운 윤리가 정립되어야 한다는 선결 요건이 부과된 셈이다. 이와 같이 인간과 식물의 동시성의 관점은 생명을 소유하고 있는 인간 이외의 종들에게도 유효할 것이다. 인간적인 특성이 다른 종들이 소유한 특성보다 더 가치가 있다고 판단하는 한 인간은 선결 문제의 오류에 빠질 수밖에 없다. 어떤 종의 식물들이 한편으로 어떤 다른 종들이 소유하고 있는 특성 중에서 하나 혹은 여타의 장점을 인정하면서 그들 종의 특성을 유지할 수 있는 여건만 마련해 준다면, 그것은 새로운 형태의 생명 중심적 문화가 이룩될 것이기 때문이다.

4. 생태 중심적 유기화

근대철학의 관념이었던 인간중심주의란 인간 이외의 생명에 대해 그들이 용인한 범위 내에서만 가치를 인정했을 뿐 어떤 감정이나 선, 혹은 인격을 부정했다. 모든 환경윤리학자가 동·식물의 권리와 가치, 나아가서는 자기 항상성을 유지하는 자연 생태계의 무기물에 이르기까지 그들

---

13) 1991년 독일에 설립되어 '존재평등주의'를 주장하는 젝 공동체의 이념을 보면, "생태주의란 인간 삶을 자연의 우주적인 보편적 과정 속에 편입시키는 것이다. 우리는 우리를 둘러싼 땅과 거주민들, 즉 동물들과 식물과의 친화관계를 위해서 노력한다. 자연은 사용되고 착취되기 위해서 존재하는 것이 아니라 자연에는 영혼이 깃들어 있으며 우리와 동일한 근원에서 나온 것이다."라고 밝힐 만큼 모든 종의 평등을 주장한다. ZEGG(Zentrum für Experimentelle Gesellschaftsgestaltung: 문화디자인실험센터) 국제공동체 소개서, 2004년 판, 12쪽.

의 본래적 가치를 인정하자는 제안에 동의하는 것은 아니다. 그러나 그들은 모든 상황에서 인간의 필요와 요구에 따라 자연에게 무분별하게 자행된 폭력을 거부하는 생태중심주의(ecocentrism)[14]란 입장에는 동조하는 입장이다. 이와 같은 인간중심주의에 대한 가장 넓은 범위를 포함하면서도 가장 강력한 비판 가운데 하나가 제임스 러브록J. E. Lovelock의 가이아 Gaia 가설이다.[15]

제임스 러브록에 따르면 지구는 정밀한 자기 조절적 시스템을 갖춘 하나의 거대한 생명체로 분류한다. 그는 다른 행성과는 달리 언제나 자기 항상성을 유지하는 생명체로서 지구를 관찰한 과학적 지식을 바탕으로 인간과 자연의 관계를 새롭게 설정한다. 이와 마찬가지로 동양 사상의 기원 가운데 하나인 노자의 도가 사상은 인간의 인위적인 질서와 도덕을 부정하고 인간과 자연의 온전한 합일을 추구한다. 이처럼 가이아 가설과 도가 사상은 오늘날 인간과 자연의 조화와 공존을 추구하는 이들에게 많은 시사점을 던져준다. 지구의 만물들이 서로 연계해서 토양과 해양, 그리고 대기까지 포함한 지구 환경을 시시각각 변화시키면서 전체 생물권의 생존을 조율하고 있다는 주장인 것이다.[16]

---

14) 생태중심주의는 생태학(ecology)에서 나온 개념으로서 환경 문제에 관한 철학 또는 이론의 하나에 해당한다. 생태학이란 지구상의 생물들이 서로 그리고 그들을 둘러싼 환경과 상호작용한다는 전제에서 끊임없는 물질 순환과 에너지 흐름이 계속되는 하나의 체계를 이루고 있다는 관점을 기초로 한다. 따라서 생태주의는 환경 문제를 이 생태계의 총체적인 위기로 인식하는 시각이다. 그런 이유로 인해 생태주의를 '생태중심주의' 또는 '생태근본주의'라고도 부르기도 한다. 이상헌, 『생태주의』, 책세상, 2011, 51~59쪽 참조.

15) 동서를 막론하고 세상 모든 믿음의 시작은 자연을 섬기는 것에서부터 출발했다. 한정된 수명을 지닌 인간은 끊임없이 순환하며, 사라지는가 하면 다시 나타나고, 죽었는가 하면 되살아나는 힘을 지닌 자연의 놀라운 생명력에 경외심을 품었다. 인간의 신화적 상상력은 지구가 하나의 거대한 신이란 생각에 이르게 된다 따라서 고대 그리스인들은 신화 속에서 '대지의 여신'을 일컬어 대지모신(大地母神), 즉 '가이아 (Gaia)'라고 불렀던 것이다.

길고 긴 밤의 내장 속을
헤매고 다니는 노루는
그냥 한 덩이 어둠이다
밤의 내장에 연결된
산모퉁이 찻길에 나선 노루가
달리는 차에 치었다
흙덩이가 툭, 하고
땅바닥에 떨어지는 소리가 났다
나가서 살펴보니
한 덩이 어둠이 피를 흘리고 있다
흙덩이가 피를 흘린다
한 덩이 어둠이 없어진 자리에는
달이 동그랗게 떠 있다
갑자기 풀벌레 울음소리가 높아진다.

　　　　　　　　　　　　　－「흙덩이가 피를 흘린다」 전문

　거대한 은하계에서도 인간이 사는 지구처럼 생물권 전체가 하나의 유기체처럼 움직이면서 생명의 산실로 만들어 가는 행성은 어디에도 없다. 그 어떤 행성도 지구상의 모든 생명체에 의해 조절되는 절묘한 환경조절 메커니즘, 사이버네틱 시스템을 갖추지 못했다는 사실이다. 인용시는 인간들이 전지전능하게 여겼던 문명의 폭력에 의해 생명체와도 같은 지구가 파괴되어 가는 참혹한 폐해의 현장에 초점을 맞춘다. 지구의 모태인

---

16) 제임스 러브록의 가설에서 '가이아'란 지구와 지구에 살고 있는 생물, 대기권, 토양, 대양까지를 포함하는 하나의 범지구적 실체의 상징적 표지다. 그에 따르면 지구는 생물과 무생물이 상호작용하는 마치 하나의 거대한 유기체란 사실을 강조한다. 가이아 이론이 처음 등장했을 때 대다수 과학자들은 '가이아'라는 이름 때문에 지구를 하나의 인격체로 취급한다는 오해를 했다. 그러나 러브록은 오히려 그 반대편에서 지나친 환경주의를 경계하면서 철저히 과학적으로 사고하는 학자였다. J. E. Lovelock, 김기협 역, 『가이아, 지구의 체온과 맥박을 체크하라』, 김영사, 1995.

"흙덩이가 피를 흘린다"는 것은 인간들이 "달리는 차"로 함의된 문명의 힘을 전면에 내세운 결과라는 사실이 강조된다. 그 결과 인용시에는 지구가 점점 참혹한 죽음의 존재로 전락할 만큼 자기조절능력을 잃어가고 있는 상황에 내몰린 위기감이 노정되어 있다.

심층생태학자들은 인류가 가이아의 일원인데도 세상을 자기들의 농장으로 간주해왔으므로 벌어진 일들이라고 비판한다. 지구를 살아있는 유기체로 바라보는 일은 자연 대상을 인간 중심적으로 바라보는 분별지를 없애는 동시에 인간 영성의 회복으로 나아가는 일이기도 하다.[17] 한 인간이 한 인간으로 존재한다는 것은 생명체인 '노루'와 '풀벌레'는 물론 '흙덩이'와 '어둠'과 '달'까지 우주 만물과 깊은 연관을 맺는 행위와 동일하다. 이 과정을 통해서만 자연의 일부인 한 인간으로서 온전한 주체성을 획득할 수 있게 된다. 영성의 회복은 인간 이성의 우월한 연단에서 내려와 자신보다 약한 존재와 새로운 관계를 맺는 것인 동시에 그들과 동등하게 만나려는 연대(solidarity)의 마음이기 때문이다.

> 가) 그는 한없이 나락으로 떨어지는 듯한 아찔한 현기증을 느끼며
> 다시 한 번 안개 속의 미궁 속에 갇힌 탓이라고 생각했다. 이
> 모든 것이 안개 때문이다. 안개가 세 사람의 기억과 분별력을
> 반죽처럼 주물러서 안반 위에 납작하게 펼쳐놓은 때문이다. 이
> 것과 저것을 분별하는 분별선의 흔적이 희미하게 섞여서 평면
> 으로 늘어나 버린 것이다. 안개의 반죽으로 과거가 사라지고
> 강 건너 안개의 장막으로 미래도 사라져 버린 것이다. 지금 과
> 거도 미래도 없이 오두마니 이곳에 섬처럼 떠 있는 것이다. 그

---

17) 여기서의 영성주의란 세상 만물이 하나의 거대한 우주를 이루고 있으며, 우리는 그들과 깊은 관련을 맺고 있다는 보편적 의미로 사용한다. 단독자로서의 한 인간이 한 인간으로 존재하는 것은 동시에 우주 만물과 깊은 교감을 이룰 때만이 연대가 가능해지기 때문이다.

는 질끈 눈을 감으면서 가늘게 몸을 떨었다.
– 사설시「나루터」산문 부분

나) 태초에
　모든 것이 물에서 시작되었다고 한다
　산천초목 날짐승 길짐승이
　모두 물에서 나왔다고 한다
　그런데 이제 세상은
　모두가 자기는 맹물이 아니라고
　핏대를 세우며 박 터지게 싸우는 통에
　하루도 조용할 날이 없다
　참다못한 맹물이
　그만 좀 시끄럽게 하고
　제발들 돌아오라고 외치는데
　아무 소리도 나지 않으니
　아무도 들을 수가 없다
　그런데 바보는
　이 맹물이 외치는 소리를
　참 용케도 알아듣는다

　바보야 히히 웃어라
　바보야 여기 맹물이 있다
　맹물처럼 웃어라 바보야
　히히 맹물이다 바보야
–「맹물」전문

　　인용시 가)에 등장하는 '안개'는 단순한 자연의 대상물이 아니라 시간
과 공간은 물론 인간의 사유에 이르기까지 긴밀하게 관여하는 생명적 존
재이다. 안개가 세 사람의 기억과 분별력을 반죽처럼 주물러서 안반 위에

납작하게 펼쳐놓았으므로 자아와 타자가 구분되지 않는 세계에 살고 있는 셈이다. 이것과 저것을 구별하는 작용은 인간의 이성 작용인데 분별지의 범위를 벗어난 상태를 뜻한다. 여기에서의 분별지란 망념에 의해 이것과 저것을 나누어서 집착하는 이성적 관념에 해당된다. 분별심이란 모든 것을 상대적으로 이해하기 때문에 대상과 하나가 되지 못한다는 것이다. 따라서 김영석 사설시[18]에서의 등장인물은 "가늘게 몸을 떨"만큼 시간과 공간도 사라진 심일경성心一境性[19]의 경지에 든 존재로 표상된다.

나)의 시에 드러난 바와 같이 태초라는 시간의 '물'에서 "날짐승과 길짐승"이 나왔다고 시의 화자은 주장한다. 모든 생명의 발화점이 되었던 물에 대해 인간들은 "자기는 맹물이 아니라고" 부정하기에 이른다. 자신의 근원적 실상을 거부하는 인간의 아이러니한 의식에 화자는 비판적 시각을 드러낸다. 분별지를 익힌 이성적 인간들은 '맹물'이 제발 자신의 품으로 "돌아오라고 외치는 소리"에 귀 기울이지 않지만, 그 소리는 '바보'의 귀에만 들린다는 사실을 강조한다. 화자가 지칭하는 '바보'란 이성에 의해 작동되는 분별지의 세계를 떠나 원초적이고도 신성한 가이아의 세계로 환원된 존재라는 의미가 담겨 있다. 이러한 의식은 시간이 확대된 형태로서 시간과 공간을 넘어가면 그곳에 자리하는 피안의 세계, 그 세계에서 원초적인 신성한 시간으로의 환원을 의미한다.[20]

---

18) 김영석은 제4시집 서문에서 '사설시(辭說詩)'란 "산문으로 된 이야기를 배경으로 두고 쓴 시로서, 시와 산문이 하나의 구조로 결합되면서 좀 더 높은 수준의 새로운 시적 영역이 열릴 수 있도록 시도해 본 것"이라고 직접 밝히고 있다. 김영석, 「서문」, 『외눈이 마을 그 짐승』, 문학동네, 2007, 5쪽.

19) 이와 같은 상태를 불교에서는 요별심(了別心) 또는 사량심(思量心)이라고 한다. 능소가 주관과 객관으로 분리된 상태라면 능연(能緣)은 인식하는 마음을 뜻하고 소연(所緣)은 인식되는 대상을 의미한다. 능소(能所)가 있는 마음을 분별심이라 하는데 이를 벗어난 세계를 심일경성(心一境性)이라 하여 대상과 마음이 하나된 상태를 의미한다. 은정희, 『원효의 대승기신론 소·별기』, 일지사, 1997, 190쪽·368쪽 참조.

앞서 살펴본 대로 김영석의 시는 과거와 미래의 시간을 신성한 현재의 시간으로 온전히 수렴할 때 존재는 상승하게 된다는 도가적 질서를 보여준다. 부정적으로 현존하는 시간과 공간의 벽을 무너뜨릴 때만이 현실 너머의 관념을 얻을 수 있다는 김영석 시인의 실존적 결단인 셈이다. 이러한 태도는 노자가 '도'라는 추상적 질서로써 인간과 자연이란 이분법적 등식을 깨뜨리고자 하는 의식의 일환으로 풀이된다.[21] 도가 사상은 인간의 인위적인 질서와 도덕 대신 인간과 자연의 공존을 추구했다는 점에서 가이아 가설과 일맥상통한다. 가이아 가설이 인간의 범위를 벗어나 범우주적인 차원에서 생명체 현상을 관찰한 것처럼, 도가 사상도 '도'라는 초월적이고 우주적인 개념으로 인간과 자연의 관계를 설정하고 있기 때문이다.

동양의 생명 윤리관에 따르면 모든 생명들이 인간과 닮은 정도에 따라 동감과 연민의 대상이 되는 것이 아니다. 오히려 그 개별성 때문에 하나의 인격체가 되어 거대한 연대를 이루고 있다고 인식한다. 이러한 의식은 모두가 생명에 관여하는 일로써 온전히 하나가 되는 우주공동체의 일부라는 전제일 때 가능하다. 장회익은 이것을 '온생명'이라 이름을 붙이고

---

20) 이 단계는 우주 안의 모든 것을 한 덩어리, 한 생명인 유기적 공동체로서 파악해야 한다는 연기론적 이해를 전제로 한다. 여기서 하나의 유기적 공동체로서 파악된 '나'는 무아(無我)가 아니라 우주적인 전아(全我)로서 자아 개념의 무한한 확대를 의미한다. 유한이 아닌 무한한 확대란 오히려 그 전아라는 관념마저도 부정하는 철저한 초월을 의미한다. 자연과의 합일도 부단히 변화하는 모든 상대적 현상 그 자체가 바로 절대적 실상이란 깨우침을 바탕으로 이해되어야 한다는 것이다. 박광서, 「연기론과 현대물리학」, 교수불자연합회 편저, 『불교의 현대적 조명』, 민족사, 1994, 379~380쪽 참조.

21) 노자는 도의 본원적 속성이 지닌 전일적 속성을 유물혼성(有物混成)이라는 말로 표현한다. 각기 다른 종류의 물상들이 하나로 혼용되어 완전함을 갖추고 있으므로 본원성을 지닐 수 있다는 뜻이다. "有物混成 先天地生 寂兮寥兮 獨立不改 周行而不殆 可以爲天下母"(혼용되어 이루어진 것이 있으니/이것은 천지보다 먼저 생겼다./고요히 움직이지 않고/독립되어 변형하지 않으니/현상계에서 두루 운행하여도 막힐 데가 없고 위태하지 않다./그러므로 만물을 생성하는 천하의 어미가 될 수 있다.)『도덕경』제25장.

온생명을 기존의 생명 개념과 구분한다. 다시 말해서 지구상에 나타난 전체 생명현상을 하나하나의 개별적 생명체로 구분하지 않고 그 자체를 하나의 전일적 실체로 인정한다.[22] 인간과 동·식물은 물론 생태환경에 관여하는 모든 만물과 다름없이 우주의 한 구성원으로서 자연의 대상을 배려한다는 의무감에 충실해야 할 시점에 이르렀다는 것이다.

5. 맺는말

김영석 시의 화자가 응시하는 자연 대상은 제임스 러브록J. E. Lovelock의 가이아 가설과 마찬가지로 지구 전체가 하나의 조화로운 시스템이다. 나아가 그의 시를 관류하는 생명 중심적 사유의 기저에는 동양의 도가 사상이 뿌리 깊게 자리 잡고 있다. 도가 사상이란 생태계 파괴라는 언어조차 부재했던 고대 중국에서 주창된 사상이다. 그러나 이는 인간의 이성적인 질서와 도덕, 과학 대신 인간과 자연을 동등한 관점에서 파악했다는 점에서 김영석의 시의 전체 맥락과 일치한다. 도가 사상은 인간의 범위를 벗어나 범우주적인 차원에서 자연의 현상과 인간의 관계를 포괄하는 사상이기 때문이다.

이와 같이 김영석의 시는 제임스 러브록의 가설과 긴밀한 역학관계를 맺고 있는 도가 사상이 근간인 전일적 자연관의 범주에 해당한다. 그의 시에는 자연의 관점에서 인간의 세계를 정관하는 생태의식과 인간의 따뜻한 시선으로 자연의 세계를 응시하는 휴머니즘적 의식이 긴밀하게 결합되어 있다. 그것은 고통 감수 능력을 중시하면서 감정적으로 동물과 인간의 동등한 관점을 드러낸 경우와 생명 중심적인 입장에서 식물과 인간

---

22) 장회익, 『삶과 온생명』, 솔출판사, 1998, 180쪽.

의 지위가 동일한 관점을 드러낸 경우, 그리고 생태 중심적인 시각에서 자기 항상성을 유지하는 자연의 무기물과 인간을 동일화하는 관점을 드러낸 경우로 세분하여 논의하였다.

2장에서 다룬 '감정 중심적 동물화'에서 정신적 존재로서의 인간은 동물과는 달리 세계를 환경으로만 파악하지 않았다. 김영석은 자연의 동물들을 인격으로 파악하여 개변시키려 하는 의식에 초점을 맞추었다. 3장의 '생명 중심적 식물화'에는 식물까지 포함된 생명체의 견지에서 모든 종이 평등하다는 생명 중심의 다원론이 등장한다. 이러한 문제를 해결하기 위해서는 무엇보다도 새로운 윤리가 정립되어야 한다는 선결 요건이 부과된 셈이다. 4장의 '생태 중심적 유기화'에는 '도'라는 추상적 질서로써 인간과 자연의 무기물까지 생명체의 범주에 포함시킨 김영석의 생태주의 시는 범우주적인 차원에서 인간과 자연의 관계를 새롭게 설정한다는 점에서 다채로운 시사점을 던져준다.

이와 같은 인간중심주의(anthropocentrism) 관념을 거부하는 탈인간중심주의(anthrodec-entrism) 시각에서 자연과 인간이 동일한 지위로써 길항하는 생태윤리학적인 의식이 초점화된다. 이러한 의식의 기저에는 이성 중심적 무기질 세계의 반대편에서 지구 자체를 생명체의 관계망으로 재구성하려는 문명 비판적 사유가 짙게 표백되어 있다. 김영석의 시는 자연의 생명체를 포함하여 무정물에 이르기까지 자연의 모든 대상을 생명체로 취급하여 인격을 부여하려는 우주공동체 의식과 태도까지 포괄한다. 이는 그간의 인문학적 연구 성과를 면밀히 검토해본 결과 심층생태주의(deep ecolosy)에 해당한다.

지금까지 살펴본 대로 김영석 시의 경우처럼 자연의 동물이나 식물, 나아가 자연의 무기물까지 인간과 동등한 인격적 유기체로 부각한 시들은 전례가 없다. 더구나 이러한 의식이 지배적인 정서로써 시의식 전반을 관류하는 경우를 찾아보기란 더더욱 어렵다. 그만큼 김영석의 의식 전반에는 동양사상의 영향으로 말미암은 탈인간중심주의적 관념이 잠재태로 상존한다. 인간 이외의 자연 대상(존재자)의 이익이 중요할 수 있다는 가능성을 고려해야 한다는 윤리학적 명제가 생긴 셈이다. 따라서 김영석의 시를 새로운 생태윤리학으로 정식화한다면 우리 시단이나 학계도 가일층 다양화된 풍요를 누릴 수 있을 것이다.

(『비평문학』 57집, 2015. 9)

제2부

무량(無量)한 마음의 에로티즘

- 김영석의 사설시

| 오홍진

1. 들어가며

김영석의 사설시辭說詩는 산문으로 된 이야기를 바탕으로 시작詩作이 펼쳐지고 있다. 시가 운문의 양식이라는 점을 감안한다면, 사설시는 운문과 산문의 결합을 통해 이루어지는 셈이다. 사설시 모음집인 『거울 속 모래나라』(황금알, 2011)에서 김영석은 "시와 산문이 하나의 구조로 결합되면서 좀 더 높은 수준의 새로운 시적 영역이 열릴 수 있도록 시도해 본 것"이 사설시라고 밝히고 있다. 시(운문)와 산문이 하나의 구조로 결합되면서 이루어지는 새로운 시적 영역은 김영석의 사설시가 지향하는 어떤 장소를 가리킨다. 요컨대 그는 무엇보다 시와 산문이 하나로 구조화되는 과정에 주목하고 있는바, '새로운 시적 영역'은 이런 점에서 산문(이야기)이나 운문(시)으로 환원될 수 없는 잉여의 지점에서 생성된다고 보면 좋을 것이다.

'사설시'에서 '사설'은 이야기를 의미한다. 정확히 말하면 김영석에게 사설은 이야기하고 싶은 욕망과 긴밀하게 이어져 있다. 무언가를 절실하게 이야기하고 싶은 욕망이 '사설'에 방점을 찍는 사설시를 잉태한다. 하지만 '사설'에 방점이 찍힌 사설시는 시인을 이야기꾼으로 만들어버릴 수 있다. 이야기꾼은 이야기를 통해 자신의 욕망을 표출하려고 한다. 이야기에 대한 욕망이 정작 운문으로서의 시의 특성을 사라지게 하는 형국이다. 돌려 말하면 이야기가 강조될 경우 사설시는 독자들에게 하나의 서사양식으로 받아들여질 가능성이 높다. 실제로 김영석의 사설시를 읽다 보면, 이야기에 압도되어 시를 감상하는 것은 뒤편으로 물러서는 경우가 많다. 이야기가 먼저 나오고, 그 이야기에 대한 시인의 감흥을 시로 표현하는 사설시의 형식이 이야기의 비중을 상대적으로 높이는 결과로 나타나고 있는 것이다.

이 지점에서 우리는 시인이 말하는 '새로운 시적 영역'의 의미가 무엇인지 생각해 볼 필요가 있다. 그는 '새로운 시'라고 말하지 않고, 굳이 '새로운 시적 영역'이라는 표현을 사용하고 있다. 요컨대 그에게 사설시는 기존의 시의 영역을 넘어서는 곳에서 뻗어 나온다. 이야기의 비중, 달리 말하면 산문의 비중이 높은 사설시의 특성은 바로 여기서 기인하거니와, 이 점은 우리에게 김영석의 사설시를 바라보는 하나의 틀을 제공한다. 곧 사설시는 이야기에 대한 시인의 욕망이 없다면 결코 형성될 수 없는 특이한 양식이라고 할 수 있다. 시인은 시의 형식으로는 담아낼 수 없는 이야기를 시 바깥에 존재하는 발화로 표현함으로써 시의 영역을 확장시키는 '시적 모험'을 감행하고 있다. 이야기가 있고, 그 다음에 한 편의 시가 있다. 그 반대의 경우는 성립할 수 없다. 이야기를 읽은 독자들은 이야기가 주는 여운을 느끼며 시인의 시를 감상한다. 자연스럽게 이야기는 시를 해석하는 바탕으로 작용한다.

그렇다면 김영석은 무엇을 이야기하기 위해 '사설시'라는 특이한 영역에 발을 들여놓은 것일까? 그것은 더 이상 서정의 영역으로만 가둬둘 수 없는 (현대)시의 위상 변화와 관련이 있다. '아우슈비츠 이후에도 서정시는 가능한가?'라는 아도르노의 도발적인 질문에 나타나듯, 현대시의 위기는 곧 동일성의 시학에 기반한 서정시의 위기를 의미한다. 대상에 대한 순간의 느낌을 현현(epiphany)하는 서정시의 가상적 아름다움을 현대의 시인들은 더 이상 표현하지 않는다. 급격한 근대화의 물결이 빚어낸 도구적 이성의 세계에서 미적 가상을 꿈꾸는 것 자체가 불가능해졌다는, 이 우울한 시대인식을 앞에 두고 지금 이 시대의 시인들은 시를 쓰고 있다. 2000년대 중반의 한국문학에 신선한 충격을 준 소위 '미래파' 시인들의 시작을 생각해 보라. 그들은 자기 내면의 이야기를 끊임없이 풀어 헤치며 무의미하고 살벌한 현대세계의 공포와 마주했다. 김영석의 사설시에는 분명 현대사회를 향한 시인들의 비극적 세계인식이 스며들어 있다. 시(어)로는 표현할 수 없는 이야기를 산문으로 표현함으로써 그는 이 시대의 비극과 마주할 수 있는 힘을 얻는다. 시대의 비극이 '새로운 시적 영역'을 낳는다. 아니, 시인은 시대의 비극을 온몸으로 끌어안으며 '새로운 시적 영역'으로 들어선다고 말하는 게 정확하겠다. '새로운 시'가 아니라 '새로운 시적 영역'의 창출에 김영석 사설시의 중요한 특징이 있는 셈이다.

2. 이야기와 그 너머의 시

이야기는 메시지의 전달에 집중한다. 함축적인 의미를 중시하는 시 언어와는 달리 이야기의 언어, 곧 산문의 언어는 의미를 명시적으로 밝힘으로써 이야기가 하고자 하는 바를 분명하게 전달한다. 산문의 언어를 시의 언어와 구분하는 이유는 바로 여기에 있는바, 산문과 운문의 구조적 통합을 지향하는 김영석의 사설시는 이렇게 보면 시의 언어와 산문의 언어 사이에서 쉽지 않은 줄타기를 하고 있다고 봐야 할 것이다.

김영석의 사설시는 이야기(사설)의 형태를 취하고 있는 산문의 영역과 시의 형태를 띤 운문의 영역으로 구성되어 있다. 시인은 이야기를 먼저 제시하고, 그에 바탕하여 한 편의 시를 생산한다. 이야기는 그러니까 한 편의 시를 탄생시키는 근원적인 배경으로 작용한다. 그렇다고 시가 이야기에 종속되는 것은 아니다. 시는 주제적인 측면에서 이야기와 연결되어 있지만, 이야기의 영역에서 보여주는 메시지를 뛰어넘는 맥락을 독자들에게 제공한다. 이를테면 「두 개의 하늘」에서 시인은 피간성皮間性의 자살을 이야기의 영역에서 다루고 있다. 피간성은 "중학교부터 대학을 마칠 때까지 줄곧 학비를 면제 받은 특대장학생이었고, 그 어렵다는 회계사가 되었고, 사람들이 흔히 노른자위라고 일컫는 세무서의 요직들을 두루 거친 다음에 국세청에서 주로 기업체의 세무 감사를 맡고 있었다."

이렇게 세속적인 성공의 가도를 달린 피간성이 자살한 이유는 무엇일까? 성공의 신화에 깊이 물든 "우리 동창생들"의 시선으로는 도저히 이해되지 않는 이 사람의 죽음을 우리는 과연 어떻게 받아들여야 할까? 피간성이 죽은 뒤에야 동창생들은 산비탈의 작은 블록집에서 아홉 식구를 근근이 부양하며 살았던 "그의 을씨년스럽기 짝이 없는 살림살이 형편"을 알게 된다. "아직도 세상의 때가 묻지 않은 듯한 그를 두고 호박씨나 까는 위선자쯤으로" 여겨왔던 동창생들의 생각을 피간성은 죽음의 형식으로 깨버린 셈이다. 이야기는 사실 이 내용이 전부이다. 피간성의 낡은 수첩에 적힌 독백체의 일기가 발견되었지만, 이야기의 구성상으로 보면 이 부분은 시작을 위한 계기로 서술되고 있다고 보는 게 타당하다.

마침내 이제 나는
살 속의 수천 마리 지렁이들을

아홉 식구의 검은 무명베 솜이불로
다 가리지 못하고
한 짐 자갈을 채워 눌러도
캄캄하게 새어나오는
지렁이의 막막한 울음과 함께
블록 벽을 무너뜨리며 쓰러진다

물은 아래로 아래로 흘러가면서
제 몸을 스스로 맑게 통일하지만
나는 사람이므로
산자락의 하늘 하나를 남겨두고
나머지를 죽인다

— 「두 개의 하늘」 시 부분

　이야기가 피간성의 죽음을 알리는 데 집중하고 있다면, 시는 피간성의
죽음을 목도한 존재의 순간적인 느낌을 표현하고 있다. 수첩에 적힌 내용
들을 추려 시인은 시를 쓴다. 그 글―시에는 동창생들은 채 인식하지 못한
피간성의 내면이 적나라하게 들어 있다. 그의 일기를 그대로 인용해도 됐
을 텐데, 시인은 왜 시의 형식을 빌려 피간성의 내면을 드러내려고 했을
까? "두 개의 하늘"에 내포된 상징성만으로 이 질문에 답변할 수는 없을
것이다. 피간성의 글에 나타나는 "두 개의 하늘"을 시를 쓴 시인 또한 명
쾌하게 해명하지는 못하고 있기 때문이다. 요컨대 "두 개의 하늘"은 이야
기의 영역에서 보자면, '의미의 잉여'와 같은 부분이다. 산문의 언어로는
표현할 수 없는 자리에 시인은 시의 언어를 배치한다. 시의 언어는 보이
지 않는 세계를 향해 있다. 산문의 언어가 일상의 논리를 표현하는 데 치
중한다면, 시의 언어는 일상적 삶의 이면에 감추어진 진실을 언어로 포착
한다. 일상의 논리 너머에 진실이 있다는 것, 일상의 논리에 빠진 동창생

들의 시선을 벗어나야만 피간성의 죽음에 얽힌 진실에 도달할 수 있다는 것. 그리고 그 시적 진실은 위 시에서 "지렁이들의 막막한 울음"이라는 이미지로 구현되고 있다.

시인은 피간성의 시선으로 세상을 본다. 세속적인 성공을 거둔 이의 시선(그것은 동창생들의 시선이다)이 아니라, 세속의 바깥에 있는 존재의 시선으로 세상을 보려고 한다. "갈수록 부서지고 갈라지는 마음을/새벽의 힘줄로 동"인 채 시인은 피간성이 죽음으로 내보인 진실과 힘겹게 마주하고 있다. 피간성의 삶을 '이해'한다고 해서 그의 죽음에 새겨진 진실과 조우할 수 있는 것은 아니다. 시인은 피간성의 삶을 이해하지도, 인식하지도 않는다. 이해하고, 인식하는 행위는 대상과 대상을 바라보는 나(주체)를 분리하는 사고에 바탕을 두고 있기 때문이다. 그리하여 시인은 스스로 피간성이 된다. 나의 시선은 곧 타자의 시선이다. 나는 타자의 시선으로 세상을 본다. 피간성—타자의 눈으로 세상을 바라보니 비로소 타자의 고통이 보이기 시작한다. "살 속의 수천 마리 지렁이들"의 막막한 울음은 이러한 과정을 거쳐 피간성을 죽음에 이르게 한 중요한 단서로 부각된다. 막막하다는 것은 길이 보이지 않는다는 의미를 내포하고 있다. 자신의 삶이 동창생들의 시선을 통해 재단될 때마다 피간성은 무엇을 생각했을까? 자신이 부양해야 할 아홉 명의 가족을 보며 피간성은 또한 무엇을 생각했을까?

가슴속에 갇힌 수천 마리 지렁이들의 울음을 억지로 삭여야만 했던 이 인물의 삶은 이야기의 영역을 넘어서는 시적인 순간을 함축하고 있다. 김영석은 이야기로는 다 풀어내지 못한 이 순간을 "지렁이들의 막막한 울음"으로 표현한다. 시인은 이야기의 너머에서 이야기로는 다 말할 수 없는 어떤 순간을 발견하고, 그것을 시의 형식으로 담아낸다. 이야기가 시의 형식과 만나 그 의미 맥락을 더욱 확장하는 경우라고 봐도 좋고, 시가 이야기와 어울려 그 맥락을 더욱 구체화하는 경우라고 봐도 좋겠다. 김영석의 사물시는 이렇듯 이야기의 영역에 함몰되지 않고 그 너머의 시적 영역으로 나아가고 있다. 시의 영역으로 쉽게 포섭할 수 없는 문제를 그는 이야기로 전달한다. 그가 들려주는 이야기에는 근대인의 시선으로는 다가갈 수 없는 다채로운 세계가 펼쳐져 있다. 이야기의 세계는 시의 세계로 이어지고, 시의 세계는 다시 이야기의 세계를 이끌어낸다. 가슴 속에서 끊이지 않고 울리는 지렁이의 그 막막한 울음을 시인은 이야기라는 보편적인 형식을 에둘러 시화詩化하고 있는 것이다.

3. 죽음의 비극과 그 너머

「지리산에서」라는 제목의 사설시에서 시인은 "인간의 秘義를 본 듯한 그 충격적인 작은 사건"을 이야기하고 있다. 지리산 등반 도중 발견한 "백골 한 구"가 그 사건의 중심에 자리하고 있는바, 시인은 역사의 어느 한 지점에서 비참한 최후를 마쳤을 이 백골 한 구를 통해 인간사의 비극을 에둘러 드러낸다. 백골의 주인은 과연 무엇을 위해 죽었을까? 이데올로기에 희생된 민중의 애달픈 삶을 시인은 지리산 골짜기에 묻힌, 이름 모를 백골의 형상으로부터 이끌어낸다. 지리산 여기저기에 묻혀 있을 저 한 많은 인생들의 삶을 누가 보듬어줄 수 있을까? '한恨'이라는 말로도 채 담아내지 못할 이들의 비극을 앞에 두고 시인은 다만 노래를 부를 뿐이다. 그 노래는 "아무도 놓여날 수 없었던 모순의 꿈/네 뼈에 짝을 이룬 저 자유의 사슬"에 암시되는 대로, 유토피아를 향한 간절한 열망과 맞닿아 있다. 어디에도 없는 유토피아를 이 세상에 건설하기 위해 수많은 사람들이 자신들의 소중한 목숨을 기꺼이 바쳤다. 어디에도 없는 세상을 이루기 위한 이들의 '모순된 꿈'을 지금의 우리는 어떻게 받아들여야 할까? 시인은 "아득히 내리는 눈발 너머/등 굽은 어머니의 한 사발 정한수에/지리산이 갈앉"는다고 노래한다. 등 굽은 어머니만 있는 게 아니다. "한 사발의 하늘 위로 소리 없이 떠가는/기러기 한 줄/그 투명한 끝을/어디선가 아버지가/한사코 잡아당기고 있다"는 인상 깊은 장면에 드러나듯, 아버지 또한 한 사발 정한수 속에 담긴 인연의 끈을 여전히 놓지 않고 있다. 죽음이란 결국 이 인연의 한 고리에 불과하다는 것일까?

어느 시대에나 죽음의 비극은 여지없이 있었다. 이를테면 1612년 임자壬子 3월 그믐의 설핏한 해거름에 허균은 장독으로 숨을 거둔 권필의 곁에 하염없이 앉아 있었다. 권필은 광해군의 처족들과 권신들을 풍자한 시를 지은 '죄'로 죽임을 당했다. 허균은 "이제 나 홀로 어디로 가야 하느냐"(「독백」)라고 한탄한다. 죽은 자는 저승으로 가면 되지만, 산 자는 갈 곳이 없다. 죽은 자는 죽어서 서럽고, 산 자는 살아서 서럽다. 그런가 하면, 280여 년이 지난 어느 날, 일본군에 패한 동학군 대장 전봉준은 매서운 겨울바람을 온몸으로 받으며 정읍으로 향하는 논두렁길을 혼자서 창황히 걷고 있었다. "척왜척화"의 꿈을 이루지 못한 이 희대의 사내는 논두렁길에 주저앉아 "아무도 없느냐"라는 말을 계속해서 외치고 있다. "등줄기로 떨어지는 겹겹의 채찍 그림자"(「아무도 없느냐」)에 맞선 이 사내 역시 어디에도 없는 유토피아를 꿈꾼 대가로 비참하게 죽었다.

「마음아, 너는 거름이 되어」에서는 매월당 김시습의 기이한 죽음이 묘사되어 있다. 만수산 무량사의 한 늙은 스님의 입으로 전달되는 이야기의 중심에는 '똥통'이 있다. 매월당이 똥통 속에 들어가서 입적을 했으며, 3년 동안 관곽을 무량사 곁에 두었다가 장사를 지내기 위해 관을 열어보니 그 얼굴이 마치 살아있는 것과 같았다는 신비로운 이야기를 들으며 시인은 인간의 죽음에 새겨진 비의에 한 걸음 더 다가선다. 매월당은 생전에

도 스스로 똥통 속에 들어갔는데, 세조가 어린 단종을 제치고 왕위에 올랐다는 소식을 들은 날 그는 처음으로 똥통 속에 들어가 큰소리로 울었다고 한다. 훗날 세조가 관원들을 통해 벼슬을 내렸을 때도 그는 똥통 속에 들어가 관원들의 접근을 아예 차단해버렸다.

시인은 매월당의 삶을 관통하는 똥통—분뇨의 상징적 의미가 얼핏 생각하는 것과 달리 쉽게 풀리지 않는 구석이 있다고 고백한다. "부정하고 혼탁한 세속의 현실과 권세를 풍자하고 냉소하는, 그리고 엄격한 자기 책벌의 가열한 도덕적 의지를 보여준다는 차원에서만은 그 의미가 잘 이해되지 않는 구석이 있"다는 것이다. 권력에 대한 풍자와 자기 책벌의 도덕의지를 넘어서는 이 지점을 시인은 마음의 영역에서 발견한다. 마음은 이야기의 영역이 아니라 시적 영역에 속한다. 마음을 도덕이라는 의미 영역에 가두어둘 수는 없다는 말이다. 이러한 마음의 영역에서 본다면 똥통은 "너희들이 내어버린 세상"을 의미한다. "너무 커서 손아귀를 움켜잡지 못한 것들/너무 작아 육신의 눈으로는/볼 수 없었던 것들"을 똥통에 처넣고 매월당은 기꺼이 그 속으로 뛰어든다. 그러니 "너희들이 그토록 즐기는 고기와 떡을/이제 마음은/입이 없어 먹지 못한다". 너희들이 더러워하는 것들을 온몸으로 끌어안음으로써 매월당은 도리어 너희들의 세상과는 다른 또 하나의 세상을 구축할 수 있었던 것이다.

이제 나는
너희들이 더럽게 내어버린 오물을
다툼 없이 홀로 차지한다
오물의 감추인 뼈와 씨앗을
그 맑은 하늘과 흰 구름을
대지의 더운 입김으로 껴안는다

마음아, 무량한 마음아
너는 언제나
이 세상의 가장 더러운 거름이 되어
늘 푸른 만민의 허공으로 눈 떠 있어라.
                    —「마음아, 너는 구름이 되어」 3~4연

  그 세상에는 우선 다툼이 없다. 오물을 차지하려는 사람들은 없을 것이
기 때문이다. 다툼이 없는 세상에는 그런 무엇이 있을까? "무량한 마음"
이 있다. 헤아릴 수 없는 마음이 욕망으로 가득 찬 "이 세상의 가장 더러
운 거름이 되"는 세계는 어찌 보면 지리산에 파묻힌 백골의 주인이나, 녹
두장군 전봉준이 그토록 열망했던 세계였는지도 모른다. 똥통에서 입적
한 매월당의 무량한 마음을 시인이 지금 이곳으로 불러내는 이유는 여기
에 있다. 그는 죽음의 비극으로 점철된 이 세계에 "너희들이 내어버린 세
상을/내가 가지마"라고 선언하는 존재를 내세우고 있다. 매월당의 이러한
행위를 무조건적인 희생정신이라고 의미화할 필요는 없다. 똥통 속으로
들어간 매월당의 기이한 죽음은 말 그대로 '기이한' 죽음일 뿐이기 때문이
다. 중요한 것은 매월당의 기이한 죽음 자체가 아니라, 그 죽음을 시화하
는 시인의 정신에 있다. 김영석은 비극의 역사를 수놓은 죽음의 이면에서
"무량한 마음"을 보고 있다. 무량한 마음은 비현실적인 마음이 아니다. 무
량한 마음은 지금 우리가 사는 이 현실에 굳건히 뿌리를 내리고 있다. 그
것은 자기의 욕망을 이루려는 이기적인 마음이 아니라 "너희들이 더럽게
내어버린 오물을/다툼 없이 홀로 차지한다"는 이타적인 마음을 향하고 있
기 때문이다. 요컨대 시인은 무량한 마음에서 죽음의 비극을 넘어서는 시
의 힘을 발견한다.
  「포탄과 종소리」를 참고한다면, 그 힘은 포탄 껍데기에서 희망의 종소
리가 울려 나오는 이치에 뿌리를 두고 있다. "육이오 전란의 유물임이 분

명한 커다란 포탄 껍데기"를 마당가의 대추나무에 걸어놓고 스님은 하루 세 끼 공양 시간을 알리는 종소리를 울린다. 죽음의 포탄이 생명의 종소리로 화하는 이 순간을 시인은 놓치지 않는다. 죽음의 이면에는 또 다른 생이 있다는 것일까? 물건은 그것을 쓰는 이들의 무량한 마음에 따라 그 쓰임새가 달라진다는 것일까?

하나의 쇠붙이가 종과 포탄으로 나뉘어
한쪽에서는 폭음이 울리고
또 한쪽에서는 종소리가 울리네
한 몸 한 마음이 천지와 만물로 나뉘어
저저금 제 소리로 외치고 있네
대추나무에 포탄 종을 걸어 놓은 까닭은
이제는 포탄과 종이 하나가 되어
하늘 끝까지 땅 끝까지 울리라는 뜻이네
잘 익은 대추가 탕약 속에서
갖은 약재를 하나로 중화시켜
생명을 살려내고 북돋우듯이
대추나무 포탄 종을 울리라는 뜻이네
천지는 나의 밥이고
나는 또한 천지의 밥이니
쉼 없이 생육하고 생육하라는 뜻이네

푸른 바다의 천 이랑 만 이랑 물결들이
안타까이 어루만지다가 돌아가는
작은 연꽃 섬에서는
봄 가을 날마다
대추나무의 포탄 종을 울렸었네.
　　　　　　　　　－「포탄과 종소리」 시 전문

하나의 쇠붙이가 종과 포탄으로 나뉘었으니, 종과 포탄은 결국 한 몸에서 나온 것이 된다. 한 몸에서 나온 것들이 하나는 생명을 죽이는 포탄이 되고, 하나는 공양 시간을 알리는 종이 된다. "한 몸 한 마음이 천지와 만물로 나뉘어/저저금 제 소리로 외치고 있네"라는 시구에 드러나듯, 시인은 나눌 수 없는 것을 억지로 나누어버린 이 세상을 향해 비판의 칼날을 드리우고 있다. 그리하여 대추나무에 걸린 포탄 종을 보며 시인은 "천지는 나의 밥이고/나는 또한 천지의 밥이니/쉼 없이 생육하고 생육하라는 뜻"을 읽어낸다. 생육의 길은 생명의 길이다. '포탄 종'이라는 말에 드리워진 삶과 죽음의 역설은 죽음마저도 생육의 길로 끌어들이려는 시인의 마음을 에둘러 표현한다.

하지만 포탄이 저절로 종이 되지 않는다는 것을, 돌려 말하면 죽음이 곧바로 생의 자양분이 되지 않는다는 걸 시인은 분명히 알고 있다. 삶에서 죽음으로, 혹은 죽음에서 다시 삶으로 가는 여정은 이렇듯 무량한 마음으로 이 세상을 보는 것만큼이나 어려운 일이다. 죽음에 대한 이야기를 통해 죽음 너머의 무량한 마음(시의 영역)을 들여다보려는 김영석의 시작은 이 지점에서 죽음과 생의 영역을 관통하는 시적 사유의 길로 들어선다. 죽음과 생이 하나라고 말하는 것은 쉽다. 마음속에서 그 둘은 하나일 수밖에 없다고 말하는 것은 더 쉽다. 그러나 그 쉬운 말들이 우리가 살아야 할 이 현실과 동떨어져 있다면, 그것은 시적 사유를 빙자한 가짜 깨달음에 불과하다. 요컨대 죽음을 이야기하려면 우리는 먼저 우리가 사는 이 현실―생에 대해 말할 수 있어야 한다. 김영석의 사설시에는 이러한 현실, 곧 우리의 생이 어떻게 표현되고 있을까? 우리는 이제야 김영석이 사설시를 통해 세운 가장 중요한 장소에 들어가게 되는 것이다.

4. 이성의 신화와 그 너머

「매사니와 게사니」라는 제목이 붙은 사설시에서 김영석은 우리에게 "그림자 없는 사내의 이야기"를 들려주고 있다. 그림자가 없다는 건 살아 있는 사람이 아니라는 말이다. 유령과 같은 존재. 그런데 그가 들려주는 이야기의 사내는 죽은 자가 아니라 살아 있는 자이다. 살아 있는 사람에게 그림자가 없다는 건 무슨 의미일까? 살아 있지만 죽은 존재라는 것일까? 최근 우리 시에 자주 등장하는 좀비(살아 있는 시체)나 유령과 같은 비존재의 유형에 속하는 '그림자 없는 사내'를 시의 세계로 불러냄으로써 시인은 인간—이성이 세운 건축물의 토대를 아예 뒤흔들어버리려고 한다. "도대체 꿈이 아니고서야 세상에 어떻게 이런 일이 일어날 수 있단 말인가."로 시작하는 '매사니와 게사니'의 이야기는 이성의 눈으로는 의미화할 수 없는 사건을 다루고 있다는 데서 문제적이다. 요컨대 사건은 일어났는데 그것을 해결할 방법이 없다. 삽시간에 장안의 화제가 되어버린 '그림자 없는 사내'의 문제를 해결하기 위해 저명한 의사와 과학자들이 모인다. 첨단 장비를 바탕으로 그들은 온갖 검사와 실험을 다 해 보았지만 그림자가 사라진 원인은 전혀 밝혀지지 않는다. 원인은 알 수 없는데, 그 사내에게는 특이한 변화가 계속해서 일어난다.

우선 그는 예전의 왕성한 식욕이 사라지고 아주 적은 음식물을 섭취하며 연명한다. 또한 사물과 현상에 대한 변별력이 흐려졌으며, 아무 일에도 흥미와 의욕을 느끼지 않는 심각한 무기력증에 빠져버렸다. 그의 직업이 변호사라는 걸 생각한다면, 이런 현상들이 선천적으로 이루어진 것이 아니라는 건 분명하다. 선천적인 것도 아니고 그렇다고 후천적인 원인도 찾을 수 없는 이 사건은 지방도시의 젊은이가 같은 증상을 보이면서 일파만파로 번지기 시작한다. 거의 매일 그림자 없는 사내가 나타났는데, 이상한 건 어린이는 이 재앙의 희생자가 되지 않는다는 점이었다. 거기다가 임자 없는 그림자들이 철모르는 어린애를 빼놓고는 닥치는 대로 사람들을 죽이는 상황까지 벌어진다. 그림자가 죽인 시체에는 한 방울의 피도 남아 있지 않아 사람들을 더욱 공포의 도가니로 몰아넣었다. 종잇장처럼 하얗게 말라버린 시체를 본 사람들의 마음에 서서히 공포가 자리 잡으면서 사회는 그야말로 거대한 혼란 속으로 빠져버린다.

바늘구멍만 한 틈이라도 보이면 그림자가 스며들어 아파트가 무너지고, 교량들이 폭삭 가라앉는다. 나무로 뒤덮였던 산이 눈 깜짝하는 사이에 벌건 속살을 드러내는 믿지 못할 일이 벌어지기도 한다. 사람들은 언제부터인지 모르지만 그림자 없는 사내를 '매사니'로, 임자 없는 그림자를 '게사니'로 부르기 시작한다. 그들에게 이런 이름을 붙였지만 달라진 건 전혀 없었다. 다만 매사니들은 얼마 살지 못하고 힘없이 죽어갔는데, 그에 따라서 게사니들 또한 하나씩 사라졌다. 그리고 철없는 아이들을 무서워하는 게사니의 특징을 고려하여 사람들은 언제 어디서나 어린애와 함께 생활하고자 했다. 하지만 이것은 애초부터 근본적인 해결책이 될 수 없었다. 어린애는 그 수가 한정되어 있고, 새로운 매사니와 게사니는 기하급수적으로 불어났기 때문이다. 이도저도 할 수 없는 사람들은 미신에 마지막 희망을 걸었다. 무슨 다라니 주문 같은 노래가 유행했고, 게사니 떼가 토끼를 무서워한다는 소문이 돌면서 토끼를 찾는 사람들로 하여 사회는 더욱 아수라장이 되었다. 과연 무엇이 문제였을까?

아침이 되면
감싸고 감싸이는 꽃잎의 중심
그 돌 속에서
온갖 물생物生들은 다시 태어나지만
그러나 보라

돌 밖 에움길의 어지러운 발자국 속에
휴지처럼 구겨진 깃털과 함께
사람들은 늘 시체로 남는다.
　　　　　　　　－「매사니와 게사니」시 마지막 연

　사건이 일어나면 인간은 원인을 찾는다. 그들은 원인을 찾아 사건의 기
원으로 거슬러 올라가면 그에 대한 근본적인 해결책을 찾을 수 있다고 생
각한다. 그러나 '그림자 없는 사내'라는 기막힌 사건이 알려주는 대로, 인
간은 이성의 바깥에서 일어나는 일에 해서는 뚜렷한 해결책을 제시하지
못한다. 원인과 결과의 과정으로 정리되지 않는 문제이기 때문이다. "어
쩌다가 매사니와 게사니는 헤어지게 되었는가. 어쩌다가 게사니는 제 어
미와 자신까지 죽이게 되었는가."라는 근본적인 질문을 시인은 우리에게
던지고 있다. 인용한 시에 암시적으로 드러나거니와, 아침이 되면 온갖
물생(物生)들은 다시 태어나지만, 사람들은 늘 생명이 없는 시체로 남는
다. "바람에 헝클린 겹겹의 지평선을/목에 감은 채/밤새 날갯짓하는 꿈을
꾼" 사람들은 왜 아침이 되면 시체가 되어버리는 것일까? 「매사니와 게사
니」는 그러한 질문을 던지고 있을 뿐, 그에 대한 해답을 정확하게 보여주
지는 않는다. 어떻게 보면 이 문제에 답변하는 것 자체가 무모한 일인지
도 모르겠다. 인간의 이성이 세운 인식구조가 우리의 머릿속에 그만큼 깊
이 박혀 있기 때문이다. 그렇다면 저 돌 속에서 다시 태어나는 물생과는
달리, 우리는 늘 시체로 남아 있어야 하는가? 매사니가 되어 게사니의 공
포에 끊임없이 시달리며 살아갈 수밖에 없는가?
　「거울 속의 모래나라」는 이러한 매사니로서의 인간의 공포를 극명하
게 표현하고 있다는 점에서 우리가 주목할 만한 작품이다. 그림자 없는
사내의 이야기는 거울 속으로 들어간 사내의 이야기로 변주된다. 하지만,
그림자 없는 사내가 속수무책으로 게사니떼의 공격을 받는다면, 거울 속

으로 들어간 사내는 자기 나름의 생각('이성'이라고 해두자)으로 이 곤경을 벗어나려고 노력한다. 「언어와 인식의 형상으로서의 세계」라는 논문을 쓰던 이 사내는 거울에 비친 자신의 모습을 보다가 엉겁결에 거울 속으로 빠져 들어간다. 거울 속에는 아주 낯설고 이상한 도시가 펼쳐져 있다. 생전 처음 보는 기호들이 상가의 간판에 씌어져 있고, 거리를 오가는 사람들은 위와 아래가 같은 단색의 옷을 입고 있다. 건물이나 거리는 물론 씻은 듯이 깨끗했지만, 전체적으로 공허하다는 느낌을 지울 수 없다. 이 도시에서 사내는 곧바로 소름이 돋는 사건 속으로 휘말려 들어간다.

우선 '언어' 문제 : 도시의 사람들이 내뱉는 말은 "차라리 쇠붙이를 긁어대는 무슨 물건들이 서로 부딪치는 소리에 가까웠다." 자음들만 연결된 듯한 해괴한 말소리에 질린 사내는 문득 이상한 소리를 내뱉는 사람들(사내는 이들을 '헛것들'이라고 부른다)의 모습이 쌍둥이처럼 똑같다는 것을 발견한다. 거기에다가 거울 속의 나라에서는 전혀 냄새가 나지 않았다. 감각이 마비된 세계라고나 할까. 감각이 배제된 추상의 세계라고 말해도 좋겠다. 실제로 시인은 이 시에서 "이상한 나라의 헛것들이" 벌이는 해괴하고도 끔찍한 장례식을 이야기한다. 헛것들은 끊임없이 모래알이 떨어지는 듯한 이상한 말소리를 내며 관 주위를 원을 그리며 돌았다. 절차를 마친 헛것들이 관을 열었는데 거기에는 온통 모래밖에 없었다. 이 나라를 덮고 있는 모래는 바로 헛것들의 시체였던 셈이다. 이곳에 있는 열매나 꽃, 풀잎들 또한 사내가 만지면 곧바로 모래로 변해버렸는데, 감각이 사라진 추상의 세계에서 언어는 한낱 "모래의 신기루"에 불과하다는 점을 시인은 뚜렷이 보여주고 있다고 하겠다.

그렇다면 이러한 추상의 세계를 사내는 어떻게 벗어날 수 있을까? 거울을 통해 이 나라로 들어왔으니, 이 나라에서 나가는 방법 또한 거울밖에 없다고 사내는 생각한다. 그런데 그 거울의 세계란 게 만만치 않다. 거울 속에서 바라보는 거울 밖의 세계는 그가 익히 알고 있는 세계와는 다르게 인식되고 있기 때문이다. 무엇보다 거울에 비친 자신의 모습이 사내는 낯설다. 거기다가 거울 밖에서는 지금 사내의 아내가 벌건 대낮에 웬 사내놈하고 그 짓을 벌이고 있다. 생각지도 못한 상황에 넋을 잃은 사내를 대여섯 명의 헛것들이 악귀처럼 쫓아온다. 등골이 오싹해지는 이상한 소리를 내지르며 따라붙는 그들을 따돌린 사내는, 그곳에서 자신과 같은 처지의 여자와 마주친다. 그녀와 이야기를 하면서 사내는 자신의 말이 저 헛것들의 말소리와 흡사하다는 느낌을 수차례 받는다. 거기에다 사내와 여자는 1인칭과 3인칭을 아무렇지 않게 혼용하며 대화를 진행한다. "여자는 '제가 거울을 보면서' '그 여자가 거울 속으로 들어와서' 따위로 말했고 남자는 '저는 그때 쫓기면서' '그 남자는 산 속에서' 따위로 말했다." 서점에서 거울을 바라보다가 모래나라로 빠져버린 여인과의 만남을 계기로 사내는 차근차근 이 상황을 벗어날 길이 무엇인지 생각하기 시작한다. 문제는 거울이니, 거울에 대한 사유가 무엇보다 핵심이 된다.

거울도 <보여짐>과 <바라봄>의 반복운동을 나와 똑같이 하고 있다. 거울은 나보다 먼저 나를 바라본다. 그렇다. 거울은 분명히 바라본다. 내가 거울 속의 <보여진 나>를 바라보고 구성하기 전에 거울은 처음부터 <보여지는 나>를 바라보고 구성한다. 거울이 최초로 보여주는 것은 <보여진 나>가 아니라 거울이 스스로 바라보고 규정한 <구성된 나>이다. 당장 거울 앞에 서 보면 그것을 알 수 있다. 거울 앞에서 오른손을 내밀어 보라. 거울 속의 그 사람은 왼손을 내민다. 어느 시인은 이것을 두고 "거울 속에는 소리가 없소……내 말을 못 알아듣는 딱한 귀가 두 개나 있소……악수를 모르는 왼손잡이오."라고 노래하지 않았는가. <거울 속의 나>를 바라볼 때마다 아주 생소한 느낌을 받는 까닭은 그 때문이다. 이제 <나>는 거울 속에 있는 <그 사람>으로부터 파생되었음이 분명하다. 거울이 없으면

나는 <나>를 알 수가 없고 거울 속의 <그 사람>이 없으면 <나>는 결코 태어날 수가 없다. 그러므로 거울과 <그 사람>은 언제나 <나>보다 선행하며 실체적이다. <그 사람>은 <나>보다 몸뚱이가 크고 나이가 많다.……그렇다면……거울이 나를 바라보고 <나>를 구성한다면 거울을 보고 있는 동안 나는 계속 구성될 것이므로 나는 순일하게 나를 통일시킬 수 없고 내가 통일되지 않으면 실제적으로 아무 일도 할 수가 없고……그러니까 거울을 바라보는 동안은 아무 일도 일어나지 않으니까……내가 진실로 무슨 일을 하려면 거울에 등을 돌려야……

―「거울 속의 모래나라」 이야기 부분

'나'는 거울 속의 '나'로부터 파생되었다는 점을 사내는 인정한다. "거울이 최초로 보여주는 것은 <보여진 나>가 아니라 거울이 스스로 바라보고 규정한 <구성된 나>"이기 때문이다. 거울에 의해 '나'라는 존재가 구성되는 것이라면, 거울을 보고 있는 한 '나'는 거울로부터 벗어날 수 없는 존재가 되어버린다. 그렇다면? "어디까지나 거울에 등을 돌리고 뒤로 가야" 한다고 사내는 결론을 내린다. 거울을 보지 않으면 '나'는 '구성된 나'로부터 벗어날 수 있기 때문이다. 과연, 사내는 이 방법으로 모래나라라는 그 끔찍한 환영의 세계에서 탈출한다. 모든 것이 원래대로 돌아온 것일까?

다음으로 '나'라는 존재의 문제 : 철학을 전공한 대학 강사답게 사내는 이성적 성찰을 통해 거울 속 모래나라에서 빠져 나온다. 이제 그 나라에서 만난 여자를 만나러 갈 차례이다. 그는 여자가 말한 서점을 찾아 나선다. 서점을 찾는 데는 그리 오래 걸리지 않았다. 그 여자의 말 또한 사실이었던 셈이다. 그냥 집으로 돌아갈까 망설이던 사내는 운명의 예감에 휩싸이며 서점 안으로 들어선다. 그 여자는 서점 안에서 책을 보고 있었다. 그녀 역시 사내가 생각한 방법으로 빠져나온 것인가? 그런데, 여자는 사내를 알아보지 못한다. 거울 속의 여자와 사내가 지금 보고 있는 이 여자는

다른 존재인가, 아니면 같은 존재인가? '현실'로 돌아온 사내는 다시 혼란
에 빠져버린다. 여자가 사내를 알아보지 못한다면, 사내는 과연 누구인
가? 사내의 앞에 있는 이 여자는 거울 속에서 만난 그 여자를 과연 알고
있는 것일까? 자신조차 믿을 수 없는 현실에 사내는 말문이 막힌다. 그리
고 "그의 풀죽은 말들은 자음과 모음이 제각각 뿔뿔이 흩어진 채 부실부
실 모래알처럼 떨어져 내렸다." 자신이 생각한 현실로 돌아옴으로써 그는
거울 속 모래나라의 완벽한 헛것이 되어버린 것이다. 이야기가 끝난 자리
에서 시인은 다음과 같이 노래한다.

> 유리구슬 눈알을 반짝이며 까마귀들이
> 색지를 오린 해와 달을 번갈아 걸어 놓는 곳
> 죽어도 넋이 남지 않으니
> 죽어도 죽음이 없는 이 곳은 어디인가
> 마른 강바닥에 나무뿌리처럼 제 몸을 내리고
> 두 개의 옛 거울은 잃어버린 채
> 남은 한 개의 거울만을 오른손에 들고서
> 늙은 무녀가 댓잎 서걱이는 소리로
> 헛되이 헛되이 넋을 부르는
> 천지사방 모래바람 날리는 이곳은 어디인가
> ―「거울 속의 모래나라」 시 부분

주식主食으로 종이를 씹어 먹으면서 겉으로는 아주 위생적인 생활인이
된 이 나라의 사람들은 그러나 숲이 사라지고 강바닥이 드러나면서 영원
히 헤어 나올 수 없는 아귀 지옥의 세계로 빠져든다. 종이가 귀해지자, 사
람들은 예전에는 먹지 않던 종이의 가시, 곧 단단한 철사 토막의 기호들
조차 먹어치운다. 아무리 먹어도 채워지지 않는 허기는 사람들로 하여금
뱃속의 철사 토막을 토악질하게 만들었다. 철사토막은 재생용지가 되어

사람들의 뱃속으로 들어가고, 사람들은 다시 그것을 토악질하는 일이 반복되면서 사람들의 허기는 점점 더 커져만 간다. 그리하여 허기에 지친 이들은 제 종아 살점을 뜯어먹기 시작한다. 앙상한 철사의 골격을 다 드러낸 채 폐차장의 고철더미를 뒤지는 악귀들의 형상은, 감각을 배제한 인간－세계가 얼마나 보잘것없는 세계인지를 에둘러 보여준다. 그림자를 잃은 매사니가 왜 그리 빨리 죽겠는가? 이성이 인간의 밝은 면이라면, 그림자는 인간의 어두운 면을 가리킨다. '밝고 어둡다'는 대조적인 용어를 사용했지만, 이성과 그림자는 사실 인간을 구성하는 하나의 구조물이라고 할 수 있다. 밝은 이성은 어두운 그림자와 더불어 인간을 만든다.

그런데 거울 속의 모래나라는 어두운 그림자를 그 나라의 바깥으로 추방해 버렸다. 어두운 그림자의 감각을 사람들은 추상화된 이성의 그늘로 덮어버린다. 이성 위에 다시 이성이 겹쳐지고, 밝음 위에 다시 밝음이 겹쳐지는 이 상황을 우리는 어떻게 이해해야 할까? '도구적 이성'이 구축한 근대사회의 비극을 생각해 보라. 모래나라의 헛것들을 고통스럽게 하는 뱃속의 허기는 근대사회를 이룩한 주체들의 무한욕망과 정확히 닮아 있다. 근대의 주체들이 가는 곳마다 자연은 앙상한 철사의 골격들을 드러내야 했다. 이성의 이름으로 진행된 자연을 향한 그 숱한 폭력들은 지금 인간 자신을 향해 부메랑이 되어 되돌아오고 있다. 이제 인간이 인간을 죽인다. 도구적 이성에 짓눌린 이 세계의 주체들은 타자의 몸을 갉아먹고, 제 몸 또한 가차 없이 갉아먹고 있다. "소리를 지르면 소리가 모래 되어 쌓이는 곳"이라는 시인의 말마따나, 우리가 사는 근대세계는 헛것들의 시체인 모래들로 둘러싸여 버렸다.

시인은 이 시에서 우리가 잃어버린 두 개의 거울을 시의 전면에 내세운다. "두 개의 옛 거울은 잃어버린 채/남은 한 개의 거울만을 오른손에 들고서"라는 시구에 드러나는 대로, 시인은 근대세계의 거울과는 다른 두 개의 옛 거울을 근대사회가 이룩한 이성의 신화를 해체하는 이미지로 제시한다. "남아 있는 한 개의 거울이/무섭게 홑성불이로 허기진 성욕을 채우면서/모래는 모래를 낳고 헛것은 헛것을 낳고/굴뚝새의 그림자는 새로 태어난 아이들의/그림자를 몰래 훔쳐 공장의 굴뚝으로 나와/논밭을 두더지처럼 들쑤시며 역병은 시작"되었다. 이성의 신화라는 이 역병을 우리는 어떻게 물리칠 수 있을까? 시인은 바리데기를 시의 세계로 불러들인다. 역병이 창궐한 이 세계로 "영원한 죽음의 여성"인 바리데기가 불려온다. "햇빛 달빛 곱게 걸러 피를 가른 아이"인 바리데기는 근대인이 잃은 해와 달의 두 거울을 몸속에 지니고 있다. 이성의 신화 너머에서 찾은 바리데기의 형상은 시인이 그만큼 우리가 사는 근대사회를 뿌리부터 부정하고 있음을 알려준다. 원통하게 죽은 넋들을 위로하기 위해 칼산지옥, 불신지독을 넘어서 오는 "저 늙은 무녀"의 눈부신 춤사위를 시인은 이성의 신화가 빚어낸 악귀(주체)들을 구제할 가장 원초적인 힘으로 제시하고 있는 셈이다.

5. '생각하는 주체'와 그 너머

하지만 시인이 이성의 신화 너머에서 불러온 바리데기를 '생각하는 주체'는 결코 인정하지 않는다. 증거가 없기 때문이다. 증거가 없는 것을 어떻게 믿을 수 있는가? 생각하는 주체는 그러므로 증거를 믿는 주체이다. 논리적 주체라고 말해도 상관없다. 눈에 보이는 증거가 있으면 믿을 수 있지만, 눈에 보이는 증거가 없으면 믿을 수 없다는 논리. 그런데 그 증거는 과연 누가 보증하는가? 「외눈이 마을」이란 사설시에서 시인은 이러한 '생각하는 주체'의 논리에 비판의 칼날을 들이댄다. '거울 속의 모래나라'에 사는 헛것들이 이성의 언어로 만들어진 추상의 세계에 집착하고 있다면, 외눈이 마을의 주체들은 율법과 계율에 집착하는 삶을 살아가고 있다. 문제는 그 율법과 계율이 어떤 과정을 통해 만들어진 것이냐는 점에 있다. 율법과 계율은 무엇보다 인간의 삶을 얽어맨다. 거기에 새겨진 언어에 집착할수록 인간의 삶은 사라지고 계율과 율법만이 오롯이 인간의 삶을 대체해버린다. 시인은 왼쪽 눈이 없는, 거대한 체구의 괴승을 이야기의 세계로 불러들임으로써, 외눈이 마을 사람들의 마음에 새겨진 율법과 계율의 기원을 시나브로 파헤쳐 들어가고 있다.

괴승은 자신이 믿는 옴비라 신만이 우주를 창조하고 주재하는 유일한 신이라고 주장한다. 마을 사람들이 믿고 있던 수리야 신을 태양신으로 격하시킨 그는 옴비라 신을 믿어야만 영생불사에 이를 수 있다는 말을 "묘한 광기와 열정이 느껴지는 목소리로" 외친다. 마을 사람들이 괴승의 말을 쉽게 믿을 리는 없다. 이전부터 몸에 밴 습관(관습이라고 해도 좋다)이 있기 때문이다. 눈에 보이는 증거가 없이 믿음의 신을 바꾸는 건 거의 불가능한 일이리라. 괴승은 바로 이 증거를 마을 사람들에게 보여준다. 그런데 기적이라는 이름으로 행해진 그 증거의 역사役事는 노동으로부터의 해방이라는 유토피아의 관념과 정확히 일치한다. 괴승은 자신의 동굴 같은 왼쪽 눈구멍에서 값비싼 보석들을 쏟아낸다. 마을 사람들의 생활—습관을 뒤바꾸는 기적—변화의 시작이다. 보석들은 모든 사람들에게 골고루 분배되고, 그에 따라 마을은 이전과 다른 활기로 넘쳐난다. "수리야 신의 소박한 시대가 물러나고 옴비라 신의 화려한 시대가 도래하고 있었다."고 시인은 이야기하고 있는바, 종교의 시대는 이렇게 사람들의 욕망과 더불어 그 첫걸음을 내디딘 셈이다.

사람들의 생활이 바뀌었으니 생활 규율 또한 마땅히 바뀌지 않을 수 없다. 옴비라 신에 걸맞은 율법과 계율이 하나하나 만들어지고, 그것은 곧 바로 사람들의 행동을 규제하는 원리로 작동한다. 값비싼 보석의 기적이 사람들의 뇌리를 지배하는 한 옴비라 신에 대한 믿음을 사람들은 저버릴 수 없다. 그리하여 사람들은 긴 다라니 진언 주문을 진인(괴승)이 불러주는 대로 외운다. 필요한 때면 언제나 진인이 보석을 생산했으므로 사람들은 더 이상 농사를 짓지도, 길쌈을 하지도 않았다. 완벽한 유토피아의 세계. 하지만 그 세계가 영원히 지속될 리는 없다. 유토피아는 이곳에는 없는(U-topia) 세계라는 것을 우리는 분명히 알고 있기 때문이다. 과연 조금씩 상황이 변하기 시작한다. 먼저 "왼쪽 눈은 온갖 마귀가 들어와 장난을 치는 곳"이라는 진인의 주장에 따라 마을 사람들은 그들의 왼쪽 눈을 옴비라 신에게 바친다. '척안동(隻眼洞)'이라는 마을이 만들어지는 순간이다. 그리고 하나의 의식이 생겨난다. 아이들은 열네 살이 되면 신에게 왼쪽 눈알을 바치는 의식을 반드시 거쳐야 한다. 그래야 그 사회의 성인成人으로 인정되기 때문이다.

율법과 계율이 사람들의 마음에 스며들 무렵, 진인의 보석 생산량이 현격하게 줄어들면서 진인의 몸은 점차 석화되어가는 상황이 발생한다. 기괴한 형상의 바위로 변하기 전 진인은 "그동안 익혀 온 진언 주문을 한 자도 틀리지 말고 진심으로 외워야 한다"는 유언을 남긴다. 마을사람들에게 금기가 부여된 셈이다. 마을 사람들은 드디어 진인이 사라진 두려움의 세계와 맞닥뜨리게 된다. 무엇을 먼저 해야 할까? 그들은 무엇보다 주문을 정확히 외워야 한다고 생각한다. 그러나 주문이 너무 길어 진인이 살아 있을 때도 그것을 끝까지 외우는 사람은 없었다. 사람들은 날마다 신전에 모여 다 같이 주문을 외운다. 옴비라 신을 향한 믿음으로 그들은 숱한 우여곡절을 겪으며, 한 구절만 빼고 주문을 원래대로 복원하는 데 성공한다. 어느 이야기나 그렇지만, 바로 이 한 구절이 문제가 된다. '다냐야혹'과 '아냐야혹' 중 어느 것이 맞는지 사람들은 선뜻 결정할 수 없다. 결국 그들은 다나야파와 아나야파로 갈라졌고 두 집단의 갈등과 반목은 시간이 흐를수록 깊어졌다. 거기다가 보석은 더 이상 생산되지 않아 그들의 생활 또한 궁핍해질 수밖에 없었다. 두 집단 모두 희생양을 원했다. 상대에 대한 증오가 한순간에 폭발했고, "모두가 피에 굶주린 아귀가 되어 밤낮으로 서로 죽이고 죽이는 끔찍한 살육전이 계속되었다." 모래나라의 헛것들은 외눈이 마을의 아귀로 한순간에 변해버린다. '생각하는 주체'가 자초한 현실이라고 할까. 대상을 배제하고 '나'를 중심으로 생각하는 인식구조의 폐해가 위 이야기에서도 극명하게 드러나고 있는 것이다.

> 무명(無明)의 어둠 속에서 두 눈을 뜨니
> 문득 한 줄기 바람이 일고
> 바람이 일어나 흔드니
> 온갖 바람의 형상들이 생기는도다
> 살과 뼈에 갇힌 그대여
> 네가 바라보는 모든 것들이
> 이제는 살과 뼈에 갇혀 있구나
> 육추(六麤)*의 구멍 속에서 숨 쉬는 그대여
> 네 마음의 곳간 가득히
> 온 세상의 지식이 쌓이면 쌓일수록
> 지식 밖의 무지의 영토는 더욱 넓어지고
> 네 굳은 믿음의 지층에 채굴하는
> 보석들이 눈부시게 빛나면 빛날수록
> 너는 캄캄한 바위로 굳어지는도다
> 외눈이로 건공중을 바이없이 헤매 도는 그대여
> 아는 것이 없으면 모르는 것도 없다 하느니
> 네 마음의 곳간마다 가득한
> 지식과 보석은 모래를 낳고
> 모래는 끝없이 번식하여 사막을 이루는도다

사막의 신기루는 네 마음이 세웠느니
바람이 물결 짓는 마음을
이제는 고요히 잠재워야 하리라
그 고요의 맑은 거울을 보아야 하리라.

　* 육추 : 대승기신론(大乘起信論)의 용어. 무명으로부터 비롯되는
앎과 업고의 6가지 상(相).
-「외눈이 마을」 시 전문

　이야기의 너머에서 '지혜'를 찾는 시인의 목소리가 들려온다. 육추六麤
의 구멍에 갇힌 사람들의 머릿속에 "온 세상의 지식이 쌓이면 쌓일수록/
지식 밖의 무지의 영토는 더욱 넓어"진다. 다냐아퍄와 아나야퍄는 '주문'
에 집착함으로써 주문 밖의 이 지혜를 잃어버린다. 아니, 정확히 말하자.
그들은 애초부터 이 지혜를 헤아릴 수 있는 힘이 없었다고 봐야 한다. 그
들은 진인의 말을 그대로 따라 했기 때문이다. '생각하는 주체'에게서 정
작 '생각'이 빠진 경우라고 할까. 시인의 말마따나 "네 마음의 곳간마다 가
득한/지식과 보석은 모래를 낳고/모래는 끝없이 번식하여 사막을 이루"었
다. 거울 속 모래나라는 그러니까 '생각하는 주체'의 현재이고, 동시에 미
래이다. 그의 마음속에는 사막의 신기루가 세워져 있다. 진인이 만든 신
기루가 아니다. 생각하는 주체 스스로 제 마음속에 지식의 신기루를 세웠
다. 이러한 지식의 세계에서는 "바람이 물결 짓는 마음"을, "그 고요의 맑
은 거울"을 볼 수 없다. 거울 속에 들어간 주체는 오로지 거울 밖으로 빠
져나올 궁리만 한다. 거울 속과 거울 밖은 과연 다른 것일까. 육추의 눈으
로 본다면 당연히 다를 것이다. 하지만 그 육추의 눈을 넘어서는 장소에
사는 존재라면 어떻게 될까? 인간의 지식으로는 도저히 도달할 수 없는
저 "고요의 맑은 거울"에 비친 존재.
　「그 짐승」에 등장하는 "이상하게 생긴 짐승 한 마리"는 상징계를 떠도

는 실재의 출현을 기록하고 있다는 점에서 '생각하는 주체'의 지식을 뿌리부터 뒤흔들고 있다. 그 짐승은 온갖 짐승이란 짐승을 한 몸에 버무려놓은 것 같았는데, 신통한 둔갑술이나 하는 듯이 그것은 순간순간 갖가지로 달리 보이는 특이한 모습을 하고 있었다. 그 짐승이 특이한 모습만 하고 있었다면 그리 문제가 되지 않았을 것이다. 인간―이성(지식)의 경계를 뛰어넘지는 않았기 때문이다. 이성의 바깥을 설정하고, 그 바깥을 '물자체'로 본 칸트의 후예들은 "괴이하고도 해괴망측한 일"을 물자체라는 말 속에 가둬버린다. 문제는 근대주체들의 이러한 발상이 상징계에 갑작스럽게 출현한 실재 앞에서는 속수무책일 수밖에 없다는 점에 있다.

이를테면 이 시의 '그 짐승'은 인간의 눈에는 보이지만, 동물의 눈에는 보이지 않는 특이성을 지니고 있다. 쇠 울타리를 친 사슴농장의 우리에 갇힌 그 짐승을 보고 사람들은 여지없이 호들갑을 떠는데, 정작 우리에 사는 사슴이나 농장의 개들은 그 짐승을 거들떠보지도 않는다. 소문이 퍼져 이 기묘한 짐승을 보기 위해 신문, 방송을 비롯한 온갖 직종의 전문가들이 농장으로 모여든다. 이성의 바깥에 있는 존재를 이성의 내부로 의미화하기 위한 작업이 시작된 것이다. 그런데, 기자들이 생생하게 찍은 TV 영상 속 어디에도 그 짐승의 모습은 전혀 보이지 않는 불가사의한 현상이 일어난다. 높고 튼튼한 쇠 울타리 안의 사슴들은 보이는데, 정작 화제의 대상인 그 짐승이 보이지 않자 세상은 말 그대로 들끓기 시작한다. 당황한 사람들이 다시 농장으로 가서 확인을 했지만, 그때는 이미 그 짐승 또한 자취를 감춘 상태였다.

이렇게 하나의 해괴한 에피소드로 끝날 듯했던 그 짐승의 이야기는 사슴 농장의 주인에게 기묘한 일이 발생하면서 다시 사회적 관심사로 떠오른다. 그가 다른 이들과 소통할 수 없는 언어를 사용하기 시작한 것이다. 언어는 근대주체를 만든 또 하나의 이성이다. 언어=이성이란 말에 걸맞게 언어를 사용하는 것은 곧 이성을 사용하는 것과 다르지 않은 일이었다. 언어를 사용하지 못한다는 것은 이성을 사용하지 못한다는 얘기다. 밥을 밥으로 말해야지 밥을 돌멩이로 말해서는 안 된다. 이성의 합의사항이기 때문이다. 농장의 주인은 정신병원에 수용되었지만, 그와 똑같은 증상의 사람들은 우후죽순처럼 번져간다. 실재가 상징계를 휘감아버린 이 사태의 주체들에게 사람들은 '언둔갑'이라는 이름을 붙인다. 그리고 정신과 의사, 언어심리학자, 사회학자 등 여러 분야의 전문가들로 구성된 조사위원회가 '이성의 이름으로' 이 문제를 조사하기 시작한다. 하지만 그들이 무엇을 할 수 있겠는가? 그들이 대책이라고 이야기하는 '말'은 사태의 변죽만 울릴 뿐이었다. 말이 말을 낳고, 그 말이 또 다른 말을 낳는 이성의 언어.

이성의 언어를 끊임없이 내뱉던 당국이 경황 중에 결단을 내렸다. 언둔갑 병이 발생한 지역을 중심으로 반경 4킬로미터에 방역망을 설치하고, 사람은 물론 모든 생물의 출입을 엄격히 통제하는 것이었다. 당연히 방역망 내의 모든 가축과 짐승들은 도살('살처분'이라는 무서운 말을 생각하자!)되어 땅속 깊이 매몰되었다. 도구적 이성이 낳은 이 비극은 인간과 동물의 엄격한 분리가 낳은 가장 반생명적인 사건이었다. "방방곡곡이 아비초열 지옥이 되고 규환 지옥이 되어 짐승들의 피비린내와 단말마의 신음 소리가 그치지 않았다." 이성의 이름으로 행해진 이 만행을 우리는 어떻게 바라봐야 할까? '생각하는 주체'가 동물을 대상화하는 순간 동물은 죽여야 할 사물로 변해버린다. 근대이성이 만든 이러한 인식의 세계에서는 과연 무엇이 최후의 생존자가 될까? 언둔갑이 사건은 결국 시간에 의해 해결된다. 해결되지 않았다고 말하는 게 정확하겠다. 보이지 않는 세계에 잠복해 있다가 어느 날 문득 우리가 사는 이 세계로 돌아올지도 모르기 때문이다. 그에 대한 염려일까, 시인은 '그 짐승'을 만날 다음 세대들을 위해 다음과 같이 노래한다.

이러매 내가 노래한다

어둠이 낳고 기른 그 짐승을
실은 없는 그 짐승을
어둠 속에서 나는 보았다
없으므로 더욱 힘이 세고
온갖 형상으로 있게 되는 그 짐승을
인생의 황혼녘에 나는 만났다
돌아보니 길고 긴 세월을 헤매었구나
어두운 가시덤불 숲길에서
눈먼 세월 온 몸에 단근질하고
눈비 내리는 들판 길 수렁에 빠지면서
맨몸 네 발로 예까지 기어왔구나
어찌하여 나는 어둠 속에서 눈을 뜨고
말의 창틀로 세상을 내다보기 시작했던가
촘촘한 말의 그물에 갇혀
평생을 청맹과니로 떠돌아야 했던가
눈에 보이고 귀에 들리는 것 모두가
스스로 번식하는 저 말의 그물조차
그 짐승의 꿈같은 장난이었고
나 또한 그 짐승의 충직한 노예였구나

— 「그 짐승」 시 부분

어둠이 낳고 기른 '그 짐승'을 시인은 '이성의 언어'로 해석한다. "촘촘
한 말의 그물에 갇혀" 세상을 바라볼 때 그 짐승은 우리 앞에 나타난다.
돌려 말하면 촘촘한 말의 그물 자체가 우리를 '정신병자'로 만들고 있는
셈이다. 우리가 지금 쓰고 있는 말과 언둔갑이들의 말은 어떻게 보면 언
어구조의 틀 속에서 뻗어 나온 동일한 말일지도 모른다. 사회에서 용인된
언어가 있기 때문에 언둔갑이들의 말이 있다는 시인의 해석을 우리는 어

떻게 받아들여야 할까? '생각하는 주체'가 만든 이 세계는 이렇게 그가 의도하지 않은 수많은 것들로 하여 끊임없이 뒤흔들리고 있다. 그러니까 '그 짐승'이 문제의 중심에 있는 것은 결코 아니다. 그 짐승을 그렇게 만든 (인식한) '생각하는 주체'의 사고구조가 그 짐승을 날뛰게 한 근본적인 원인이기 때문이다. 시인의 말마따나 그 짐승은 어둠이 낳고 길렀다. 어둠의 덩어리란 말이다. 어둠속에 있어야 할 그 짐승을 이 세계로 불러낸 것은 어둠 속에서 '눈을 뜬' 바로 우리 인간—이성들이다. 이성의 빛이라는 이름으로 끌려나온 그 짐승의 형상은 그래서 장자가 이야기한 '혼돈'이라는 짐승과 상당히 닮았다. 하나의 덩어리로 존재하는 혼돈을 불쌍히 여긴 사람들이 구멍을 뚫어주자 그만 혼돈은 죽어버렸다(『장자』「응제왕편應帝王編」)는 이야기를 떠올려 보라. 어둠 자체로 인정하지 않으면 어둠은 죽어버린다. 마찬가지로 빛을 빛으로 인정하지 않으면 빛은 죽어버린다. 이성의 빛, 즉 '생각하는 주체'가 죽인 것은 이 어둠이고, 이 혼돈이었다. 그 짐승은 결국 이성의 빛—생각하는 주체가 우리에게 고스란히 떠넘긴 죽음의 유산에 해당되는 셈이다.

6. 이성의 바깥을 향한 봄풀의 저 무성한 성욕

죽음의 유산들은 안개가 되어 우리 곁을 맴돌고 있다. 「그 짐승」을 따른다면, 우리는 언어=틀의 안개에 갇혀 있다. 어둠을 어둠이라고 생각하지 않고, 바다를 바다로 생각하지 않는다. 언어로 해석된 세계는 언어가 없으면 사라져버리는 환영의 세계이다. 세계가 환영이니 그 세계를 살아가는 주체 또한 환영이지 않을 수 없다. 「바람과 그늘」에서 시인이 던지는 "나는 진정 누구인가?"라는 질문은 따라서 '생각하는 주체'의 입장에서 보면 가장 절실한 질문이라고 할 수 있다. 나의 이름은 나를 보증하는가? 이름이 언어에 불과한 것이라면, 그래서 이름으로는 나를 보증할 수 없는 것이라면, 지금 이곳을 살아가는 '나'를 보증하는 것은 과연 무엇일까?

여기, 출판사에 다니는 오달삼이면서, 동시에 국어교사인 박구열, 그리고 XX물산 과장인 최지민이 있다. 하나이면서 셋이고, 셋이면서 하나인 이들을 '하나'로 통합할 수 있는 '나'는 어디에도 없다. 오달삼은 어느 순간 박구열로 변하고, 박구열 또한 어느 순간 최지민으로 변한다. 오달삼은 자신이 '오달삼'으로 살아온 것을 기억하고 있지만, 박구열과 최지민이 된 이후에는 오달삼으로 살아온 삶을 스스로 입증할 도리가 없다. 그만 바뀐 게 아니라 그가 사는 세계도 바뀌었기 때문이다. 무슨 얼토당토않은 소리냐고 힐난하는 목소리가 들리는 듯하다. 분명한 것은 오달삼이라는 '생각하는 주체'가 자신을 입증하려면 그를 둘러싸고 있는 세계가 절대적으로 필요하다는 점이다. 그가 출판사에 나가 자신의 삶—기억을 굳이 확인하려는 이유는 여기에 있다. 출판사 직원들은 '오달삼'이라는 존재가 있었다는 걸 알고 있지만, 그것을 확인하는 그를 '오달삼'으로 인정하지는 않는다. 오달삼은 이미 박구열로 변했기 때문이다.

그렇다면 오달삼은 어디로 간 것일까? 원래부터 없었다면 상관없지만, 오달삼(박구열이 된)과 출판사 직원들은 오달삼이 '있었다'는 것을 분명히 증언하고 있다. 있었는데 지금은 없다면 오달삼은 죽은 것일까? 그래서 오달삼의 몸에 붙어 있던 영혼(?)이 박구열의 몸으로 옮겨간 것일까? 다시 그렇다면 박구열의 몸에 있던 영혼은 어디로 간 것인가? 출판사에서 오달삼은 하룻밤 사이에 몇 년이라는 시간이 흘러가 버렸음을 확인한다. 시간이 어긋나 버렸으니 이제 그가 살 길은 '박구열'이라는 존재를 그대로 받아들이는 것 이외에는 있을 수 없다. 몸과 생각이 분열된 존재가 되었다고나 할까. 이 사람은 박구열인가, 아니면 오달삼인가?

그런데 이러한 존재의 '변신'은 한 번으로 끝나지 않는다. 오달삼(박구열)은 매일 밤 짙은 안개 속에 우뚝 서 있는 기묘한 바위 꿈을 꾸었는데, 그 바위는 질척한 밀가루 반죽처럼 흐물흐물 녹아내리면서 생전의 어머니의 목소리로 "애야 어서 오너라, 어디 갔다 이제 오느냐." 하며 웅얼거린다. 낮에는 오달삼과 박구열의 사이를 오가고, 밤에는 바위의 부름 소리에 가위눌림을 당하는 상황에 치를 떨던 그는 어느 날 자신이 또 다른 존재로 변해 있음을 발견한다. 웬 젊은 여자의 목소리를 들으며 잠에서 깬 그는 거울 속에 비친 생면부지의 사내를 한없이 지친 표정으로 쳐다본다. XX물산회사 제3 과장의 직함을 가진 최지민이 그 사내인데, 결국 오달삼은 오달삼과 박구열의 기억을 지닌 채로 다시 최지민으로 살아가야 하는 상황에 봉착한 셈이다. 오달삼을 기억하고 있고, 박구열 또한 기억하고 있으니 최지민은 최지민으로만 한정될 수 없는 존재이다. 더 큰 문제는 그의 뇌리에 남아 있는 기억의 한계지점을 어디까지 잡아야 하느냐는 점이다. 곧 그는 오달삼의 삶까지는 기억하고 있지만, 돌아가는 상황을 보면 오달삼 이전에 그는 또 다른 사람의 삶을 살았을지도 모른다. 요컨대 그가 기억하지 못하는 어떤 삶이 있고, 그렇게 계속해서 거슬러 올라가다 보면 그의 삶은 모든 이의 삶과 다르지 않다는 결론에 이르게 된다. '나는 너(그)'가 되어버리는 이 불가사의한 현상을 우리는 어떻게 이해해야 할까?

나이면서 너이고, 동시에 그인 오달삼은 결국 "국민학교 2학년도 채 마치지 못하고 떠"난 고향을 찾아가기로 마음먹는다. '나'의 기원을 찾는 여행이라고나 할까. 하지만 출판사의 직원들처럼 고향 사람들 또한 그가 기억하는 것과는 다른 이야기를 한다. 아무개가 존재했다는 사실 말고는 모든 것이 뒤틀리고 헝클어져 있다. 고향에서도 '나'를 확인할 수 없다면 그는 어디로 가야 할 것인가? 그때 밤마다 꿈속에 나타나던 그 바위가 그의 눈앞에 펼쳐진다. 일명 '넋바위'. 그곳에서 그는 그의 삶을 혼란에 빠뜨린 오달삼과 박구열을 다시 만난다. 오달삼과 박구열과 최지민이 드디어 한 자리에 모였다. 나이면서 너이고, 동시에 그인 세 사람이 모였으니 '나는 진정 누구인가'라는 질문은 해결되는 것일까? 시인은 넋바위 속으로 빨려 들어가는 두 사람의 옷자락을 거머잡은 채, "당신은 누구야?…… 나는 누구야?"라고 외치면서 그들과 함께 바위 속으로 사라지는 존재의 상황을 이야기의 말미에 배치한다. 그 세 사람은 넋바위라는 곳으로 한꺼번에 휩쓸려 들어간 셈이다.

넋바위라는 죽음의 공간으로 들어감으로써 오달삼은 '나는 진정 누구인가?'라는 질문에 대한 답을 얻었을까? '나'를 향한 질문의 끝에 넋바위, 곧 죽음이 있다는 점을 생각한다면, 오달삼－박구열－최지민으로 이어지는 존재의 변신은 '나'에 대한 질문이 '나'와 연관된 수많은 존재들의 질문을 반복한 결과로서 나타나고 있음을 예시한다. '생각하는 주체'의 이면을 구성하는 수많은 존재들의 삶이 '나는 누구인가'라는 질문 속에 오롯이 스며들어 있다. 돌려 말하면 '나'는 타자들의 삶과 죽음이 모여 구성된 존재이다. 오성悟性의 결과물로서의 '나'가 아니라 생명의 순환 속에서 이루어진 '나'를 시인은 다음과 같이 '시의 영역'에서 표현하고 있다.

> 견고한 보석들을 낳는 오성悟性이여
> 모순을 모르는 대낮의 아들이여
> 모든 것은 단단한 곁이 되어
> 네 신민臣民들의 창고에 끝도 없이 쌓일 뿐
> 탐욕스럽게 넓혀진 제국의 지도에는
> 이제 웅덩이의 깊이조차 보이지 않는다
> 그 많은 곤충과 새들을 실어오던
> 안개의 목선木船들도 보이지 않는다
> 이제 풀벌레의 울음소리는

풀 수 없는 암호문이 되어 울 밖으로 흩어지고
날지 않는 화살에 상처받은 사슴은
오늘 밤새워 이슬이 내려도
갈밭의 샘물가에 끝내 이르지는 못한다
움직이지도 변하지도 않는 잔인한 공간이여
잠시도 쉬지 않고 변하는 나를 보라
샘물의 깊이에서 옷 벗는 나를 보라
창고에 쌓인 보석들이 네 영혼의 밥이 되지 않으니
고향의 샘으로 서둘러 돌아가야 하리
한 줄기 맑은 바람으로 떠나야 하리

— 「바람과 그늘」 시 부분

　오성은 모순을 모른다. 나는 나이어야 하고, 그는 그이어야 한다. 근대 인식론의 핵심인 주체—대상의 대립구조가 오성의 영역에서 생성되고 있는바, 이렇게 본다면 오성은 오달삼이 던진 '나는 진정 누구인가?'라는 질문에 전혀 대답할 수 없는 사유의 방법에 해당된다고 하겠다. 시인의 말마따나 오성은 풀벌레의 울음소리를 풀 수 없는 암호문으로 만들어 울 밖으로 던져버린다. 보이지 않는 것을 물자체로 간주한 칸트의 후예들답게 근대인은 이러한 오성의 법칙을 통해 찬란한 도시문명을 세웠다. 문명의 이면에 자리한 자연은 인식의 대상이 되어 파괴되었고, 그 결과 우리는 자연과의 고리를 잃어버린 채 언어가 부풀린 환영의 세계를 떠돌며 살고 있다.

　이처럼 시인은 위 시에서 괴승의 왼쪽 눈에서 나온 진귀한 보석들, 곧 환영들이 우리의 삶을 보증하지 못하리라는 걸 강조하고 있다. 그는 "고향의 샘으로 서둘러 돌아가야" 한다고 주장하고, "한 줄기 맑은 바람으로 떠나야" 한다고 이야기한다. "하나이면서 여럿인 모순의 얼굴"(같은 시 3부)을 향해 온 마음을 기울여 깊이 절을 올려야 한다고 속삭이기도 한다.

이 시의 1부를 참고한다면, 이러한 모순의 얼굴은 새가 황소가 되고, 황소
는 다시 개오동나무가 되는 변신의 세계와 한없이 얽혀 있다. 오성의 저
편에는 변신의 감각이 있다. 변신은 모순을 인정한다. 이 세상에 변하지
않는 것은 없기 때문이다. 그러니 오달삼이 박구열이 되고, 최지민이 되
면 어떤가? 한 사람의 얼굴에 새겨진 모순의 얼굴들을, '나'라는 사람의 얼
굴에 새겨진 그 숱한 과거의 얼굴들을 생각해 보는 것만으로도 변신에 대
한 시인의 감각을 우리는 충분히 이해할 수 있을 것이다.

그러나 문제는 여전히 해결되지 않은 채 남아 있다. '나는 너다'라는 인
식이 '나는 진정 누구인가?'라는 질문의 해답이 될 수는 있겠지만, 그러한
인식을 현실 속에서 감각화하는 문제가 아직 남아 있기 때문이다. 요컨대
'나는 진정 누구인가' 하는 질문은 무엇보다 지금 이곳을 살아가는 존재의
감각과 긴밀하게 연동되어 있다. 나이면서 너이고, 동시에 그인 모순의
존재는 넋바위에만 있는 것은 아니라는 말이다. 넋바위가 죽음의 공간이
라면, 그래서 나-너-그의 구분이 사라진 비-감각의 세계를 형성하고
있다면, 우리가 사는 이곳은 감각을 지닌 이들의 삶이 얽히고설켜 이루어
진다. 「길에 갇혀서」라는 사설시에서 시인이 언급하는 대로, 우리가 사는
이 세계에는 "예나 제나 얽어매고 가두려는 자와 풀어 헤치고 벗어나려는
자가 있다." 이를테면 오성의 법칙을 중시하는 이들은 제멋대로 펼쳐져
있는 듯 보이는 자연에 항상 질서를 부여하려고 한다. 길면 자르고 짧으
면 늘여서 오성의 침대에 걸맞은 대상을 그들은 만들어내려고 한다. 그러
니 폭력이 뒤따를 수밖에 없다. 말로 안 되면 주먹이 나오고, 주먹이 안 되
면 칼과 총이 나온다.

「길에 갇혀서」에서 시인은 이렇듯 오성의 침대에 갇힌 존재들을 시의
세계로 불러낸다. 1961년 5월의 전주경찰서 직할파출소 반지하 감방에서
펼쳐지는 이야기는 억압을 풀어 헤치고 벗어나려는 자들에게 초점이 맞

추어져 있다. 학생들 사이의 폭력 사건에 연루되어 수감된 '나'는 그곳에서 '교원노동조합'을 결성하려다 쿠데타 세력에 의해 검거된 고등학교 은사들과 조우한다. "나는 교원노동조합이 무슨 일을 하는 것인지, 그것이 왜 용공인지, 용공의 정확한 뜻이 무엇인지 어느 것 하나 분명하게 이해되는 것이 없었다."라는 진술에 드러나는바 그대로, 이 시에서 시인은 교원노동조합의 역사성이나, 그 구성원들의 힘찬 투쟁의지를 이야기의 중심에 내세우지 않는다. 시인은 차라리 사회 과목을 가르치는 정일곤 선생의 기행에 주목하고 있다. 수업 시간에 학생들에게 담배를 빌릴 정도로 거침없이 행동하는 이 인물의 기행을 기록하면서 시인은 "풀어 헤치고 벗어나려는 자"들이 펼치는 생명의 욕망을 다시금 확인한다.

감방 사람들을 아연실색케 한 정일곤 선생의 기행은 평온한 일요일에 벌어진다. 일요일이면 수감자들을 대상으로 종교 행사가 벌어졌는데, 그날도 여느 날처럼 전주 성결교회에서 목사가 예닐곱 명의 성가대 아가씨들을 데리고 행사를 진행했다. 수감자들은 목사의 지루한 설교에는 도통 관심이 없고, 오로지 성가대 아가씨들을 바라보느라 정신을 팔고 있었다. 지루한 목사의 설교가 끝나고 아가씨들이 화사한 목소리로 찬송가를 부르기 시작했다. 때 묻지 않은 그녀들의 목소리에 취해, 노래가 막 끝나가고 있는 것을 아쉬워할 무렵, "어디선가 감방을 온통 들었다가 내팽개치는 듯하는 소리가, 마치 무슨 상처받은 짐승이 마지막 숨을 거두면서 포효하듯 울부짖는 소리가 갑자기 터져 나왔다." 그야말로 날벼락 치는 그 소리는 "으으윽, 좆꼴립니다……"라는 정일곤 선생의 외침소리였다. 행사장은 순간적으로 조용해졌다. 모두 넋이 빠져 창살을 두 손으로 움켜잡은 채 얼굴을 온통 일그러뜨린 정일곤 선생을 쳐다보았다. 그의 이 외침을 우리는 어떻게 바라봐야 할까?

이 시의 '나'는 "적어도 그 좆꼴린다는 외침이 성가대 아가씨들을 겨냥

한 것은 아닐 것이다. 어쩌면 그것은 붙들고 있던 창살이나 보이지 않는 벽 같은 것들, 그러니까 정상적으로 말을 건넬 수 없는 것들 앞에서 답답한 마음의 응어리가 터져 나오는 그런 외침일 지도 모른다."라고 이야기한다. 그럴 수도 있다. 하지만 '좆꼴린다'는 말을 그처럼 상징화할 필요는 없을 듯싶다. 그것은 어찌 보면 생명의 자연스러운 현상이기 때문이다. '좆꼴리다'의 대상이 성가대 아가씨들이든, 그 너머의 억압체계이든 살아 있는 생명이라면 자연스럽게 이러한 몸의 현상에 직면할 수밖에 없다. 다음 날 형무소로 이송되면서 정일곤 선생은 나에게 "이눔아, 기죽지 마."라는 말을 한다. '살아 있는 몸'으로 살아 있으라는 말이다. 시인은 정일곤 선생의 이 일과 전국교직원노동조합(1989년 결성)의 5단 통광고에 그려진 "겹겹이 어긋나고 서로가 서로를 가두는 모습"을 나란히 배치한다. 역사는 반복된다. 여전히 가두는 권력이 있고, 여전히 그 권력으로부터 벗어나려는 사람이 있다. 시인은 갇혀 있는 사람일수록 불두덩께로 뜨거운 기운이 내뻗치는 것을 느껴야 한다고 말한다. 살아 있음의 표시이기 때문이다.

살아있는 것은 언젠가는 변하게 되어 있다. "아, 정말 좆꼴리는구나"라는 시인의 외침이 생명의 에로티즘과 깊이 있게 이어지는 까닭은 여기에 있다. 살아 있는 생명은 살아 있는 몸을 원한다. 고난에 처할수록 생명은 생명다운 힘을 원한다. 그 힘을 시인은 이렇게 생명의 에로티즘에서 찾는다. '나는 진정 누구인가'라는 질문은 이러한 생명의 에로티즘과 밀접하게 관련되어 있다. '생각하는 주체'가 애써 외면한 에로티즘의 자리에서 시인은 '나는 진정 누구인가'라는 해답을 찾는다. 오달삼은 박구열이고 최지민이며, 또 다른 누군가이다. 그들은 때가 되면 정일곤 선생의 말마따나 '좆이 꼴린다.' 이만큼 그들을 휘감는 존재의 본성이 있을까. 그리하여 시인은 다음과 같이 노래한다.

이러매 내가 노래한다

눈썹 끝 타오르는 노을 속에서
수많은 새떼들이 부화하여 날개를 치는
서해 바다 뻘밭으로 우리는 가자
여기저기 막혀서 끝내 더는 갈 수 없을 때
세상의 모든 길 다 죽어버린 곳
세상에서 어찌할 수 없는 것들만 모여 사는 곳
온갖 징역살이의 시커먼 머리채가
바람결로 풀려서 일렁이는 곳
서해 바다 뻘밭으로 우리는 가자
거기 노을 속 막막한 뻘밭에
새벽같은 알몸들을 딩굴게 하여
온 몸을 칭칭 감은 사슬자국 멍을 삭이고
아무도 뺏을 수 없는 우리들 성욕으로
천 이랑 만 이랑 푸른 파도를 만들자
천 이랑 만 이랑 푸른 어깨를 겯고
멱찬 밀물되어 우우우 뭍으로 달려가는
새끼짐승들의 희고 튼튼한 발굽들을 만들자
　　　　　　　　　　　　　－「길에 갇혀서」 시 부분

　우리들의 성욕은 아무도 빼앗을 수 없다. 성욕을 뺏긴다는 건 곧 죽음
이기 때문이다. 나 스스로 내가 나인 것을 증명할 도리는 없다. 상황에 따
라 '나'는 끊임없이 변화한다. 변화를 인정하지 않으면 내가 생각하는 나
에 집착할 수밖에 없다. '생각하는 주체'는 바로 여기서 탄생하거니와, 근
대의 인식론은 어떻게 보면 변화를 인정하지 않는, 달리 말하면 대상을
주체의 시선으로 고정하려는 바로 그 점 때문에 '도구적 이성'을 낳았다고
볼 수 있는 셈이다. 김영석은 도구적 이성의 저편에 살아 있는 생명을 배
치하고 있다. 그리하여 도구적 이성이 한사코 세우려 드는 저 벽을, 저 감

옥을 살아 있는 생명은 "저 봄풀의 무성한 성욕으로/그 연약한 실뿌리 하나로" 무너뜨린다. "길을 내어 길에 갇힌 너희들"이 모르는 것은 이러한 성욕의 끊임없는 생명성이다. 성욕이 수많은 생명을 낳는다.

에로티즘의 미학은 이처럼 김영석의 시에서는 성욕의 시학으로 펼쳐진다. 이성의 논리에 갇혀 타자의 세계를 거부하는 이들을 향해 벌이는 에로티즘의 놀이는 김영석의 사설시가 굳건히 현실에 뿌리 내리는 힘으로 작용한다. 그는 이야기를 통해 시를 쓰고, 그 시를 통해 다시 이야기의 영역을 확장하려고 한다. 시에서 직접적으로 말할 수 없는 것을 그는 이야기로 전달한다. 그의 사설시에 우리가 사는 이 세계의 현실이 깊이 개입하는 이유이다. 그리고 그는 이야기로는 표현할 수 없는 것을 시인의 목소리로 드러낸다. 김영석의 사설시가 현실 너머의 또 다른 현실과 마주하는 이유이다. 이야기에 대한 욕망과 시에 대한 욕망 사이에서, 혹은 이야기의 현실과 시의 또 다른 현실이 빚어내는 사이의 공간에서 시인은 오늘도 '노래'를 부른다. 그 노래의 끝은 어디일까? 죽음을 넘어서는 에로티즘의 세계일까? 아니면 그 에로티즘마저도 넘어서는 어떤 세계일까? 대답 없는 질문만이 끊임없이 필자의 뇌리를 맴돌고 있다.

7. 나가며

2014년 발간된 시집 『고양이가 다 보고 있다』(천년의시작)에는 「나루터」라는 제목의 사설시 한 편이 실려 있다. 사설시에 대한 관심이 여전히 지속되고 있음을 보여주는 이 시에서도 시인은 인간의 언어로 하여 생기는 문제에 시적 관심을 기울이고 있다. "말이 만드는 모호한 안개들"에 둘러싸인 나루터에서 벌어지는 무의미한(?) 일들을 묘사함으로써 시인은 현대인들의 삶에 내재된 환영의 세계와 한판 승부를 벌인다. 환영은 언어로 만들어진 추상의 세계를 의미한다. 구체적인 감각이 사라진 세계이므로 이 세계에는 분명한 것이 아무것도 없다. 안개로 가득 찬 나루터를 서성이며 이 시의 화자인 맹목 씨는 나루터 너머의 어떤 세계를 '맹목적으로' 갈망하지만, "하얗게 아무것도 생각나지 않았다"는 진술에 나타나는바 그대로, 그는 그가 왜 나루터에 왔고, 나루터 너머의 세계를 왜 그리워하는지 전혀 답변하지 못하고 있다.

나루터에는 맹목 씨보다 먼저 와서 나룻배를 기다리던 고향 씨와 분신 씨가 있었는데, 그들이 하는 말 또한 부연 안개를 피워 올리기는 마찬가지이다. 그러니까 그 세 사람은 뚜렷한 목적도 없이, 어디선가 들은 이야기를 확인하기 위해 나루터를 서성거리고 있는 셈이다. 문제는 그들이 기억하고 있는 과거가 이야기 도중 끊임없이 뒤바뀌고 있다는 사실이다. 말하는 사람과 듣는 사람의 대화는 애초부터 불가능한 상황에 빠져 있다. 말이 말을 낳고, 소문이 소문을 낳는, 시인의 말대로라면 안개가 안개를 낳는 모호한 상황이 그들의 대화를 규정하고 있다. 시간이 사라진 세계, 혹은 이쪽과 저쪽이 안개에 뒤덮여 구분이 되지 않는 세계라고 할까. 그들은 오로지 나루터 저쪽에서 들려오는 학 울음소리를 듣기 위해 간절한 마음으로 기도한다. 그래야 나룻배를 타고 나루터 저쪽으로 갈 수 있다고 믿기 때문이다. 하지만 이야기의 말미에 드러나거니와 학 울음소리는 안개가 낳은 소문, 곧 환영(이 시에서는 "눈부시게 하얀 억새꽃"으로 나타난다)임이 밝혀진다. 안개가 낳은 환영에 홀린 그들은 어디에도 없는 세계를 그리워하며 나루터를 헤매고 있었던 것이다.

이렇듯 이야기의 영역이 말의 안개가 낳은 소문을 기록하고 있다면, 시인이 부르는 노래(시)는 소문 너머의 어떤 세계, 즉 말할 수 없는 세계를 언어로 표현하고 있다. 시의 영역에서 시인은 "안개가 피운/멀고도 가까운 한 송이의 꽃"을 "바라보는 그대는/바로 그 속에 있"다고 선언한다. 꽃 속에서 비로소 꽃을 본다는 시인의 전언을 우리는 어떻게 이해해야 할까? 꽃은 말의 안개에 가려져 있다. 추상화되어 있다는 말이다. 그래서 언어로 보는 꽃은 단지 환영일 뿐이라는 것을 시인은 거듭해서 강조한다. 언어라는 환영 너머에 꽃이 있다. 시인의 말을 따른다면, "실바람에 안개가 흩어질 때/한 송이 꽃이 머문 자리/저 깊고 푸른 하늘빛"이 보인다. '실바람'으로 표상되는 시의 영역은 이렇게 이야기의 영역에서 펼쳐진 길을 넘어 새로운 길로 뻗어 나간다. 꽃의 길은 꽃의 안에 있다. 달리 말하면 사물로 가는 길은 사물의 안에 있다. 근대주체의 이성에 질린 사물들이 스스로 막아버린 이 길을 시인은 '실바람'의 상상력으로 다시금 만들려고 한다. 말의 안개가 흩어지면 나타나는 저 길은 그러므로 "갈 길이 없으므로 갈 길이 있"는 역설적인 길이 될 수밖에 없다. 언어로 하여 인간은 사물로 가는 길을 잃었다. 하지만 언어가 없으면 그 길을 찾는 것 역시 불가능하다는 걸 시인은 알고 있다. 말의 안개가 피워 올린 헛것들과, 그 너머에서 빛나는 푸른 하늘빛 사이에서 김영석의 사설시는 한없이 맴돌고 있는 셈이다.

시와 산문의 결합을 통해 새로운 시적 영역을 펼치려는 김영석의 시적 시도는 이처럼 언어에 내재된 근본적인 역설과 맞닥뜨리고 있다. 이야기의 언어는 의미를 지향한다. 의미의 너머에 닿아 있는 시의 언어와는 다른 특성을 이야기의 언어는 내보이고 있는 것이다. 의미 지향성과 의미 너머의 경계 지점으로부터 그의 사물시가 생성된다면, 그가 '시적 영역'이라고 부르는 세계는 이도저도 아닌 '혼합 장르'의 실험에 그칠 가능성도 없지 않다. 하지만 시인은 끊임없이 이야기에 대한 욕망을 스스로 부추기고 있고, 거기에 맞춰 시에 대한 욕망 또한 변함없이 드러내고 있다. 이야기는 이야기를 넘어 시를 지향하고, 시는 '시적 영역'으로 변주되어 이야기를 시의 세계로 이끌고 들어간다. 그의 사설시를 읽는 독자의 입장에서 볼 때, 이야기와 시의 복합구조는 새로운 경험이라고 하지 않을 수 없다. '사설'이라는 말이 의미하는 바 그대로, 마음속에 한(恨)이 많으면 사설 — 말이 길어질 수밖에 없다. 김영석의 사설시는 그런 점에서 '근대'라는 폭력의 역사를 살아온 한 시인의 가슴 아픈 내면 고백으로 읽힌다. 시의 입장에서 본다면, 근대인은 시(인)가 지향하는 길과는 반대의 길을 걸어왔다. 근대인이 벌인 그 숱한 자연(타자) 파괴의 역사를 상기해 보라.

김영석의 사설시는 어찌 보면 이러한 파괴의 장소에, 달리 말해 말의 안개에 뒤덮여 소문만 무성한 이 근대라는 장소에 굳건히 뿌리를 내리고 있다. 무엇에 대한 사설이고, 무엇을 표현하는 시인지를 말하기 이전에 시인은 그가 살고 있는 이 세계 속으로 기꺼이 빠져 들어간다. 그의 말마따나 안개가 곧 길일지도 모르기 때문이다. 안개 밖에 길이 있는 게 아니라, 안개가 곧 길이라는 인식은 그의 시에 나타나는 무수한 정황들이 입증한다. 그는 거울 속의 세계를 알기 위해 거울 속으로 들어간다. 거울 속으로 들어가지 않으면 거울 속의 세계를 알 수 없다고 그는 강조한다. 거울이나 안개나 무엇이 다를까. '언어'라는 인식의 무기를 지닌 채 수많은 이성의 환영들과 맞서는 시인의 모습이 눈앞에 떠오른다. 우리 삶에 내재된 모순들을 단번에 해결할 무기는 어차피 없다. 모순은 영원히 해결되지 않기에 모순이라고 말해도 무방하다. '갈 길이 없으므로 갈 길이 있다'고 시인은 모순어법으로 말한다. 그의 사설시는 정확히 이 지점을 향해 간다. 그리고 그것이 그가 가려 하는 시의 길이고, 생명의 길이다. 대상을 향한 저 무성한 성욕을 그는 길이 없는 곳에서 아낌없이 펼쳐내고 있는 것이다.

(시와미학, 2015, 봄호)

거울나라의 사설

― 김영석, 『거울 속 모래나라』(2011)의 세계

| 남기택

1

근대 제도의 전지구적 확산과 더불어 서사시는 사라진 장르가 되었다. 미분화된 제도는 시간과 공간은 물론 초인적 세계관을 과학적으로 재구하는 결과를 낳았다. 서사시의 언어는 전인류적이고 초국가적인 사유를 대리하는 표상이었다. 대지모신의 상상력을 매개하던 서사시는 인간 내면을 떠나 언어의 물성을 현현하는 도구이기도 하였다.

전면화된 이성중심주의가 장소와 감성을 분할하면서 언어 역시 기호의 차원으로 전락하게 된다. 지시적 언어에 충실하는 이른바 산문의 시대가 도래하게 된 것이다. 현대 사회에 일반화된 단형 서정의 운명은 이러한 국면으로부터 비롯된다. 시는 이성의 시대라는 패러다임에 걸맞게 지극한 동일성의 세계로 특화된다. 대상을 전유하여 내면의 이미지로 재현하는 방식은 오늘날 서정시의 대표적 발생 원리로 지속되는 중이다.

신화와 역사의 세계로부터 멀어진 서정시의 운명은 그 자체로 미적 인식의 한계를 동반하는 것이기도 하다. 거대 담론으로서의 기능을 스스로 제한하는 현대적 의미의 서정시는, 미학적 제도가 부여하는 다양한 예술적 가치에도 불구하고, 동일성의 원리에 의해 전유된 이미지의 현재적 순간이라는 제한으로부터 자유로울 수 없다. 시는 미적 텍스트가 지닌 고유의 아우라 혹은 정론으로서의 담론 기능을 상실한 지 오래다. 이런 차원에서 보자면 소위 현실주의적 관점의 시나 현대판 서사시의 노력은 문학이 지녔던 정치성을 회복하고 전역사적 의미를 구현하기 위한 도전들이었다고 해석할 수 있겠다.

한국 현대문학의 흐름 속에서 김영석의 산문시편이 지니는 특별한 의미 역시 이와 연동된다. 스스로 '사설시'라 부르는 김영석의 시편들은 기존 서사시와도 다르고 이른바 이야기시류와도 차별성을 지닌다. 시인 자신은 "산문으로 된 이야기를 배경으로 두고 쓴 시로서, 시와 산문이 하나의 구조로 결합되면서 좀 더 높은 수준의 새로운 시적 영역"(「시인의 말」)이라 설명한다. 『거울 속 모래나라』의 시편들은 확실히 새로운 형식을 보여주는 데 성공하고 있다. 하지만 새로움 자체가 미적 수월성을 담보하는 근거가 아니라면 이 형식의 전위성에 대해서는 보다 면밀한 논의가 필요하리라 본다.

김영석 사설시의 도발적 상상력을 추인하는 동력은 무엇보다도 사물화된 현실로부터 비롯될 것이다. 부박한 현실과 그에 관한 진지한 소통의 시적 추구는 김영석 문학의 특장으로 이미 증명된 바 있다. 김영석의 사설시가 전제하는 현대 사회는 일종의 괴물 표상이 지배하는 현실을 배경으로 지닌다. 「그 짐승」이나 「매사니와 게사니」 등은 우리 시대에 존재하는 괴물을 형상화하는 대표적 작품이다.

> 조용한 짐승.
> 그것은 실물이 아니라 무슨 그림자이거나 사람들이 그런 것이거니 하고 믿고 보는 헛것인 것만 같았다.

그리고 공중에 떠도는 듯한 그 불길한 그리메가 갑자기 제 모습을 나타낸 것처럼 사람들이 동시에 화들짝 놀란 것은 우리 안에서 잔뜩 겁을 먹은 눈으로 사람들을 보면서 화려한 보신용 녹용을 이따금 흔들어 보이는 사슴들은 정작 그 짐승이 전혀 보이지 않는 것처럼 행동했기 때문이었다. 사슴은 그 짐승이 거기에 아예 없는 것처럼 지나가다가 발에 무엇이 걸린 듯 곱게 넘어갈 뿐 그 짐승은 거들떠보지도 않았던 것이다. 그제서야 가랑잎이 굴러가거나 쉬파리만 날아가도 일쑤 짖어 대던 농장의 개조차 그 짐승을 보거나 단 한 번도 짖어 대지 않았다는 것에 생각이 미쳤다. 분명히 짐승들한테는 그 짐승이 보이지 않는 모양이었다.

…<중략>…

이 말도 안 되는 난리통에 어느새 누가 지었는지 사람들은 이렇게 미친 사람들을 <언둔갑言遁甲>이라고 불렀다. 언필칭 언둔갑이라 하니 딴은 그럴 듯한 작명이었다. 온갖 것으로 둔갑하는 그 짐승을 보고 발병하여 말을 가지고 둔갑을 하니 그런 이름이 생겨날 법도 하였다.

- 「그 짐승」 부분

도대체 꿈이 아니고서야 세상에 어떻게 이런 일이 일어날 수 있단 말인가. 그러나 분명 꿈은 아니었다. 꿈이기는커녕 멀쩡하게 시퍼런 눈을 뜨고서 목숨이 왔다 갔다 하는 것을 보고 있는 판이었다.

…<중략>…

누가 처음에 그렇게 부르기 시작했는지 또 그것이 무슨 뜻인지도 모르는 채 사람들은 언제부터인지 그림자 없는 사람을 매사니라고 부르고 임자 없는 그림자를 게사니라고 부르고 있었다. 어느덧 세상은 온통 게사니떼의 뜨더귀판이 되어 있었다.

- 「매사니와 게사니」 부분

괴물은 예고 없이 불현듯 나타난다. 「그 짐승」에서 어느 날 문득 "이 무슨 대낮에 난데없이 낮도깨비가 튀어나와 애들 앞에서 재주넘는 일"처럼 발견된 "아주 이상하게 생긴 짐승"은 다른 동물에게는 보이지 않고 카메라 영상 속에도 잡히지 않는다. 그러던 중 갑자기 사라지는가 했더니 "갖가지 짐승과 가축이 그 둔갑하는 짐승으로 변하"였으며, 짐승들을 본 사람들은 위의 '언둔갑' 증상을 앓게 된다.

「매사니와 게사니」 역시 "꿈이 아니고서야 세상에 어떻게" 일어날 수 없는 사건을 그린다. 언제부터인지 모르게 그림자가 없는 사람이 생겨나 '매사니'로 불리고, 임자를 상실한 그림자는 '게사니'로 거듭나 "제 어미와 자신까지 죽이"는 존재가 된다. 게사니떼의 천적이 흰 토끼라는 소문에 "바야흐로 세상은 토끼의 천국"으로 변해가는 촌극이 연출되기도 한다.

이런 정황은 그 허황됨의 이면에 몰상식과 기형적 사건이 항존하고 있는 세태를 환기한다. 말장난과도 같은 이 황당한 이야기들은 결코 몽상의 차원으로 한정되지 않는 것이다. 기괴한 짐승들과 언둔갑의 횡행, 스스로 매사니가 되어가는 파국적 세태 등은 결국 시대를 반영하려는 풍자 정신이 과잉된 결과라고 해석할 수 있다. 화자는 산문시의 형식을 빌어 기이한 괴물들의 출현이 우리 시대와 무관하지 않음을 직접적으로 진술하기도 한다.

그렇기에 지극히 상징적인 구조로 현실의 비의를 지향하는 김영석 시편들은 때때로 놀랄 만한 시사성을 드러내기도 한다. 2010년대 한국사회가 직면한 다양한 괴물들을 보면 「그 짐승」이나 「매사니와 게사니」의 서사와 이미지가 과잉된 것이 아님을 인정할 수밖에 없다. 세월호 비극이나 메르스 사태는 괴물의 현재성에 관한 대표적 예시이다. 이 부끄러운 사건들을 직면한 권력과 제도는 김영석의 작품에서 괴물을 대처하는 방식과 마찬가지로 무기력할 따름이었다. 즉 "하나마나한 발표문"(「그 짐승」)을 공표하는 데 그치거나 "일정한 장소에 수용하여 관리하는 것이 고작일 뿐 속수무책"(「매사니와 게사니」)이었던 것이다. 『거울 속 모래나라』의 상상된 이야기들이 결국 이 시대의 삶과 일상을 환유하고 있다는 사실은 시집에 드리운 우울한 그림자가 우리 모두의 묵시록에 해당되기도 한다는 점을 은연중 웅변하고 있다.

2

　김영석 사설시의 특징 중 하나는 판타지 양식을 취하고 있다는 점이다. 판타지라고 하는 외장은 우리 시대의 유령에 맞서는 김영석의 시적 전략이라고 할 수 있겠다. 문학장의 흐름과 관련하여 판타지에의 주목은 중층적이고도 시의적인 입장에 해당된다. 현대 문화에 자리한 판타지의 높은 위상은 문화 권력을 좌우하는 후기자본주의적 속성에 유비되기도 한다. 그럼에도 불구하고 판타지는 차후 예술의 미래를 전조할 상상력의 주된 화소임을 부정할 수 없다.

　판타지의 부각은 그 자체로 거대 담론의 해체와 재현의 다양성을 증거하는 포스트모던적 현상이겠지만 문학적 판타지가 근대에 의해 구획된 제도로 한정되지는 않는다. 전통 신화, 민담, 전설 등 설화의 장 속에서도 시공간 설정이나 인물의 배경과 능력 등에서 판타지적 요소를 발견할 수 있다. 장자의 호접몽이 상징하는 동양철학의 구조적 성격도 이와 연동된다. 가시적 실제를 넘어 초월 세계를 전제하는 구도의 메커니즘이 동양적 세계관의 한 특성임은 주지하는 바와 같다.

　김영석 시의 경우 환상적 서사를 이끄는 핵심 기제로서 변신 모티프를 들 수 있다. 거울 속의 자신으로 자아 탐색의 기행을 떠나는 「거울 속 모래나라」는 이와 관련된 대표적 작품에 해당된다.

　　그가 거울 속으로 들어오게 된 것은 순식간에 벌어진 일이었다.
　　몇 달째 끝을 맺지 못하고 고심하고 있던 「언어와 인식의 형상으로서의 세계」라는 논문에 매달려 있다가 잠시 생각의 실마리를 풀기 위해서 그는 방안을 이리저리 서성거렸다. 그러다가 벽에 걸려있는 거울 앞에 멈추어 서서 찬찬히 자신의 모습을 바라보았다.

거울에 비친 자신의 모습이 마치 처음 보는 사람처럼 생소하다고 느끼고 있는데 그 때 갑자기 수천 마리의 불개미떼가 뇌수를 파먹기라도 하는 듯 참을 수 없는 두통이 몰려왔다. 그는 두 손으로 머리를 감싸쥔 채 비틀거리며 거울에 이마를 기대려고 상반신을 숙였다. 그런데 아무런 물체의 저항도 받지 않고 머리통과 상반신이 그만 앞으로 쑥 들어가는 것이었다. 그 바람에 넘어지지 않으려고 급히 한 두 걸음을 내어 딛으면서 눈을 떠 보니 거울 속이었다.

─「거울 속 모래나라」 부분

'그'는 이렇게 "아주 낯설고 이상한 도시"인 "거울 속"으로 들어오게 된다. 거울 속은 "쌍동이처럼 똑같은 사람들이" 살고, "알고 보니 이 나라는 냄새가 없었"으며, "모든 것들은 한낱 모래의 신기루에 불과한 모래나라"인 곳이었다. 그러던 중 "자기와 똑같은 신세"의 여자를 만나 함께 탈출을 시도한다. 전지적 시점의 화자는 친절하게 그의 내면을 묘사하는 동시에 이 환상의 여행이 지닌 본질을 설명하고 있다. 즉 그는 "문제는 거울이다. 거울 속의 <나>를 바라보다가 돌이킬 수 없는 사태가 발생했다. 그러니 이곳을 벗어날 수 있는 길도 거울에 대해서 그리고 거울을 바라본다는 것에 대해서 좀더 곰곰이 따져보면서 찾아볼 수밖에 없는 일"임을 발견한다. 결국 그는 해법을 찾아내는데, "이제 여길 빠져나갈 길을 찾았습니다. 그러니까 거울을 보면 안됩니다. 어디까지나 거울에 등을 돌리고 뒤로 가야 합니다"와 같이 거울나라를 탈출하는 방법은 곧 뒤로 걷는 것이었다. 그렇게 거울을 빠져나온 그는 모래나라에서 헤어진 그 여자의 서점을 찾아가지만, 어찌된 일인지 서점에 있던 여자는 자신을 전혀 알아보지 못한다. 결국 "모래나라의 이야기는 영원한 비밀로 묻어두어야"

하는 그는 "거대한 허공의 거울"만을 바라볼 수밖에 없다.

자아를 찾는 심리적 여정은 오랜 문학적 화소이기도 하다. 1930년대 이상의 문제적 작품으로부터 전후 소설, 1980년대 이후 해체주의 문학에 이르기까지 불안한 주체에 대한 문학적 탐구는 지속적으로 등장해 왔다. 「거울 속 모래나라」는 변신 모티프로써 중층적 내면 심리를 묘파한 최상규의 걸작 『새벽기행』(1989)을 연상케 한다. 이 장편 소설은 어느 순간 주체의 자리('Q')에 끼어든 '그'로 인해 진지한 자아 성찰의 여정을 떠나게 되는 '나'의 이야기이다. 소설은 나를 대신하는 그가 등장하는 "그 일이 일어났던 날 새벽"에서 출발하여 "우화등선(羽化登仙)에 실패한 나의 귀환"을 맞아들이는 같은 날 새벽에 끝이 난다. 이 같은 구조는 일종의 원점회귀형 플롯으로서 여기서의 이야기는 환상의 시간을 통해 전개되고 있다. 「거울 속 모래나라」의 그가 경험하는 거울 속의 기행은 소설의 일부 장치를 반복한다. 예컨대 소설 속에는 모래헤엄 치는 여자, 뒤로 걷는 노인 등이 등장하는데 위 사설시에도 모래와 뒤로 걷는 행위가 거울 속의 세계를 반성하는 주요 기제로 작용하고 있는 것이다. 이렇듯 『새벽기행』과의 대비는 이 시를 이해하는 데 있어 주요한 참조점을 제공하리라 본다.

『새벽기행』은 결국 "말할 수 없이 피곤하고 초췌한 모습"으로 나의 자리에 귀환하며 마무리된다. 우화등선에 이르지 못했지만 그것은 실패의 모험만이 아니었다. "나는 그때, 땅을 무너뜨리자면 무너뜨릴 수도 있다는 자신감을 가지고 걷"게 되었던 것이다.[1] 끝내 우화등선에 실패하여 초췌한 모습으로 복귀할 수밖에 없다고 하더라도, 그런 기행은 불안한 모든 주체를 충동한다. 나라는 인식 주체는 언어의 세계를 뚫고 솟아오르는 억압된 무의식을 영원한 타자로 동반하고 있다. 소설은 이처럼 내 안의 타자라는 존재를 인식케 하고 나아가 자아 성찰의 욕망을 충실히 재현해 보

---

1) 최상규, 『새벽기행』, 문학사상사, 1989, 331쪽.

인다. 이러한 결말은 「거울 속 모래나라」와 확실히 대비되는 지점이다. 모래나라의 그는 "거대한 허공의 거울" 아래 반영될 수밖에 없었고, 후화에서는 "두 개의 옛 거울은 잃어버린 채/남은 한 개의 거울만을 오른 손에 들고서/늙은 무녀가 댓잎 서걱이는 소리로/헛되이 헛되어 넋을 부르는/천지사방 모래바람 날리는 이 곳"의 거울나라가 전경화될 뿐이다. 거울이라는 라깡 식 상상계의 표상은 "세 개의 거울"로 중층 분리되어 "거울 사이 다시 한 번 금사다리를 놓아"야 하는 주술의 대상으로 변주된다.

결국 이 작품은 자아 탐색이나 주체의 정립 문제보다는 언어의 무화 자체가 주요 계기로 작용하는 셈이다. 언어의 무용은 모래나라 속의 헛것들이 사용하는 언어에서도("그것은 말이라기보다 차라리 쇠붙이를 긁어대는 소리이거나 무슨 물건들이 서로 부딪치는 소리"), 거울의 미망과 존재의 속성을 깨닫는 그의 언어에서도("그의 풀죽은 말들은 자음과 모음이 제각각 뿔뿔이 흩어진 채 부실부실 모래알처럼 떨어져 내렸다.") 공히 발견된다. 앞서 인용한 서두 부분에서 그가 매달리고 있었던 논문의 제목이 '언어와 인식의 형상으로서의 세계'였음은 이 사설의 향방을 암시하는 복선과도 같다. 작품의 제사로서 제시된 "사다리는 올라가는 것만도 아니고 내려가는 것만도 아니다./그것은 미로(迷路)의 다리, 한 가지로 오르내리는 것"이라는 비의적 문구도 언어를 대체하는 사다리, 거울 안의 상상계와 거울 밖의 상징계를 잇는 가교로서의 도구를 강조하고 있다. 이처럼 언어의 문제는 김영석 사설시집 전편을 관류하는 메인 모티프에 해당된다.

언어에 관한 사유를 전면에 내세우면서 변신 모티프를 취하는 작품으로서 「바람과 그늘」이 또한 주목된다. 이 작품에서 김영석 시세계의 변태 중 하나인 오달삼은 "섬뜩한 꿈에 외마디 소리를 내지르며 잠이 깨었다. 얼굴만 빼꼼히 내놓은 채 머리 뒷부분이 온통 흙 속에 묻힌 듯이 뒷골이 무겁고 지끈거"리는 증상으로 탈주의 여정을 시작한다. "황당하게도 하룻밤 사이에 ㅂ중학교 교사인 박 구열이라는 사내로 변신"한 그는 "최지민. XX물산회사 제3과장"으로 변태를 반복한다. "거듭되는 자기의 황당한 변신" 앞에 방황하던 그는 존재를 증명하기 위해 고향을 찾고, 그곳의 '넋바위' 앞에서 "그를 기다리고 있었다는 듯이 오 달삼 씨와 박 구열 씨가 나란히 서 있"는 모습을 발견한다.

「당신들은 누구야?……나는 누구야?」
절규하는 소리가 미처 메아리가 되기도 전에 세 사람은 흔적도 없이 바위 속으로 사라져 버렸다.
투명한 햇살이 눈부셨다.
불어오는 바람이 넋바위에 일렁이는 갈꽃의 그늘 무늬를 고요히 드리웠다가 지우고 드리웠다가 지웠다.

이러매 내가 노래한다.

…＜중략＞…

눈부신 정오의 태양 아래서
너는 생각한다
그러므로 시간은 흐르지 않고
알알이 보석처럼 빛난다
본능과 야성의 어둠에서 깨어난
보석들의 빛 속에서
너는 마침내 거울을 본다
거울 속에는 광대한 제국의 지도가 펼쳐지고
너는 거울마다 똑같은 얼굴들을 무수히 복제하여
천 개의 팔뚝에 도끼를 들고
끝없이 변경의 숲을 개간해 나가리라
그러나 보라

언어의 우울한 물질로 네가 지은
대사원大寺院의 그늘은
이제 비가 와도 젖거나 흐르지 않고
바람은 소리도 없이 잠들어 있다

　　　　　　　　　　　　　　　　　－「바람과 그늘」 부분

　이 작품은 위와 같은 서사의 마무리와 이어지는 후화를 지닌다. 이러한
시적 외장에는 언어의 문제가 내용과 형식상 긴밀히 관련된다. 사설시라
는 형식이 언어의 과잉된 포즈를 취하지만 그 기표들은 정작 "언어의 우
울한 물질로 네가 지은/대사원의 그늘"일 뿐이라는 자의식이 선명하다.
언어에 대한 화자의 모순적 태도에 주목할 필요가 있다.

　문학은 언어를 매개로 하는 예술이다. 문학 행위는 효율적인 기호로써
인간 삶과 사건을 재현한다는 점에서 언어에 대한 고도의 사유가 필수적
으로 요청된다. 서정시는 가장 경제적인 언어로 문학의 정의를 체화한다
는 점에서 절정의 언어적 긴장이 수반된다고 할 수 있겠다. 그런데 김영
석의 사설시편들은 시어의 운명과 관련된 발본적 성찰을 담고 있다. 앞서
본 「그 짐승」이 지닌 황당한 공상의 중심에도 언어라는 상징이 자리하고
있다. 언둔갑 환자들은 "도무지 말이 통하지 않"는 증상을 보인다. 이를
두고 화자는 "그가 말하고자 하는 속뜻은 밥 너머에 있는 그 무엇인데, 그
무엇이 딱 잡히지 않는 오리무중이어서 우선 급한 대로 밥으로 둔갑하고
또 그 밥이 밥만이 아닌 까닭에 자꾸 다른 것으로 둔갑하는 것이 아닌가
싶"다고 설명한다. 이런 유희의 본령에는 역설적으로 언어가 지닌 한계에
대한 인식이 담겨 있다.

　언어를 부정하는 선명한 자의식은 김춘수 식 무의미시를 환기하기도
한다. 그러나 김영석의 언어도단은 김춘수 류와는 다른 것이다. 김영석은
언표의 발생 원리 자체를 부정하지 않는다. 김영석 사설시의 어법은 기호

를 파괴하는 것보다는 기호의 지시적 의미를 활용하여 기호 지평의 부정성을 물화하려는 논증에 가깝다. 언어의 현전을 통해 언어의 부재를 감각코자 하는 것이다.

이와 더불어 「바람과 그늘」에는 몇 가지 중요한 상징이 반복해서 등장한다. 표제로 사용된 '바람'과 '그늘', 그리고 그가 정체성을 확인하는 '고향'이 그것이다. "움직이지도 변하지도 않는 잔인한 공간"이 그늘에 유비된다면, "잠시도 쉬지 않고 변하는 나"는 바람을 환기한다. 고향에 대해서는 "되돌아 가는 곳이 아니라/날마다 꿈꾸는 미지의 땅"으로 형상화하고 있다. 언어의 존재론은 이들 중심 모티프의 내적 연관 속에서 보다 선명해진다. 언어는 "우울한 물질"로서 "대사원의 그늘"을 드리우는 도구이다. 반면 모든 존재는 "바람으로 떠나야 하"는 운명을 지닌다. "모든 것은 제 무게만한 그늘을 드리우고/제 그늘 속으로 떨어"지는 것이다. "미지의 땅"인 고향은 안식처나 해결책이 될 수 없다. 이때 언어의 존재는 불가항력이자 불립문자다. 김영석 시의 판타지는 결국 언어의 주검이요 무덤을 그리고 있다.

3

김영석의 사설시가 극단적 상상의 구조로만 점철되는 것은 아니다. 일부 작품에서는 역사나 가족에 시선이 가닿고, 때로 인간의 삶을 구성해가는 무명씨의 흔적을 애처로운 촉수로 포착하기도 한다. 예컨대 "이름도 없는 작은 암자에 가서 파라치온을 마시고 자살해야만 했던" 동창생을 통해 "하늘이 둘로 나누어질 수밖에 없는" 이유를 체현하는 감각(「두 개의 하늘」), "빨갱이 삑다구"일 수도 있고 "군경의 유골"인 듯도 한 "아직 흙어지지 않은 채 고스란히 남아 있는 백골 한 구"의 경험(「지리산에서」), "광해군의 처족들과 권신들을 풍자하여 지은 궁류시(宮柳詩)가 비명의 화근이었"던 허균에 대한 기억(「독백」), "그의 무덤은 어느 한 장소에 있는 것이 아니라 흰옷 입은 사람들이 사는 곳이면 어디든지 있을 수밖에 없는 것"이라고 명시되는 전봉준의 현재성(「아무도 없느냐」) 등은 개인과 역사를 넘나들며 삶의 진정성을 진지하게 반성하는 시적 표현들이다. 집단 내 갈등으로 스스로를 도륙한 고대의 종교적 사건을 통해서는 "끔찍한 인간성의 한 비의"(「외눈이 마을」)를 발견하기도 한다.

이처럼 다양한 의미망을 지닌 김영석의 사설시를 일반화하는 기존 시론이 가능한가의 문제가 제기된다. 김영석 사설시편들은 현 단계 어떤 시학으로도 설명할 수 없는 특수한 자질을 지니고 있다. 제도화된 이론으로는 그 의미와 지향을 설명하기 어려운 것이다. 이는 언어의 용도 자체를 근본적으로 회의하는 김영석 시세계의 전반적인 경향과 연동된다. 무의미를 가리키는 기표로서의 이른바 비의미 시를 일관되게 추구했던 김영석 시세계의 전사가 참조되어야 한다.

주목할 점은 김영석 시의 언어에 대한 입장이 무의미의 실제를 가리키는 기표로서의 언어라는 전제에 입각한 것이며, 이는 이른바 상징계의 질서와도 다른 층위를 형성한다는 점이다. 라깡의 이론적 전제에 따르면 상징계는 '아버지의 이름', 곧 언어적 규율에 의해 성립되는 법과 질서의 장이다. 반면 상상계는 자아의 정립 이전에 충만한 이자관계를 형성하지만 주체의 입장에서는 원초적인 소외 단계로서 지양의 대상일 수밖에 없다. 이러한 무의식적 범주의 사회학적 전유는 이들 개념이 결과적으로 탈중심화 혹은 소외의 영역을 다룬다는 이론적 입장으로부터 비롯된다. 김영석 시세계의 핵심 상징 중 하나인 '거울'은 상징계와 대타적 단위를 이루는 상상계에 비견될 것이지만, 상징계의 전제 자체가 무화됨으로써 거울 역시 범주적 대립항 층위를 넘어선다. 「거울 속 모래나라」에서 암시된 것처럼 거울은 '사다리'와 같은 언어의 변태를 인식하는 장인 것이요 불가항력의 언어는 비의미 혹은 무의미를 봉합하는 부표일 뿐이다.

　김영석 사설시의 개성적인 자질은 분명 근대적 시학의 공준을 근본적으로 재구하고자 하는 의도적 노력의 결과일 것이다. 여기에는 화자의 동일성의 세계로 귀납되는 서정시의 발생 원리 자체에 대한 불신과 회의가 전제된다. 이는 곧 근대라는 제도가 보편화한 미학 원리에 대한 반성적 성찰이자 도전적 모험일 수 있다. 더더욱 『도의 시학』(1999)이 집약하는 것처럼 동양 시학의 보편적 지평을 오랜 시간 이론적으로 모색해 온 전력은 그의 상상력의 세계가 목표로 하는 지점을 암시하는 결정적 단서라고 하겠다. 김영석 시의 언어관은 동양 사상에 내재된 다원적이고 연기론에 근거한 세계관을 반영하고 있다.

　그럼에도 불구하고 김영석의 시편들은 서정시가 지닌 근본적 인식 구도에서 벗어나지 못하는 모순의 구조를 내포하기도 한다. 이는 이야기 제시의 사설과 단형 서정의 결사를 잇는 "이러매 내가 노래한다"의 형식에서 결정적으로 드러난다.

　　　이러매 내가 노래한다.

　　　하나의 쇠붙이가 종과 포탄으로 나뉘어
　　　한쪽에서는 폭음이 울리고
　　　또 한쪽에서는 종소리가 울리네
　　　한 몸 한 마음이 천지와 만물로 나뉘어
　　　저저금 제 소리로 외치고 있네
　　　대추나무에 포탄 종을 걸어 놓은 까닭은
　　　이제는 포탄과 종이 하나가 되어
　　　하늘 끝까지 땅 끝까지 울리라는 뜻이네

잘 익은 대추가 탕약 속에서
갖은 약재를 하나로 중화시켜
생명을 살려내고 북돋우듯이
대추나무 포탄 종을 울리라는 뜻이네
천지는 나의 밥이고
나는 또한 천지의 밥이니
쉼 없이 생육하고 생육하라는 뜻이네

―「포탄과 종소리」 부분

김영석 사설시편들의 구조적 특징 중 하나는 결사 부분이 위와 같은 형식으로 반복 구성된다는 점이다. 위 작품에서 화자는 소년 시절을 "변산반도 마포나루에서 바로 건너다보이는 섬"의 "원불교의 요양원이나 수도원 비슷한 그런 곳"에서 보내게 되는데, 이때 "하루 세 끼 공양 시간을 알리는 종"이 "육이오 전란의 유물임이 분명한 커다란 포탄 껍데기"임을 기억하고 있다. 이에 대한 긴 사설을 진술한 이후 위 인용 부분이 후화로서 제시된다. 기억의 핵심 전언은 "죽음의 포탄이 지금은 생명의 종소리로 바뀌었다는 사실"이다.

주목코자 하는 대목은 "이러매 내가 노래한다"는 일종의 제시문 부분이다. 이는 곧 사설의 주문이 '나의 노래'임을 명시하는 것이요 시화의 전편이 서정적 자아의 세계 내부에 존재함을 단정하는 형태이다. 또한 독립된 행으로 처리됨으로써 사설과 후화의 분리를 가시적으로 구현하는 효과를 낳는다. 이러한 구성은 이 시집의 내용과 형식이 지닌 특징을 강하게 표상한다. 지시문 시행은 긴 사설을 결국 '나'의 내면으로 귀납시키는 서정적 지표인 것이다. 이 내화된 진술 속에는 이야기의 화소와 전체 시상이 집약된다. 즉 "생육하고 생육하라"와 같이 궁극적 주제를 담은 시행이 이 단형 서정에 포함되고 있다.

서정적 자아의 내면화를 통해 단일한 목소리로 이야기를 귀결하는 양상은 의도적인 사설시의 지향, 즉 다성성의 혼재 양상과 모순되는 지점을 형성하게 된다. 어쩌면 김영석 시의 무의식이 정박되는 시적 형식이기도 할 것이다. 김영석 시세계의 출발은 이미 지극히 서정적인 것이었다. 시인은 스스로 "시대의 어둠과 암울을 장르적 쏟아내는 장시의 풍"[2]에 대한 대타적 시선을 의도적으로 견지한 채 시단에 발을 디뎠던 바 있다. 김영석 시는 사물화된 현실 속에서 장르적 구성 자체를 재구하려 하지만 결국 천성의 서정시 범주 안에 귀속되었던 것이다.

이 시집의 시편들이 성스럽게 제안하는 존재론적 경구 중 하나로서 앞서 본 "모든 것은 제 무게만한 그늘을 드리"(「바람과 그늘」)운다는 명제를 들 수 있다. 모든 존재가 스스로의 그늘을 벗어날 수 없으니 그늘은 곧 감옥이기도 하다. 결국 삼라만상은 스스로 지닌 양태만큼의 감옥과 더불어 존재하는 것이다. 이런 혜안은 사회학적인 것일 수도 있고 정신분석학적인 것일 수도 있으리라 본다.

> 눈썹 끝 타오르는 노을 속에서
> 수많은 새떼들이 부화하여 날개를 치는
> 서해 바다 뻘밭으로 우리는 가자
> 여기저기 막혀서 끝내 더는 갈 수 없을 때
> 세상의 모든 길 다 죽어버린 곳
> 세상에서 어찌할 수 없는 것들만 모여 사는 곳
> 온갖 징역살이의 시커먼 머리채가
> 바람결로 풀려서 일렁이는 곳
> 서해 바다 뻘밭으로 우리는 가자
> 거기 노을 속 막막한 뻘밭에
> 새벽같은 알몸들을 딩굴게 하여

---

2) 김영석, 『말을 배우러 세상에 왔네』, 황금알, 2015, 11쪽.

온 몸을 칭칭 감은 사슬자국 멍을 삭이고
아무도 뺏을 수 없는 우리들 성욕으로
천 이랑 만 이랑 푸른 파도를 만들자
천 이랑 만 이랑 푸른 어깨를 걸고
먹찬 밀물되어 우우우 뭍으로 달려가는
새끼짐승들의 희고 튼튼한 발굽들을 만들자
길어 내어 길에 갇힌 너희들은 모른다
어떻게 뻘밭에서 파도가 파도를 낳는지
아무리 많은 길을 내어 다져도
길을 벗어난 더 많은 가슴들
드넓은 벌판과 깊은 숲이 얼마나 많은지
바람과 새들이 왜 숲 속에 깃들고 깨어나는지
길에 갇힌 너희들은 모른다

— 「길에 갇혀서」 부분

인용 부분은 학창 시절 경험한 괴짜 선생님과의 일화를 소개한 후 이어지는 후화에 해당된다. 고교 시절 폭력 사건으로 수감된 화자는 감방 안에서 교원노동조합 결성 관련으로 검거된 선생님들과 조우하게 된다. 그중 "괴짜로 유명했던, 일반사회 과목을 가르치던 정 일곤 선생님"은 감방 안에서도 예의 기행을 일삼는다. 그러다가 "성가대 아가씨들을 보고 발작하듯 성충동이라도 일으"키는데 그런 선생님의 모습이 "붙들고 있던 창살이나 보이지 않는 벽같은 것들, 그러니까 정상적으로 말을 건넬 수 없는 것들 앞에서 답답한 마음의 응어리가 터져나오는 그런 외침일" 수 있음을 깨닫게 된다.

이런 리비도의 정체는 정신병적인 것이다. 화자와 선생은 억압의 선을 뚫고 나오는 증상을 앓는다. 숙주는 병든 사회요 현실의 이면이다. 그런데 사회적 상상력을 포착하는 이런 순간에도 김영석 시는 예의 "바람과 새들"의 지평을 간과하지 않는다. 또한 "하늘 아래 있는 것 치고 새로운 것은 하나도 없으며 동시에 예대로 있는 것 또한 하나도 없다"(「그 짐승」)는 연기의 선을 놓지 않는다. 이는 그 자체로 김영석 시의 특장이요 개성일 것이다.

한편 문학사회학적 입장에서 보자면 김영석 시의 주술 세계는 강력한 구심력의 장일 수밖에 없다. 닫힌 길을 여는 원심의 지향은 김영석 시에서 내면으로 가라앉는다. 르페브르 식으로 비유하자면 길을 포함한 모든 장은 사회적 장이며, 그런 의미에서 생산된 장이다. 길은 장의 생산 과정에서 구획되고 위계화된 일종의 정치적 범주일 수 있다. 그렇다면 "길을 벗어난 더 많은 가슴들"의 장은 전유되고 생산되어야 한다. 바람과 새의 장, 자연이라는 것은 스스로의 가치를 인식하지 못한다. "공간—자연은 연출의 공간이 아니다. 왜냐하면 '왜?'라는 것이 존재하지 않기 때문이다."[3] 그럼에도 불구하고 김영석 시는 구심의 자장이 주관하는 성역을 "길을 벗어난 더 많은 가슴들"과 자신만의 언어로 그리고 있다.

4

분명한 것은 김영석의 사설시가 기존 단형 서정의 지평을 훌쩍 벗어나는 사유의 깊이를 보여주고 있다는 점이다. 12편의 산문시를 담은 『거울 속 모래나라』는 시집을 넘어 이 시대의 존재론이요 새로운 세기의 미학적 가능성에 값하는 시론이라 할 만하다. 인간이라는 존재가 지닌 한계와 철학적 성찰이 곳곳에 시적 이미지로 각인되어 있다. 이는 김영석 식 사설시의 형식이 아니고서는 쉽게 운용하기 힘든 시상이라 하겠다.

---

3) 앙리 르페브르, 양영란 역, 『공간의 생산』, 2011, 130쪽.

병든 세상을 치유하고 부재의 언어를 재단하는 김영석 사설시의 세계는 성스러운 사유의 장일 것이다. 반면 잉여의 언어와 그로 인한 요설은 일견 세속적이고 자의적이다. 성과 속이 충돌하는 시적 사유의 선 굵은 궤적은 작금의 부박한 문단에 남다른 울림을 남긴다. 김영석 시가 취하는 판타지의 상상력 역시 현실을 에두르는 정치적 욕망이면서 보편적 흥미를 수반하는 대중적 장치이기도 하다.

판타지적 상상력 자체가 이중적인 것이다. 오늘날 문화 담론의 주류 코드이기도 한 판타지는 예술성과 상업성의 긴장 사이를 항상적으로 길항하고 있다. 또한 판타지는 비현실적 몽환의 구성물인 동시에 이데올로기의 억압으로부터 비롯되는 급진적 상상력의 형식일 수 있다. 지젝과 같은 이론가는 판타지를 통해 상징적 현실이 구성되고 주체가 그 속에 속박되는 메커니즘에 주목한다. 상징적 현실은 하나의 허구로서 비일관성과 균열로 점철되어 있으며, 판타지는 그러한 사실을 은폐하는 기능을 한다는 것이다.[4] 판타지는 따라서 현실 혹은 상징적 질서의 구조적 원리를 드러내는 동시에 감추는 중층적 계기일 수 있다. 김영석 시는 '사설'이라는 문제적 범주를 내세워 전통적이고 독자적인 환상의 영역을 개척하였다. 지양의 바람이 오래 나부껴 왔다.

> 바람은 꽃잎을 나부껴
> 제 몸을 짓고
> 꽃잎은 제 몸이 서러워
> 바람이 되네.
>   ―「낙화」(『모든 돌은 한때 새였다』, 2003) 전문

---

4) 슬라보예 지젝, 주은우 역, 『당신의 징후를 즐겨라!』, 한나래, 1997, 11~12쪽.

김영석의 사설시편들이 행하는 대중적 포즈의 여정은 독자들의 여전한 관심사이기도 하다. 성과 속이 공존하는 거울나라의 사설이 아직 진행 중이다. 그런 취향은 현 단계 미적 공준의 조명 밖일 수도 있겠다. 하지만 기존의 시선은 김영석 시세계의 지향과는 애초 무관할 수 있다. 파편적 이미지가 범람하는 시단의 세태 속에서 김영석 시는 위 「낙화」를 빌면 바람처럼 "꽃잎을 나부껴/제 몸을 짓"듯이 떠다니기 때문이다. 독자들은 바람에 존재가 부유하는 어느 순간, 무의미를 정박하는 언어의 틈 사이로 문득 그의 시를 다시 만날 것이다.

김영석 시의 새로운 기법과 의식의 지평

― '사설시'와 '관상시'를 중심으로

1. 들어가는 글

김영석은 첫 시집『썩지 않는 슬픔』(창작과비평사, 1992)을 시작으로
『고양이가 다 보고 있다』(천년의시작, 2014)에 이르기까지 6권의 시집을
출간해오면서 산문형식과 운문형식이 하나의 구조로 결합된 작품을 선보
여 왔다. 이러한 시 형식을 최동호는『삼국유사』의「황조가」,「헌화가」
등에서 그 단초를 볼 수 있는 시적 변형이라고 언급하였고, 김영석 자신
은 산문으로 된 이야기를 배경으로 두고 쓴 시로서, 시와 산문이 하나의
구조로 결합되면서 좀 더 높은 수준의 새로운 시적 영역을 열고자 시도한
'사설시辭說詩'라고 명명하고 있다.

'사설시'는 첫 시집『썩지 않는 슬픔』과 두 번째 시집『나는 거기에 없
었다』에 각각 4편이 실려 있다. 세 번째 시집『모든 돌은 한때 새였다』에
서는「세설암을 찾아서」라는 사설시가 서문처럼 배치되어 있고, 시집을
구성하는 나머지 시들은「세설암을 찾아서」가 구현하는 세계를 형상화
하는 역할을 담당하고 있다. 네 번째 시집『외눈이 마을 그 짐승』에도 3편

이 상재되지만, 다섯 번째 시집 『바람의 애벌레』에서는 자취를 감추었다가 여섯 번째 시집 『고양이가 다 보고 있다』에 1편이 상재되기에 이른다.

김영석의 시집에서 '관상시'가 선보이기 시작한 것은 네 번째 시집 『외눈이 마을 그 짐승』에 21편을 상재하면서부터이다. 다섯 번째 시집 『바람의 애벌레』에도 16편을 상재하지만, 굳이 관상시라고 명명하지 않았다고 하더라도 그의 대부분의 시에는 관상시적 요소가 내재한다고 볼 수 있다. 김영석은 도道를 시작품 연구 방법론으로 도입함과 동시에 시 창작에도 반영해왔는 바, '관상시'는 그동안 추구해온 '도의 시학'과 멀리 있지 않기 때문이다.

이 글에서는 '사설시'의 형식과 '관상시'의 표현 기법을 살펴보고자 한다. 김영석은 창작 초기부터 '사설시'라는 시 형식에 관심을 보이다가 고구考究의 궁극에서 '관상시'라는 새로운 형식의 시를 주창하기에 이른다. '사설시'로써 관심을 받아온 그가 시력 후반기에 내놓은 '관상시'의 표현 기법은 무엇이며, 그것이 의미하는 바가 무엇인지 궁금하지 않을 수 없다.

그동안 많은 평론가들에 의해 김영석의 시가 논의되었지만, 학문적 연구물로는 조미호의 석사학위논문 한 편과 안현심의 학술논문 두 편이 존재할 뿐이다. 김영석이 '사설시'와 '관상시' 등 새로운 시 형식을 끊임없이 추구해왔다는 점을 감안한다면, 학문적 차원에서의 논의가 절실히 요구된다고 하겠다. 이 글은 그러한 당위성에서 출발하기로 한다.

2. '사설시'에 관하여

1) 사설시의 구조와 형식

사설시는 한 편의 시 속에 산문형식과 운문형식이 공존하는 양식이다.

김영석이 그동안 상재해온 사설시의 산문부분과 운문부분의 연결 형식을
도표로써 정리하면 다음과 같다.

게재 시집	시작품	산문부분과 운문부분의 연결 형식	비고
『썩지 않는 슬픔』 (첫 시집)	「두 개의 하늘」	대강 맞추어서 여기에 적어본다.	
〃	「지리산에서」		특별한 장치 없이 운문이 시작됨.
〃	「독백」	신음하듯 낮게 중얼거렸다.	
〃	「마음아, 너는 거름이 되어」	희미하게 떠올려본다.	
『나는 거기에 없었다』(제2시집)	「매사니와 게사니」	이러매 내가 보고 들은 대로 노래한다.	
〃	「바람과 그늘」	〃	
〃	「거울 속 모래나라」	〃	
〃	「길에 갇혀서」	〃	
『모든 돌은 한때 새였다』(제3시집)	「세설암을 찾아서」		서문이 산문부분 역할을 하고, 본문의 시들이 운문부분에 해당함.
『외눈이 마을 그 짐승』(제4시집)	「외눈이 마을」	이러매 내가 노래한다.	
〃	「그 짐승」	〃	
〃	「포탄과 종소리」	〃	
『고양이가 다 보고 있다』(제6시집)	「나루터」	〃	

첫째, 산문부분과 운문부분의 연결 형식이 첫 시집『썩지 않는 슬픔』에서는 '대강 맞추어서 여기에 적어본다', '신음하듯 낮게 중얼거렸다', '희미하게 떠올려본다' 등으로 각기 다르게 나타난다. 두 번째 시집에서는 '이러매 내가 보고 들은 대로 노래한다'로 표기하다가, 네 번째 시집과 여섯 번째 시집에서는 '이러매 내가 노래한다'라는 형식으로 통일되어 있다. 이러한 사실로 미루어 볼 때 후기로 갈수록 사설시의 형식에 일관성·통일성을 부여하고 있음을 알 수 있다.

둘째, 세 번째 시집『모든 돌은 한때 새였다』에서는 '서문'이 사설시의 산문부분이 되고, 본문의 시들은 운문부분의 역할을 한다. 따라서 두 부분의 연결 형식이 따로 존재하지는 않지만, 서문을 허구로 구성했다는 점은 새로운 시도라고 평가할 수 있다.

(1) 고대시가와 향가의 재현

우리가 창작물이라고 지칭하는 것은 순수한 창작품이라기보다는 과거에 존재했던 사실들에 대한 '재발견' 또는 '인유'라고 할 수 있다. 인유는 '다시쓰기(rewriting)' 혹은 패러디parody와 동일한 맥락에서도 이해할 수 있다. 다시쓰기 혹은 패러디는 주로 문학작품들 간에 이루어지고 있지만, 장르를 뛰어넘어 판소리를 패러디한 시작품이 창작되기도 하고, 설화가 소설이나 영화로서 패러디되기도 한다. 이러한 사실은 내용적인 측면에 대한 언급이지만, 형식적인 측면에서도 과거에 존재했던 형식들을 인유해올 수 있다는 점을 상기한다면 패러디와 동일한 맥락에서 이해할 수 있다.

『삼국유사』의 구조를 살펴보면, 향가의 배경설화나 사건의 경위를 기술한 후 '이에 찬한다(讚曰)' 혹은 '이에 사(詞)를 지어 경계한다'라고 언급하면서 운문 형식의 '향가' 또는 '게(偈)', '사(詞)' 등을 도입하고 있다. 다음에 제시되는 사설시 ① ② ③에서 볼 수 있듯이, 김영석의 사설시도 산문에서 운문으로 넘어갈 때 '이러매 내가 노래한다', '대강 맞추어서 여기에 적어본다', '신음하듯 낮게 중얼거렸다', '희미하게 떠올려본다' 등으로 표현하고 있다.

① 시체를 수습하다가 내가 발견한 그의 낡은 수첩 속에는 곳곳에 뜻 모를 독백체의 일기가 흩어져 있었다. 그 일기의 파편들 속에 그의 죽음에 대한 어떤 실마리가 있을 것으로 여겨졌다. 그래서 이제야 나는 그를 면례(緬禮)하는 셈치고 그의 일기 중에서 무슨 의미가 있을 듯한 뼛조각들만을 추려 다소 애매하고 불완전한 대로 <u>대강 맞추어서 여기에 적어본다.</u>

새벽은 늘
깨어 있는 자의 푸른 힘줄이다
물은 아래로 아래로 흘러가면서
푸른 하늘에 이르지만
나는 사람이므로
갈수록 부서지고 갈라지는 마음을
새벽의 힘줄로 동이고
맑은 물빛 하늘이 그리워
오늘도 산에 오른다

— 「두 개의 하늘」 일부

② 그렇다. 나는 그도 생전에 이 무량사의 도량에서 무연히 바라보았을 먼 하늘을 한동안 망연히 바라보았다. 낮게 드리운 잿빛 겨울 하늘에 수염은 기른 채 머리만 깎은 그의 모습이 잠시 환영으로 보이는 듯했다. 몇 세기의 까마득한 세월을 사이에 두고 나는 그가 똥통 속에서 불렀다는 그 노래를 마치 장님이 뭘 만지듯이 <u>한번 희미하게 떠올려본다.</u>

너희들이 내어버린 세상을
내가 가지마
너무 커서 손아귀로 움켜잡지 못한 것들
너무 작아 육신의 눈으로는
볼 수 없었던 것들
이제는 바람 재워 내가 기르마
                           — 「마음아, 너는 거름이 되어」 일부

③ 왜냐하면 아리안 계통의 바라문교가 토속 민간신앙인 힌두교
   를 융합하고 불교의 영향을 수용하면서 3세기경에 그 교파의
   성립이 이루어지는데, 그들은 일반적으로 신전에 신상을 두지
   않았기 때문이다. 어쨌거나 외눈이 마을 이야기는 그 사건 자
   체의 끔찍함에서라기보다 끔찍한 인간성의 한 비의를 보여주
   는 것 같다는 점에서 매우 충격적이다.

   <u>이러매 내가 노래한다.</u>

   무명(無明)의 어둠 속에서 두 눈을 뜨니
   문득 한 줄기 바람이 일고
   바람이 일어나 흔드니
   온갖 바람의 형상들이 생기는도다
                           — 「외눈이 마을」 일부

   인용한 사설시 ① ② ③의 밑줄 그은 부분은 산문형식과 운문형식의 연
결 부분이다. 산문에서 운문으로 넘어갈 때 '이러매 내가 노래한다', '대강
맞추어서 여기에 적어본다', '신음하듯 낮게 중얼거렸다', '희미하게 떠올
려본다' 등으로 표현함으로써 운문형식의 노래가 등장할 것임을 예고하
는데, 사설시의 이러한 형식들은 『삼국유사』에서 일연이 향가의 배경설
화나 사건의 경위를 기술한 후 '이에 찬한다(讚曰)' 혹은 '이에 사(詞)를 지

어 경계한다'라고 언급한 다음 '향가' 또는 '게(偈)', '사(詞)'를 도입한 경우
와 다르지 않다. 이러한 논거로써 김영석의 사설시가『삼국유사』를 패러
디하고 있다고 주장할 수 있다.

그리고「황조가」나「공무도하가」,「구지가」등의 고대시가가 배경설
화와 함께 전승되어왔다는 점은 익히 알고 있는 사실이다. 고대시가는
『삼국유사』처럼 연결 부분의 형식이 따로 존재하지는 않지만, 사설시가
사건을 설명하는 산문부분과, 산문부분을 응축하여 운문으로 마무리하고
있다는 점에서 고대시가 형식을 인유해왔다고 주장할 수 있다. 즉, 사설
시의 산문부분은 고대시가의 '배경설화'와 대응하며, 운문부분은 '시가'와
대응한다.

(2) 판소리 형식의 도입

판소리는 한 사람의 명창과 한 사람의 고수가 협동하여 긴 이야기를 노
래로 부르는 전통적인 민속 연예 양식이다. 판소리의 구조는 '아니리'와
'창', '너름새', '발림'으로 구성되는데, 창자는 고수의 장단에 맞춰 음률이
나 장단이 실리지 않은 일상적 어조의 말로 '아니리'를 읊다가 '창(소리)'
부분에서는 가락을 얹어 노래한다. 사설시의 구조를 살펴보면 '아니리'와
'창'을 번갈아 시연하는 판소리 형식을 닮아 있다. 사설시의 산문부분은
판소리의 '아니리'에 해당하며, 운문부분은 '창'에 해당한다.

> 새로운 매사니와 게사니는 기하급수적으로 불어나는 데 반하여
> 그것들이 사라지는 속도는 몹시 더디었다. 정부로서도 이제는 그것
> 이 전염병이 아닌 줄 알면서도 매사니를 일정한 장소에 수용하여 관
> 리하는 것이 고작일 뿐 속수무책이었다. 사람들은 악몽을 꾸고 있는
> 것이라고 억지로 믿음으로써 잠시나마 거짓 위안이라도 얻는 수밖에
> 는 달리 도리가 없게 되었다.

그러자 이때를 타서 매사니와 게사니의 무서운 재액을 없앤다는 무슨 다라니 주문 같은 노래 하나가 출처도 없이 흘러나와 유행하기 시작했다.

산아 산아
바다에서 태어난 산아
바다의 얼굴로 나와서 춤을 추어라
바다야 바다야
산에서 태어난 바다야
산의 얼굴로 나와서 춤을 추어라

- 「매사니와 게사니」 일부

사설시 「매사니와 게사니」를 보면, 그림자가 사라진 사람들의 이야기가 산문부분에 제시되고, 운문부분에서는 시인이 구현하고자 하는 세계가 노래로써 형상화된다. 작품에서 '매사니'는 그림자가 없는 사람을 지칭하며, '게사니'는 임자 없는 그림자이다. 어린이에게는 그림자를 잃고 매사니가 되는 현상이 일어나지 않는다는 말로 미루어볼 때, "그림자는 이성을 신봉하는 주체들이 억압한 무의식의 세계"(오홍진, 『김영석 시의 세계』, 355쪽)라고 할 수 있다.

「매사니와 게사니」는 김영석의 사설시가 판소리 형식을 도입하고 있다는 사실을 뒷받침해주는 대표적인 작품이다. 그것은 "다라니 주문 같은 노래 하나가 출처도 없이 흘러나와 유행하기 시작했다."라는 부분이다. '다라니 주문' 자체도 리듬을 지니고 있지만, '노래 하나가 출처도 없이 흘러나와 유행하기 시작했다'라고 한 형상화는, 다음에 등장할 운문부분은 꼭 창으로 불러야 한다는 점을 상기시키고 있기 때문이다.

운문부분의 '산아 산아' 혹은 '바다야 바다야'라는 표현은 강한 리듬감을 획득하는 반복적 기법이다. 이러한 기법은 창자가 이 부분에서 덩실덩실 어깨춤을 추지 않고는 견딜 수 없도록 율동감을 자아낸다. 이러한 곳에서 자발적으로 너름새가 펼쳐지는 것이다. 또한 사람이 아닌 '산'과 '바다'에 호격 조사 '~아'와 '~야'를 붙여 부름으로써 자연과 인간이 동격으로 어우러지는 판소리 대사의 정체성을 실현시키고 있다.

이처럼 사설시는 한 편의 판소리 대본으로도 손색이 없다. 새로운 시형식에 대한 치열한 고민은 고대시가와 향가, 판소리 형식을 현대시의 표현 기법으로 차용하면서 '사설시'라는 독특한 영역을 탄생시킨 것이다.

(3) 이야기/시 형식의 도입

그리스어에는 '언어' 혹은 '말'이라는 단어가 여러 개 있지만, 그 중에서도 대표적인 것이 '로고스logos'와 '미토스mythos'이다. 전자는 논리적 · 이성적 · 직접적 · 추상적인 언어이며, 후자는 비논리적 · 감각적 · 암시적 · 구체적 언어이다. 논리적인 개념이나 이성적 사유는 '로고스'의 언어로 충분히 표현하거나 전달할 수 있지만, 이 세상은 이성만으로는 해명될 수 없는 것들이 많고, 이성으로 설명할 수 없는 것이 세계의 본질 혹은 토대를 이룬다. 그리하여 고대인들은 이성이나 논리적 사유로 해명할 수 없는 문제들을 간접적으로 깨우치도록 하기 위하여 '이야기'라는 형식의 언어를 개발했는데, 이것이 신화 즉 '미토스'라 불리는 '이야기'이다(오세영, 『80소년 떠돌이의 시』 해설 참조).

사설시의 산문부분은 비논리적, 감각적, 암시적 언어의 이야기 형식을 지향하며, 운문부분은 산문에서 이야기한 내용을 응축하여 형상화하고 있다. 이러한 시 형식을 이 글에서는 '이야기/시' 형식이라고 명명하기로 하겠다.

김영석의 두 번째 시집 『모든 돌은 한때 새였다』의 서문 격인 「세설암을 찾아서」는 매우 흥미롭다. 「세설암을 찾아서」는 사설시의 산문부분에 해당하지만, 시집의 맨 앞에 위치하기 때문에 '서문'으로 인식하기 쉽다. 글의 말미에 '2003. 12, 청계산 기슭 삼가재(三可齋)에서, 김영석'이라고 표기해놓음으로써 독자들은 완벽하게 속을 수밖에 없다. 목차가 위치한 페이지 역시 서문이 놓일 자리에 「세설암을 찾아서」를 배치한 후 제1부, 제2부, 제3부의 시들을 배열해놓고 있다.

그런데 자세히 살펴보면 제1부, 제2부, 제3부의 시들은 「세설암을 찾아서」에서 구현하는 형이상학적 세계가 응축되어 형상화되고 있음을 알 수 있다. 큰 틀에서 조망하면 한 권의 시집이 한 편의 사설시로 구성되어 있다는 뜻이다. 즉, 서문 격인 「세설암을 찾아서」는 사설시의 산문부분이 되고, 제1부, 제2부, 제3부의 시들은 산문을 응축한 운문부분에 해당한다. 이러한 사실은 「세설암을 찾아서」의 다음 내용이 증명해준다.

여기에 묶은 대부분의 시편들은 원래 『세설암시초(洗雪庵詩抄)』라는 제목 아래 연작시 형식으로 쓰기 시작한 것들이다. 나중에 연작시 형식을 버렸지만 어쨌든 이 시들은 세설암이라는 전설 속의 암자와 그 암주 세설대사와의 다소 기이하고 비현실적인 만남으로부터 비롯된 것들이다. 그러니 이 자리를 빌려 서문 삼아 그 이상한 인연에 대하여 대강이나마 이야기를 해 두는 것이 좋을 것 같다.

이렇게 전제한 뒤 김영석은 본격적인 이야기꾼이 되어 '세설암'이라는 전설 속의 암자와 그 암주 '세설대사'와의 기이하고도 비현실적인 만남을 맛깔스럽게 구연한다. 구체적인 행정구역까지 등장하는 이 이야기가 운문을 탄생시키기 위한 허구라는 사실을 눈치 채는 사람은 없을 것이다.

내가 그곳에 처음 갔던 것도 벌써 십 오륙 년이 흘렀다. 그때만 해도 그곳에서 겪었던 일들이 그렇게 오래도록 내 의식의 어두컴컴한 밑바닥에 가라앉아 있다가 십여 년의 세월이 흐른 뒤 어느 날 갑자기 생생하게 살아나서 한동안 내 정신을 강렬하게 사로잡으리라고는 꿈에도 몰랐다.

경상북도 상주군 화남면 동관리 절골.

…<중략>…

한여름의 땡볕 속을 한나절 걸어서 예닐곱 가호나 될까 말까하는 산기슭 마을의 끝 그의 집에 이르렀을 때 나는 예사롭지 않은 주변 광경에 잠시 발을 멈추었다. 그의 집으로 들어서는 입구부터 그 집 뒤편으로는 무릎을 넘는 쑥대와 잡초들이 우거진 아주 널따란 평지였고, 거기에 연이어 한쪽으로는 동네사람들이 일구어 먹는 밭들이 널부러져 있었다. 그런데 잡초 사이 여기저기는 말할 것도 없고, 밭 한가운데까지 거대한 주춧돌들이 흩어져 있었다. 좀더 자세히 보니 개중에는 이끼가 낀 탑신이 해체된 채 흩어져 있기도 하고, 거의 온전한 모습으로 서 있는 탑도 보였다. …… 놀라움과 호기심으로 밭 가운데로 들어서니 거대한 너럭바위가 있었는데, 한가운데에 바둑판이 그려져 있었다. 빙 둘러보니 눈이 미치는 대로 그 드넓은 일대가 온통 유적의 잔해물들이었다.

– 「세설암을 찾아서」 일부

이 사설과 대응하는 시작품이 「버려둔 뜨락」이다.

뜨락을 가꾸지 않은 지 여러 해
온갖 잡초와 들꽃들이
절로 깊어졌다
풀숲 여기저기 흩어진 돌들은
깊은 생각에 잠겼다
이제 내 마음대로
저 돌들을 치우고

잡초를 뽑을 수 없다는 것을
조용히 깨닫는다.

─「버려둔 뜨락」 전문

시 「버려둔 뜨락」이 상정하고 있는 공간은 한때 승려들이 기거하며 도를 닦았던 세설암 터이다. 김영석은 온갖 잡초가 우거진 세설암 터를 "절로 깊어졌다", "깊은 생각에 잠겼다"라고 표현함으로써 숙연하고도 고요한 우주의 현상을 형상화하고 있다. '버려둔'이라는 말 속에는 의도적으로 방치해놓았다는 의미가 함의되어 있다. 뜨락을 의도적으로 방치한 행위의 이면에는 천년 인연의 현장을 인위적으로 바꾸어놓고 싶지 않은 시인의 의지가 반영되었다고 하겠다. 김영석은 세설암 터에 흩어진 돌과 잡초들이 제멋대로 누워서도 인연의 몫을 충분히 해낸다는 사실을 인지하고 있는 것이다.

시 「거울 속 모래나라」는 거울 속에 빠진 사내가 다시 거울 밖으로 나오는 환상적 이야기가 산문부분에 제시되고, 그 이야기에 빙의된 시인의 노래가 운문 형식으로 뒤따르는 구성 방식을 취하고 있다. 이러한 사실로도 김영석의 사설시가 '이야기/시' 형식을 지향한다고 언급할 수 있다.

'이야기/시' 형식에서 독자는 흥미로운 이야기를 산문으로 읽다가, 운문 부분에서는 이야기와 사뭇 다른 느낌의 노래를 접하게 되는데, 시인은 "산문(이야기)으로 담아내기에 격렬한 메시지를 운문의 리듬으로 전달하는 것이다. 이야기꾼이 무당의 춤을 끊임없이 말로 풀어낸다면, 노래하는 이(시인)는 무당의 춤을 그대로 재현"(오홍진, 앞의 글, 354쪽)하는 방식이다.

사설시의 운문은 산문부분에서 제기한 문제에 대한 '해답'의 성격을 지니기도 한다. 김영석은 철학적인 문제, 양심적인 문제, 삶에 대한 문제를 산문형식으로 제기한 후, 운문으로 풀어내는 형식을 취하고 있다. 따라서 산문부분은 시인의 주관이 개입되지 않은 이야기체의 서술 방법이 동원

되지만, 운문은 종합적으로 응축된 시인의 주관이 형상화된다. 사설시의 이러한 기법을 '이야기/시 형식의 도입'이라고 언급할 수 있겠다.

2) 주제의 구현 양상

(1) 삶의 비극성에 대한 통찰

사설시에서 비극적인 세계인식이 두드러지게 나타나는 것은 주로 초기의 작품에서이다. 사설시는 후기로 갈수록 심오한 인식론적 세계를 형상화하는 데 심혈을 기울인다.

> 그는 수재답게 중학교부터 대학을 마칠 때까지 줄곧 학비를 면제 받은 특대장학생이었고, 그 어렵다는 회계사가 되었고, 사람들이 흔히 노른자위라고 일컫는 세무서의 요직들을 두루 거친 다음에 국세청에서 주로 기업체의 세무 감사를 맡고 있었다. 그래서 우리는 아직도 세상의 때가 묻지 않은 듯한 그를 두고 호박씨나 까는 위선자쯤으로 여기기 시작했던 것도 사실이다.
> 그러나 그가 죽은 뒤에 확인할 수 있었던 그의 을씨년스럽기 짝이 없는 살림살이 형편은 그런 속된 우리들의 생각을 여지없이 깨버렸다. 그는 세검정 산비탈의 서너 칸이나 될까 말까하는 블록 집에서 네 명의 이복동생을 포함한 아홉 식구를 근근이 부양하며 살고 있었던 것이다.
> ···<중략>···
> 시체를 수습하다가 내가 발견한 그의 낡은 수첩 속에는 곳곳에 뜻 모를 독백체의 일기가 흩어져 있었다. 그 일기의 파편들 속에 그의 죽음에 대한 어떤 실마리가 있을 것으로 여겨졌다. 그래서 이제야 나는 그를 면례(緬禮)하는 셈치고 그의 일기 중에서 무슨 의미가 있을 듯한 뼛조각들만을 추려 다소 애매하고 불완전한 대로 대강 맞추어서 여기에 적어본다.

새벽은 늘
깨어 있는 자의 푸른 힘줄이다
물은 아래로 아래로 흘러가면서
푸른 하늘에 이르지만
나는 사람이므로
갈수록 부서지고 갈라지는 마음을
새벽의 힘줄로 동이고
맑은 물빛 하늘이 그리워
오늘도 산에 오른다

새벽에 산에 올라
흰피톨처럼 아직 빛나고 있는
하늘의 별들을
땀 젖은 칼날의 이마에 비추어본 사람은
홀로이 깨달았으리라
지상의 척도로는 재어볼 수 없는
인간의 키를
발바닥과 이마의 그 절벽의 높이를
그리고
왜 낮은 땅 위에서는
하늘이 둘로 나누어질 수밖에 없는가를

― 「두 개의 하늘」 일부

시 「두 개의 하늘」은 '결벽증'이 심하고 '순수성'이 강했던 한 친구의 죽음을 다루고 있다. 소문난 수재로서 국세청의 요직에 근무하던 친구가 부양하던 아홉 식구를 남겨둔 채 자살하는 사건이 일어난다. 자살의 이유는 알 수 없이 억측만 무성한데, 이야기의 화자는 그가 남긴 독백체의 일기를 보고 자신의 생각을 종합하여 시로써 형상화한다.

내용을 분석하면, '하나의 하늘'로 상정되는 '순수의 세계'에 살고 싶지만, 지상적 삶의 현실은 '또 하나의 하늘'인 '타락의 세계'로 번번이 나를 유혹한다. 그리하여 순수의 세계를 지키고 싶은 나는 자살할 수밖에 없다. 친구의 수첩을 읽어보고도 화자는 '두 개의 하늘'이 무엇을 의미하는지 알 수 없다고 시치미를 떼지만, 주관이 개입된 운문에는 두 개의 하늘이 지닌 의미가 암시적으로 나타난다.

산문부분에는 친구가 수재였다는 것, 지극히 순수했다는 것, 잘 나가는 그를 모두 부러워했다는 것, 그런데 자살했다는 것, 후에 알고 보니 가난하게 살았더라는 것들이 사실적으로 기술되어 있다. 반면에 운문부분에서는 화자의 주관이 미묘한 울림으로 암시된다. 김영석 사설시의 "이러한 방법적 장치는 우리로 하여금 인간의 비극적 존재 양태를 삶의 일부로 받아들이게끔 유도한다. 삶의 비극성은 관념적인 문제가 아니라 우리가 살아가면서 당연히 직면하게 되는 인간 범사의 하나임을 깨닫게 하는 것이다."(이숭원, 『김영석 시의 세계』, 207쪽). 이 작품에서 주목할 것은 주인공이 죽은 뒤에 산 자들에 의해 억측과 편견이 난무한다는 사실이다. 이런 점에서 이 시는 역사 속에 늘 내재되어 있는 '인간세속의 편벽된 사고 구조'를 비판한 시로도 읽을 수 있다.

일정한 범위 내의 것들만을 감각하고 영위해야 하는 인간의 신체적 조건은 인간이 갖는 가장 본질적인 한계이다. 이런 한계는 생물학적 차원에서만 그치는 것이 아니라, 개개인의 정신 영역과 사회 규범, 역사 속에 그대로 투영되어 나타난다. 이렇게 닫힌 사고 구조로는 개인의 진실이 정확히 읽히지 못하고, 세속의 이분법적 속단에 가위질당할 수 있다(이만교, 『김영석 시의 세계』, 271쪽).

김영석 시의 비장미는 인간 존재의 비극성을 훤히 알면서도 적당히 타협하지 않고, 자신의 양심을 끝내 지켜나가려고 하는 정신의 아름다움에서도 찾을 수 있다. "물은 아래로 아래로 흘러가면서/푸른 하늘에 이르지만/나는 사람이므로/갈수록 부서지고 갈라지는 마음을/새벽의 힘줄로 동이고" 산에 오르고자 하는 견고하고도 맑은 정신이 그것이다. 사람은 물처럼 스스로 정화되지 않으므로, 순수의 하늘 하나만을 남겨두고 나머지는 죽일 수밖에 없다는 절규 속에 인간 삶의 비극성이 내재한다. 그리하여 「두 개의 하늘」에 등장하는 주인공은 사회적으로 가해지는 억압을 이기지 못하고 자살할 수밖에 없다. 이복동생들을 포함하여 부양가족이 많은 그에게 사회 현실은 타락한 하늘 아래 서도록 했을 것이다. '결벽증'과 '순수성'이 강했던 사람이 검은 하늘에 젖어 살고 있는 자신을 직시하는 고통은 클 수밖에 없다. 이러한 현실에 삶의 비극성이 내재한다고 하겠다.

(2) 도(道)의 시적 형상화

사설시를 포함한 김영석의 모든 작품에서 간과할 수 없는 것이 도道의 형상화이다. 일찍이 그는 『도의 시학』(민음사, 1999)을 펴내면서 동양의 도에 심취한 바 있다. 따라서 서정시든, 사설시든, 관상시든지 간에 그의 작품에는 도의 상상력이 개입할 수밖에 없다.

김영석은 '있음과 없음', '이론과 실천', '구상과 추상', '아름다움과 추함', '의미와 무의미' 등의 대립 항들을 동양의 사유 전통에 따라 일여적—如的인 것이라고 언급하는데, '일여적'이라는 것은 도에서 '전일성全—性'과 동일한 맥락으로 이해된다.

음과 양이 합일하여 완전한 형상을 짓고자 하는 것처럼 전일성이란 우주의 현상과 사물이 대립적 부분, 즉 결핍을 채우고자 하는 성질이다. 전일성이 실현된 전일의 세계는 도道의 세계이며, 태극의 세계이기도 하고, 어느 한쪽에 치우치지 않는 중中의 자리이기도 하다. 태극론의 입장에서 보면 태극으로부터 음양이기陰陽二氣가 생겨나오고, 그로부터 무수한 대립적 사물과 현상의 분화가 일어나 천지만물이 이루어졌다. 따라서 세계는 음양이기로 수렴되는 수많은 대립과 분열과 갈등이 존재할 수밖에 없다. 인간의 욕망 또한 전일의 상실을 회복하고자 하는 의지로부터 출발했다고 할 수 있다.

김영석에 의하면 시 쓰기란 "말과 사물이 미묘하게 어긋난 그 틈으로 들어가는 일, 그 틈을 가능한 한 넓게 벌리는 일, 그 틈으로 무한대의 공간과 무량한 고요를 체험하는 일, 그래서 눈에 보이는 사물이나 말의 의미에만 매달리지 않고 자유롭게 살게 하는 일"이다. 이러한 시 쓰기를 '도의 시적 형상화'라고 명명하기로 하겠다.

　　그림자 없는 사내의 이야기는 삽시간에 장안의 화제가 되었고, 그는 금방 유명해졌다. 그러나 병원에서 정밀검사를 수없이 해보고, 저명한 과학자들이 모여서 온갖 검사와 실험을 다 해보았지만, 그림자가 없어진 원인이 밝혀지기는커녕 점점 더 혼란스러운 미궁에 빠져버린 나머지 이제는 모두가 제 자신의 정신이 혹 어떻게 잘못된 것은 아닌가 하고 의심하는 지경이 되어버렸다. 그림자가 없어졌다는 것이 물질 현상인지, 정신 현상인지, 또는 물리적 현상인지, 생물학적 현상인지, 아니면 사회학적 현상인지, 신학적 현상인지 도무지 갈피를 잡을 수 없었고, 생각할수록 그것은 애초부터 있을 수도 없는 일이요 웃기는 일로만 여겨졌다.

　　　　　　　　　　…<중략>…

　　그림자들은 철모르는 어린애를 빼놓고는 닥치는 대로 사람을 죽이고 다녔다. 그림자가 죽인 시체는 아무 상처도 없이 말짱하였는데 다만 한 방울의 피도 남기지 않고 빨린 채 종잇장처럼 하얗게 말라 있었다. 참으로 끔찍한 모습이었다. 피해자의 시체는 곳곳에 즐비하였다.

　　　　　　　　　　…<중략>…

소금기 눈부신 햇살을 거두고
날이 저문다
잿빛 낮은 목소리로
하늘에는 구구구 모이도 흩뿌리며
밤이 맨가슴 품을 열자
비로소 참나무는 참나무 속으로
옻나무는 옻나무 속으로 어두워져
문득 잊은 새를 깨운다
멀고 먼 돌 속에서
속눈썹 사이로 날아오는 흰 새

…<중략>…

아침이 되면
감싸고 감싸이는 꽃잎의 중심
그 돌 속에서
온갖 물생(物生)들은 다시 태어나지만
그러나 보라
돌 밖 에움길의 어지러운 발자국 속에
휴지처럼 구겨진 깃털과 함께
사람들은 늘 시체로 남는다
　　　　　　　　　　　　　　－「매사니와 게사니」 일부

　어느 날, 박 변호사는 그림자를 잃고 매사니가 되는데, 그림자가 사라졌
다는 사실보다도 심각한 문제는 그림자가 자신을 만든 존재를 공격한다는
데 있다. "어린이만 빼놓고는 남녀와 직업과 연령을 가리지 않고, 그 말도
안 되는 재앙의 희생자가 되었다." 어린애는 인간사회의 규범에 익숙하지
않을 뿐 아니라, 본능에 따라 행동하기 때문에 '이성을 신봉하는 주체들이
억압한 무의식의 세계'로서의 게사니가 범접하지 못하는 것이다.

'이성을 신봉하는 주체들이 억압한 무의식의 세계'는「거울 속 모래나라」에서 "두 개의 거울(허공-천지만물)이 사라지고, 한 개의 거울(말씀)만 남은 세계의 존재로 나타나기도 한다. 어둠이 내리면 참나무는 참나무 속으로, 옻나무는 옻나무 속으로 들어가 자연히 어두워지듯, 허공과 천지만물과 말씀이 하나가 되는 세상은 인격화된 신(인간)의 말씀으로 세상(자연)을 나누지 않으려는 마음을 전제로 한다. 시각이 지배하는 낮의 세계가 청각이 지배하는 밤의 세계로 전환되는 것도 자연스럽다. "멀고 먼 돌 속에서/속눈썹으로 날아오는 흰 새"의 이미지는 이러한 자연의 이미지를 그대로 반영한다."(오홍진, 앞의 글, 355쪽 참조).

"어둠이 내리면 참나무는 참나무 속으로, 옻나무는 옻나무 속으로 들어가 자연히 어두워"진다는 표현이 함의하는 '자연스러움'은 전일(全一)의 세계를 의미한다. 허공과 천지만물과 말씀이 하나가 되는 세상, 즉 이성적 사고에 의해 '분화되지 않은 자연' 역시 전일의 세계이다. "속눈썹으로 날아오는 흰 새"에서 '희다' 역시 전일의 세계를 의미하므로, 이 시는 전일의 세계로 수렴되는 도를 형상화했다고 할 수 있다.

3. '관상시'에 대하여

시집『외눈이 마을 그 짐승』과『바람의 애벌레』에 상재된 '관상시'를 목록화하면 다음과 같다.

게재 시집	시작품
『외눈이 마을 그 짐승』 (네 번째 시집)	「성터」, 「어느 저녁 풍경」, 「면례(緬禮)」, 「고지말랭이」, 「현장검증」, 「옛 노래」, 「잊어버린 연못」, 「동관화 속의 바다」, 「종이 갈매기」, 「벙어리 박씨네 집」, 「동백꽃과 다정

	큼꽃 사이에 앉아」, 「빈집」, 「묵정밭에서」, 「누군가 가고 있다」, 「비질 소리」, 「돌탑」, 「옛 절터」, 「쓰레기 치우는 날」, 「섬에 갇히다」, 「그 차돌」, 「노숙자」 (총 21편)
『바람의 애벌레』 (다섯 번째 시집)	「나침반」, 「달」, 「썰물 때」, 「염전 풍경」, 「그 집」, 「봄 하늘 낮달」, 「적막」, 「바닷가 둑길」, 「까치집」, 「당집」, 「오갈피를 자르며」, 「칡뿌리」, 「갈대숲」, 「왜냐고 묻는 그대에게」, 「푸른 멧돼지 떼가 해일처럼」, 「물까치는 산에서 산다」 (총 16편)

관상시는 눈에 보이는 것이나 의미에만 치중하지 말고 눈에 보이는 것 너머의, 의미 이전의 보이지 않고 개념화되지 않은 움직임, 즉 상을 느껴 보는 것이라고 김영석을 말한다. 상은 느낄 수밖에 없는 것이며, 느낌이 야말로 개념과 달리 모호하지만 가장 확실한 앎이기 때문이다. 인식론적 측면을 떠나 시적 감동은 물론이고, 모든 예술적 감동에 있어서 '감동(感動)'이란 결국 감각-직관의 느낌과 섞여 있는 미분된 감정이기 때문이다.

1) 객관적인 세계 – 탈의미의 추구

김영석에 의하면, 객관적 묘사란 의미의 빈터를 활성화하여 실재 세계와 상상력이 천연의 모습으로 움직이고 숨 쉬게 하는 기법이다. 객관적 묘사에서의 이러한 의미의 표지 기능이 언어의 존재론적 특성, 즉 언어의 지시성을 이룬다. 언어의 지시성은 의미 자체가 지니고 있는 것이라기보다는 의미가 지니고 있는 무의미의 힘이라고 보아야 한다. 무의미가 없다면 의미는 아무 쓸모가 없다. 이것은 마치 질그릇이 그릇으로 쓸모가 있는 것은 질그릇 속에 텅 빈 무의 공간이 있기 때문이라는 노자의 말과 같다.

인용시 「나침반-기상도 22」는 주관적 의미화의 움직임을 최대한 억제하고 객관적 묘사로써 형상화한 작품이다.

산기슭 자귀나무 꽃가지에
나비 형상의
물고기 등뼈 하나 걸려 있다
새가 그런 것일까
탈화하여 날아간 것일까

나침반처럼 그것이 가리키는 곳
먼 하늘가에
흰 나비 떼가 분분하다.

－「나침반－기상도 22」 전문

객관적 묘사를 극명하게 보여주는 이 시는 제1연에서는 근경을 묘사하고, 제2연에서는 원경을 묘사하고 있다. 시 전반에 드러나는 선명한 이미지는 철저한 객관적 묘사에 의해서이다. 제1연에서 "새가 그런 것일까/탈화하여 날아간 것일까" 하고 시인의 주관이 개입되지만, "것일까"라는 추측성 어휘는 그 주관성을 희석해버린다.

이 시는 한 폭의 그림이다. "산기슭 자귀나무 꽃가지에/나비 형상의/물고기 등뼈 하나 걸려 있"고, "먼 하늘가에 흰 나비 떼가 분분"히 날고 있는 단순한 그림이다. 자귀나무 꽃이 바람에 날려가는 모습이 의미부여 없이 묘사되지만, 독자들은 자귀나무 꽃가지와, 꽃들이 분분하게 날고 있는 먼 하늘가 사이의 거리, 즉 공간이 지니는 여백에서 활성화된 이미지를 감지하게 된다. 이처럼 여백을 활성화하여 실재 세계와 상상력이 천연의 모습으로 숨 쉬게 하는 효과를 노리는 것이 '관상시'이다.

관상시가 추구하는 객관적 세계에 대한 묘사는 탈의미의 언어를 기반으로 삼는다. 탈의미는 문자 그대로 의미를 벗어나는 것이며, 이때의 의미는 현실의 관념이나 이데올로기를 지시한다. 탈의미의 시는 의미의 무화가 아니라 의미(현실)의 실체를 부정하지 않으면서 그 이전의 실재를 탐구한다는 점에서 김춘수의 무의미시와는 다르다(이형권, 『김영석 시의 세계』, 226쪽 참조).

시 「나침반-기상도 22」에서 "나비 형상의/물고기 등뼈"가 일종의 현상이라면, 그것이 '탈화'한 것으로 상상되는 "흰 나비떼"는 실재의 세계이다. 현상은 실재를 가리키는 '나침반'으로 상정될 수 있으므로, 실상을 깨닫는 길은 현상에서 찾을 수 있다는 의미이다. 이것이 현상을 부정하지 않으면서 본질(실재)을 탐구하는 탈의미의 시학이다.

> 낮게 흐린 하늘
> 텅 빈 들판
> 흰 헝겊조각처럼
> 여기저기 남은 잔설
> 연필로 희미하게 그린 듯
> 가물가물 이어진 길을
> 누군가 가고 있다 먼 옛날부터
> 거기 그렇게 가고 있었다는 듯
> 누군가 아득히 가고 있다
>
> 흐린 기억
> 하늘 저편으로
> 점점이 꺼지는
> 예닐곱 철새들.
>
> — 「누군가 가고 있다—기상도 13」 전문

짧고 간결한 시 행으로 구성된 「누군가 가고 있다—기상도 13」은 「나침반—기상도 22」와 동일한 구조와 형식을 지니고 있다. 따라서 제1연과 제2연의 공간적인 여백에서 독자들은 활성화된 의미를 감지할 수 있다.

김영석 관상시의 특이한 점은 작품들마다 '기상도(氣象圖)'라는 부제가 붙어 있다는 점이다. '기상도(氣象圖)'의 의미를 해석하자면, '기운으로 그려지는', '기운으로 느껴지는' 그림이다. 그렇다면 관상시는 우주적인 여백에서 마음으로 느끼는 그림이 될 것이다. 우주적인 여백을 바꿔 말하면 '도' 즉, 전일의 세계, 즉자적인 세계, 자연이다. 이러한 점에서 김영석의 관상시가 꿈꾸는 것은 지적인 사고가 끼어들기 이전의 자연으로의 회귀라고도 할 수 있겠다.

2) 직관적 · 감각적 표현

동양의 철학과 시는 상象을 직관하는 것을 중시해왔고, 서양의 철학과 시는 의미의 사고를 중시해왔다. 전자는 직관의 길이요, 후자는 사고의 길이다. 상과 직관은 일차적이고 자연적인 것이요, 의미와 사고는 이차적이고 문화적인 것이다. 그런데 오늘날은 사고의 힘이 일방적으로 지배하는 상황이 되었다. 이러한 상황에서 참다운 현실 혹은 자연으로 돌아가고자 하는 것, 인위적이고 지적인 사고의 조작으로부터 직관의 자연적인 본능으로 회귀하고자 하는 문학 양식을 김영석은 '관상시'라고 명명하고 있다.

'직관'은 대상이나 현상에 대해 즉각적으로 느끼는 깨달음이거나, 미적 대상을 추리나 판단의 과정 없이 주관에 의해 직접 파악하는 정신작용이다. '감각'은 신체 기관을 통해 안팎의 자극을 느끼거나 알아차리는 것 혹은 그런 능력이며, 시각 · 후각 · 청각 · 미각 · 촉각 등의 오관을 포함한다. 김영석에 의하면, 직관은 곧 느낌이며, 느낌은 두뇌의 사고를 통해서 간접적으로 이루어지는 것이 아니라 직접적인 몸의 접촉을 통해서 이루어진다. 즉, 느낌은 가슴이나 창자와 같은 내장기관의 앎이다. 느낌은 모

호하고 무정형적이지만, 사고에 의해 자연을 왜곡하기 이전의 가장 확실
한 앎이다.

> 나지막한 돌담 너머
> 낡은 기와집 한 채가
> 인기척 없이 고즈넉하다
>
> 가을볕이 잘 드는 툇마루에
> 보자기만하게 널려서
> 고실고실 마르는 산나물
> 그리고 노오란 탱자 몇 알
>
> 아무도 없는데
>
> 마당귀에선 듯
> 잎 떨군 오동나무 가지에선 듯
> 맑고 투명한 햇살에 실려오는
> 자꾸 비질하는 소리
>
> 돌아서면 문득
> 장독대께에서 들려오는
> 신발 끄으는
> 적막한 소리
>
> 아무도 없는데
>
> ― 「비질 소리―기상도 14」 전문

　관상시는 지식 작용을 배제하고 감각기관이 즉각적으로 깨닫는 즈음
에서 탄생한다. 인용시 「비질 소리―기상도 14」를 보면, 시적 화자가 인

기척 없이 고즈넉한 집안을 들여다보고 있다. 그는 아무도 없는 집에서 '비질 소리'를 듣기도 하고 '신발 끄는 소리'를 듣기도 한다. 그가 청각적으로 느끼는 '비질 소리'와 '신발 끄는 소리'는 직관에 의해 감각하는 앎이다. 논리적인 사고의 측면에서 따진다면 빈집에서 신발 끄는 소리와 비질 소리가 들릴 리 만무하지만, 현실적인 사고에 선행하여 감각에 의한 직관을 형상화하는 것이 관상시의 표현 기법이다.

> 밭에 잘 익은 거름을 내고
> 종일 땀 흘리며 일을 했다
> 밤이 되자
> 거름 냄새 상긋한 밭고랑 위로
> 향그러운 과일같이
> 둥근 달이 떠올랐다.
>
> — 「달—기상도 23」 전문

> 오뉴월 뙤약볕이
> 온 세상 소리들을 다 태워 버렸는지
> 산골 마을이 적막에 싸여 있다
> 외딴 빈집을 지나면서
> 울 너머 마당귀를 얼핏 보니
> 길 잃은 어린 귀신 하나가
> 두어 그루 패랭이꽃 뒤로
> 얼른 숨는다.
>
> — 「적막—기상도 28」 전문

관상시 「달—기상도 23」을 견인해가는 감각 이미지는 후각 이미지이다. 시인의 후각 이미지는 잘 익은 거름 냄새를 '상긋하다'고 표현하고 있으며, 밤이 되자 거름 냄새 상긋한 밭고랑 위로 '향그러운 과일같이' 보름

달이 떠오른다고 형상화하고 있다. '상긋하다', '향그럽다'라는 후각 이미지는 기분을 상쾌하게 만들어준다. 썩은 거름을 잘 익었다고 형상화하면서 냄새마저 상긋하다고 하고, 밭고랑 위로 떠오른 보름달이 향그럽다고 느끼는 것은 순전히 시인의 직관에 의해서이다.

김영석의 관상시에는 빈집을 기웃거리는 시적 화자가 많이 등장한다. 이러한 정황은 관상시의 표현 기법이 직관에 의해 이루어지기 때문일 것이다. 즉, 시끄러운 배경이나 복잡한 사물들이 작품에 개입되는 것은 직관을 방해하는 요소로 작용하기 때문이다. 시「적막−기상도 28」의 배경 역시 "오뉴월 뙤약볕이/온 세상 소리들을 다 태워 버렸는지" 적막하기만 한 산골마을이다. 시적 화자가 빈집 앞을 지나다가 "울 너머 마당귀를 얼핏 보니/길 잃은 어린 귀신 하나가/두어 그루 패랭이꽃 뒤로/얼른 숨는다." 논리적인 사고 측면에서 생각한다면 참으로 허무맹랑한 형상화이다. 하지만, 다른 차원에 존재하는 귀신을 볼 수도 있고, 그 귀신이 길을 잃었다는 정황까지 감지할 수 있는 것이 시인의 직관이다. 이 시를 견인해가는 이미지는 시각 이미지이다. 빈집 앞을 지나던 시인은 마당귀를 들여다보았고, 길 잃은 어린 귀신이 패랭이꽃 뒤로 숨는 것을 보았으며, 그 귀신이 어리다는 것을 눈으로 감지했기 때문이다.

4. 나가는 글

사설시는 산문형식에서 운문형식으로 넘어갈 때 '이러매 내가 노래한다', '대강 맞추어서 여기에 적어본다', '신음하듯 낮게 중얼거렸다', '희미하게 떠올려본다'라고 표현함으로써 뒤에 운문형식의 노래가 등장할 것임을 예고하는데, 이러한 형식은 『삼국유사』에서 일연이 향가의 배경설화나 사건의 경위를 기술한 후 '이에 찬한다(讚曰)', '이에 사詞를 지어 경계한다'라고 언급한 다음 '향가' 또는 '게偈', '사詞'를 도입한 경우와 다르지 않다.

「황조가」나 「공무도하가」, 「구지가」 등의 고대시가 또한 배경설화 다음에 운문형식의 시가가 등장한다는 측면에서 사설시와 유사한 형식을 지닌다고 할 수 있다. 사설시의 이러한 특징들은 고대시가 형식을 인유했다고 주장할 수 있는 근거이다. 사설시의 산문부분은 고대시가의 '배경설화'와 대응하며, 운문부분은 '시가'와 대응한다.

사설시는 또한 '아니리'와 '창'을 번갈아 시연하는 판소리 형식을 닮아 있기도 하다. 사설시의 산문부분은 판소리의 '아니리'에 해당하며, 운문부분은 '창'에 해당한다. 시 「매사니와 게사니」는 김영석의 사설시가 판소리 형식을 도입하고 있다는 사실을 뒷받침해주는바, 그것은 "다라니 주문 같은 노래 하나가 출처도 없이 흘러나와 유행하기 시작했다."라는 부분이다. '다라니 주문' 자체도 리듬을 지니고 있지만, '노래 하나가 출처도 없이 흘러나와 유행하기 시작했다'라고 한 형상화는, 다음에 등장할 운문은 꼭 창으로 불러야 한다는 점을 상기시켜주기 때문이다.

사설시의 운문부분은 산문에서 제기한 문제에 대한 '해답'의 성격을 지니기도 한다. 철학적인 문제, 양심적인 문제, 삶에 대한 문제가 산문부분에서 이야기하듯 제시된 후, 그것을 종합하여 운문 형식으로 구현하는 방식이 그것이다. 따라서 산문부분은 시인의 주관이 개입되지 않은 이야기체의 서술 형식이 동원되지만, 운문은 산문에서 제시한 내용을 종합적으로 응축한 시인의 주관이 형상화된다. 김영석의 사설시가 지향하는 이러한 기법을 '이야기/시 형식'이라고 언급할 수 있겠다.

시 「두 개의 하늘」은 '결벽증'이 심하고 '순수성'이 강했던 한 친구의 죽음을 다루고 있다. 소문난 수재로서 국세청의 요직에 근무하던 친구가 이복동생들을 포함한 아홉 식구를 남겨둔 채 자살하는 사건이 일어나는데, 가장의 역할을 수행하려다보니 '순수의 하늘'을 외면하고 '타락한 하늘'에 기대어 살 수밖에 없던 것이 비극의 원인이었다. 지상의 삶은 두 개의 하늘로 갈라질 수밖에 없다는 비극성이 사설시에 잘 나타나고 있다.

시 「매사니와 게사니」에서 "어둠이 내리면 참나무는 참나무 속으로, 옻나무는 옻나무 속으로 들어가 자연히 어두워"진다는 표현이 함의하는 '자연스러움'은 전일全一의 세계를 의미한다. 허공과 천지만물과 말씀이 하나가 되는 세상, 즉 이성적 사고에 의해 '분화되지 않은 자연' 역시 전일의 세계이다. "속눈썹으로 날아오는 흰 새"에서 '희다' 역시 전일의 세계를 의미하므로, 이 시는 전일의 세계로 수렴되는 도를 형상화했다고 할 수 있다.

관상시 「나침반—기상도 22」는 한 폭의 그림이다. "산기슭 자귀나무 꽃가지에/나비 형상의/물고기 등뼈 하나 걸려 있"고, "먼 하늘가에"는 "흰 나비 떼가 분분"히 날고 있다. 자귀나무 꽃이 바람에 날려가는 모습을 의미부여 없이 직관적으로 묘사하고 있지만, 독자들은 나비 형상의 물고기 등뼈 하나가 걸려 있는 자귀나무 꽃가지와, 꽃들이 분분하게 날고 있는 먼 하늘가 사이의 거리, 즉 공간이 지니는 여백에서 활성화된 이미지를 감지할 수 있다. 바로 이러한 효과를 노리는 것이 '관상시'이다.

김영석 관상시의 특이한 점은 작품들마다 '기상도氣象圖'라는 부제가 붙어 있다는 점이다. '기상도氣象圖'는 '기운으로 느끼는 그림'이라고 해석할 수 있다. 그렇다면 관상시는 우주적인 여백에서 마음으로 느끼는 그림이 될 것이다. 우주적인 여백을 바꿔 말하면 '도' 즉, 전일의 세계, 즉자적인 세계, 자연이다. 이러한 점에서 김영석의 관상시가 꿈꾸는 것은 지적인 사고가 끼어들기 이전의 자연으로의 회귀라고 할 수 있겠다.

김영석이 사설시 이후 관상시를 고안해낸 의도는 무엇일까? 그 답은 그가 '도'를 연구해온 학자라는 점에서 찾을 수 있다. 사설시와 관상시는 '도의 시학'을 적실하게 구현하기 위한 방편으로서의 시가 될 것이다. 사설시가 형식적인 측면을 고려했다면, 관상시는 표현 기법적인 측면에 심혈을 기울였다는 점이 다를 뿐이다.

* 한국언어문학회 89집(2014. 6)의 「김영석의 '사설시' 연구」와 91집(2014. 12)의 「김영석 시의 형식과 기법」에 개재된 두 편의 논문을 한 편의 글로 개작함.

제3부

외롭고 높고 쓸쓸하니 살아가도록 태어난 시인

| 전정구

나는 이 세상에서 가난하고 외롭고 높고 쓸쓸하니 살어가도록 태어났다
그리고 이 세상을 살어가는데
내 가슴은 너무도 많이 뜨거운 것으로 호젓한 것으로 사랑으로 슬픔으로 가득찬다
— 백석, 「흰 바람벽이 있어」에서

1

일상/과학의 논리에 익숙한 독자여, 그네에 앉아보라. 그러면 먼 산이
가까워지고, 가까운 산이 멀어지는 현상을 느낄 수 있을 것이다. 그네는
흔들리면서 이 마을과 저 마을을 하나로 만들고, 앉아 있는 그대마저도
지워버린다. 남는 것은 '빈 그네의 제 그림자'뿐이다.

그네는 흔들리면서
이쪽과 저쪽을 지우고
그네에 앉아 있는 그대마저 지우고
마침내 이 세상에

빈 그네 제 그림자만 홀로 남는다

흔들리는 사이
그 빈자리
하늘빛처럼 오래 오래
산새알 물새알은 반짝이고
풀꽃들은 피고 지리라

눈부신 싸움
허공에 그어지는 저 포물선
아름다운 무지개는
영원히 그렇게 뜨고 지리라.

ㅡ「무지개」부분

이 시에서 그대/인간은 사라진 것이 아니라 물화物化되어 있다. 만물과
의 동화 속에서 인간의 모습을 벗어던지고 세계와 일체화된 미묘한 느낌
을 언어로 표현한 풍경, 즉 사물과 시적 자아의 합일에서 이끌어낸 '자연
의 진경'이 「무지개」에 부각되어 있다. 주관과 객관, 의식과 대상이 일체
화된 그 순간 '홀로 남은 빈자리'에 산새알과 물새알이 반짝이고 풀꽃들이
피고 진다.

하늘의 눈부신 싸움이 빚어낸 허공의 아름다운 포물선ㅡ무지개를 표현
하기 위해서는 일상의 언어 논리를 파괴하지 않으면 안 된다. 「무지개」에
표현된 자연의 실재감이 현실 세계의 그것인지, 혹은 의식 세계에 투영된
그것인지 불분명한 이유가 여기에 있다.

김영석 시인이 주장하는 '도道의 시학'에 의거하면, 피고 지는 풀꽃과
뜨고 지는 무지개는 '무의미의 완성'이고 '형이상학적 영원성'을 암시한
다. 그의 시는 주객 합일의 통합적인 관점으로 바라본 실재 세계ㅡ현실 세

계의 어떤 풍경을 경험하도록 독자에게 요구한다. 그 풍경이 바로 실재 세계의 온전한 드러남이고 분별심이 사라진 경지이다.

2

일반적으로 어떤 것을 표현/묘사하는 것은 그 대상들을 분석하고, 객관 세계의 그것들을 의식─주관 세계에서 분별하여 전후 관계나 인과 관계의 질서를 부여하는 것을 의미한다. 그러나 이러한 방식을 고수하게 되면 '언어 밖에서 뜻/의미를 함축/암시해 내는 묘미'가 사라지고, 자연에 간직된 아름다움의 총체적 모습─실체/본질 그대로를 드러낼 수 없다고 시인은 판단한다. 이러한 점으로 인해 그의 시에서 주관/의식과 객관/대상이 동시 발생적이며 병립竝立─병생竝生의 관계를 이룬다.

일상의 의미 틀을 부수어 버린 마음의 빈 공간에 생동하는 하나의 풍경이 흘러들어와 자리 잡으면 그것이 시가 된다. 이러한 풍경은 일상에서 마주치는 순수한 객관적 현실이나 시인의 주관적 세계가 아닌, 모든 존재가 일체화된 기상氣象의 모습, 혹은 그것을 직관적으로 포착한 언어의 풍경에 관한 것이다. 문득 떠오른 옛 기억과 같은 아득한 느낌으로 내 의식의 한 가운데로 다가온 그것─풍경을 그려낸 것이 「바람이 일러주는 말」이다.

> 홀로 길을 걸으면
> 지나가던 바람이 일러준다
> 맨 처음에 길은
> 내 마음의 실마리에서 시작된 것이라고
>
> 들꽃을 보고 있으면

지나가던 바람이 일러준다
맨 처음에 꽃은
내 마음의 빛깔을 풀어놓은 것이라고

굽이굽이 흐르는 강물도
푸른 하늘을 나는 새들도
먼 옛날 내 마음이 아기자기 자라난 것이라고

넓고 가까운 온 누리 돌아서
아득한 별까지 두루 지나서
내 귀에 속삭이는 바람이
바로 내 마음의 숨결이라고
지나가던 바람이 일러준다.

— 「바람이 일러주는 말」 전문

이 시에서 화자는 홀로 길을 걷는다. 그것은 자기의 의식을 우주로 확대하면서 마음의 고요함을 추구하는 행동이다. 먼 기억을 더듬듯 자연의 사물들을 무심히 바라보는 그것이 천지의 마음을 보고 천지의 만물과 하나가 되게 한다. 따라서 이 시에서는 차별 없는 하나의 현묘한 세계, 혹은 순일한 자연의 근원적 전체성을 표현하기 위해 시적 화자의 또 다른 분신인 '바람'이 등장한다. 그 바람이 길과 들꽃과 강물과 하늘과 새라는 여러 대상/사물과 '나'를 '동일성/일체성'의 세계로 통합시키는 기능을 담당하고 있다.

시적 상상력은 낯설면서도 동시에 낯익은 대상들과의 만남을 뜻하며 그것들과의 일체성을 발견하는 것이다. 그러므로 시적 자아는 타자—사물을 자기 일체성으로 경험할 뿐만 아니라 모든 대립적 현상을 자연의 생성 과정으로 경험하는 자아이다. 미당이 읊었듯이, 내가 돌이 되면 돌은 연꽃이 되고 연꽃은 호수가 된다. "내가/호수가 되면//호수는/연꽃이 되고//

연꽃은/돌"(서정주, 「내가 돌이 되면」)이 된다. 모든 존재는 친화감을 바탕으로 '자기 일체성'을 지닌 또 다른 존재를 생성한다. 하나가 움직여 변화를 일으키면 그 변화에 의해 다음의 또 다른 존재가 모습을 드러낸다. 각기 다른 존재들은 서로가 다르지만 같고, 같지만 다르다. '타고 남은 재가 다시 기름'이 되고 "만족을 얻고 보면 얻은 것은 불만족"(한용운, 「만족」)인 '알 수 없는' 역설의 논리에 시적 진실이 있다.

사실적 세계와 일상적 현실을 보는 대신 형이상의 세계 속에 자리 잡은 진실/진리의 원형을 보는 것이 중요하다. 일상의 언어 논리를 초월한 역설─무의미에 심오한 사유나 종교적 깨달음의 세계가 있다. 객관과 주관의 세계에 귀속되지 않는 '비완료적 특징'을 보여주는 '도의 시학'의 핵심은 일상의 논리/상식 너머에 있는 '무의미의 의미'를 추구하는 것이다. 비유컨대 그것은 사회의 상식과 통념이 지닌 불합리성을 예리하게 간파한 하버마스의 '반증 가능성─부정의 변증법'을 연상시킨다.

서구 시학의 이론과 논리에 의문을 제기하면서 동양적 도의 실현에 초점을 맞춘 그의 시학은 변증법적 역설의 시학에 해당하는 어떤 것이다. 태양이 동쪽에서만 뜨는 것은 아니다. 북위 60도만 넘으면 겨울의 태양은 서쪽에서 떠서 서쪽으로 진다. 특별한 소화 효소를 만들기 위해 사자도 풀을 먹는다. 모든 사자가 평생 고기만 먹는 것은 아니다. 만물이 스스로 움직여 찾아오기를 기다리면서, 그것이 찾아와서 건네는 자연의 소리에 귀를 기울이는 김영석의 작품들을 주목해야 하는 이유가 여기에 있다.

"천지는 무심히/철따라 꽃 피우고 눈 내리고/사람은 제 한 마음 바장이어/눈서리에 잎 지는 걸 바라보며/근심할 뿐 아무 일도 못 하네/천지는 마음이 텅 비어/없는 듯이 있고/사람은 마음이 가득 차/있는 듯"(「마음─고조 음영(古調 吟詠)」) 없다. 빈 공간을 채우는 것은 자연의 이법에 어긋난다. "흙살이 떨어진 벽"(「빈집─기상도氣象圖」)의 '앙상하게 남은 숭숭한

수숫대 구멍'마다 거미가 집을 짓고 산다. 모든 존재들은 각기 알맞은 구멍 속에 생명을 의탁한다.

> 살아있는 것들은 모두
> 제 구멍 속에서 태어나
> 제 구멍 속에서 살아 간다
> 천지는 큰 구멍 속에서 살고
> 천지간에 꼼지락거리는 것들은
> 저만한 작은 구멍 속에서 산다
> 바람이 불면 구멍마다 서로 다른
> 갖가지 피리소리가 난다
> 딱따구리도 굼벵이도
> 제 구멍 속에서 알을 품고 새끼치고
> 싸리꽃은 제 구멍만큼 흔들리면서
> 씨앗을 흩뿌린다
> 빈 구멍들의 피리소리도 아름답지만
> 크고 작은 구멍의 허공은
> 자궁처럼 참 따뜻하다.
>
> 　　　　　　　　 － 「모든 구멍은 따뜻하다」 전문

　하늘은 구멍을 열어놓는데, 인간만이 모든 구멍을 막는다. 육근(六根－眼耳鼻舌身意)을 모두 열어놓아야 자기 집착으로부터 벗어나 온전한 정신의 자유를 누릴 수 있다. 구멍을 막고 있는 상태와 정도에 따라서 천차만별의 자기가 만들어진다. 육근이 열린 허정의 빈 마음이 아니면 천지의 마음을 헤아리기 어렵고 천연의 도와 만날 수 없다. 그의 시작 활동詩作活動은 천연의 도와 놀면서 그러한 도를 작품화하는 것이다. 사유적/철학적인 측면으로 흐른 김영석의 시들이 현묘한 도道의 그것처럼 아리송한 점이 여기에서 비롯된다.

3

김영석의 시가 보여주는 고도의 암시와 함축, 시상 전개의 비계기성과 상상력의 단절이나 비약, 초논리적이고 비구상적非具象的 사유 방식 등은 서구 시학─일반 시학의 일탈/결함이 아니다. 그것은 미묘한 도의 구현과 관련된 그의 독특한 작시법作詩法을 반영하고 있다. 40여 년에 이르는 시적 여정旅程을 한 눈에 굽어 볼 수 있도록 단아하고 격조 높게 꾸며진『모든 구멍은 따뜻하다』의 존재 이유와 시작詩作의 근거가『새로운 道의 시학』(국학자료원, 2006)에 일목요연하게 제시되어 있다.

'새로운 도의 시학'을 노래하기 위해 김영석 시인은 부안의 자연 속에 보금자리를 마련했다. 시인의 집 처마 끝에 서면 먼 산 위에 구름이 어리고, 아득한 그 사이에서 바닷물이 넘실댄다. 내소사 부근의 낮은 언덕 그곳에서 시인은 "광대한 벽공을 무연히 바라보면서/허공이 무한한 까닭을"(「소공조」) 알아 가며 '쓸쓸하고 높고 외롭게' 살아갈 것이다. "하눌이 이세상을 내일적에 그가 가장 귀해하고 사랑하는 것들은 모두/가난하고 외롭고 높고 쓸쓸하니 그리고 언제나 넘치는 사랑과 슬픔 속에 살도록 만드신"(백석,「흰 바람벽이 있어」) 것이다.

* 계간『서정시학』(2012. 여름호)에「언어의 진창이자 절창인 두엄밭의 시」란 제명으로 게재되었던 서평 중 김영석의 부분을 개작한 것임.

극점에서 빚는 무주(無住)의 세계

– 김영석 시집 『고양이가 다 보고 있다』

| 이덕주

1. 침묵의 언어

존재의 근원을 향한 김영석의 탈속한 시선, 그 시선의 방향은 끝내 자신에게로 회귀한다. 홀로 있는 자신과 마주하기 위해 김영석은 참으로 많은 길을 우회하여 걸어왔음을 자신의 시를 통해 고변한다. 주체할 수 없는 일탈과 도발의 자유의지를 억누르면서 "어디로도 갈 곳이 없는"(「나루터」) 자신을 향해 "그러므로 어디론가 길을 떠나야 한다"(「나루터」)고 끊임없이 자신을 채찍질한다. 시인의 운명이지만 그는 그 운명을 탓하지 않는다. 운명마저 분별로 받아들이며 끝없이 운명에 맞선다. 분별의 경계를 넘어서기 위해, '투명한 혼'이 되기 위해 고투하는 김영석이 지금 우리 앞에 서있다. 그는 현자의 침묵으로 필연의 언어를 우리에게 들려준다. 그 침묵의 언어는 자연에 동화되는 소리이며 우주와 합일되는 소리이며 우주 그 자체다.

김영석은 이 '우주와 하나 되기'를 일상의 언어로 시 속에 녹여낸다. 관념체계와 직접적인 논리를 벗어나 자신만의 직관을 통해 대상을 꿰뚫는다. 상대적 이원론을 초월하여 걸림이 없는 세계에 자신을 안착시키려 한다. 무경계의 자아성찰을 통해 자신의 내면을 현실적인 삶으로 차원을 높여 틈입시키려 한다. 자문자답을 통해 무심의 경지에 닿는 자신의 존재에 찬미를 보낸다. 낮은 곳에 임하면서 존재의 세계에 공존함을 겸허한 언어로 노래한다. 그게 김영석의 일상이며 그의 시라고 하는 그의 견해에 편승해본다.

일상은 지금 현재 진행되는 김영석의 행위로 이루어진다. 그는 매일 매일 오직, 지금 이 순간이라는 현재를 영원으로 여기면서 최선을 다할 뿐이다. 순간순간 충만함을 누릴 수 있다면 그게 그의 임운자연任運自然에 따르는 삶이다. 덧붙여 무엇 하랴! 그저 차 한 잔에 전 우주를 들이 마시고 한 생각 일으켜 전 우주를 휘돈다면 그것으로 족한 것이다. 일즉다다즉일即多多即一을 함유한다면 그게 시인의 삶이다.

김영석은 지금 그 정신세계의 극점을 점유하면서 자신의 시로 머무름이 없는 무주無住의 세계를 빚어낸다.

2. 무경계의 자아성찰

시집 『고양이가 다 보고 있다』의 시편은 의미 없는 시가 없다. 문면마다 수없는 의미를 생성시키면서 의미를 확장한다. 그런데 중요한 것은 이렇게 의미가 의미를 낳듯이 의미를 팽창시키면서도 기묘하게 의미에 갇히지 않는다. 그 연유를 고심해 보다가 그가 형상화시키는 작업은 그 대상이 내심자증內心自證에서 비롯되어 우리 인간에게 깨달음의 세계를 보여주고 있음을 감득한다. 깨달음의 세계는 무화無化의 세계다. 그곳은 존재의 시원이다. 존재의 근원으로 돌아가기 위한 방편이 시인인 그에게는 오히려 말을 아끼지 말라는 막석언구莫惜言句로 작용한다. 때문에 그가 자신의 본원으로 귀향하는 일은 자신의 본향을 무화로 보여주는 일이 되기도 한다.

> 문득 바람이 불자
> 상수리나무가 풍경을 말끔히 지우더니
> 그 큰 액틀의 눈을 뜨고서
> 창밖을 보는 나를 물끄러미 바라본다
> 창문을 벗어나려 안타까이 파닥거리는
> 흰나비 한 마리를 조용히 바라본다
> 내 눈은 상수리나무의 눈이었다
> 내가 본 것은 상수리나무가 본 것이다.
> ─「내가 본 것은 상수리나무가 본 것이다」 부분

김영석의 시적 공간에 배치된 대상들은 화자의 시선과 동일한 높이에서 시선을 교류한다. 서로 대면하는 대상들은 마찬가지로 화자를 높낮이 없이 주시한다. '물끄러미', '안타까이', 때로는 '조용히' '나'와 '흰나비 한 마리'를 바라본다. 화자와 대상이 된 타자가 서로 측은지심으로 바라보는 형국이다. 이 장면에서 화자와 타자를 구분하는 것은 의미가 없어진다. "내 눈은 상수리나무의 눈이었다"고 하듯이 '내 눈'과 '상수리나무의 눈'은 동일한 시선이 교류되는 '눈'이다. '나'와 '상수리나무'가 동일하다는 전제아래 용인된 상통하는 '눈'이다. 따라서 '상수리나무가 본 것'은 '내가 본 것'이며 "내가 본 것은 상수리나무가 본 것이다"라는 문면이 자연스러워진다.

화자는 '상수리나무'를 바라보며 서로가 바라보는 순간에 시선의 일치를 감각하며 합체해도 좋겠다는 그래서 일체성에 빠져드는 형국이다.

형상이라는 구속에서 벗어나 대상이 된 자연을 바라볼 때 대상과 화자는 균등해진다. 경계가 무너지는 경지에 가 닿는 것은 달리 말하면 화자와 대상을 분별하지 않을 때만 용인되는 경지다. 화자가 대상과 합치되는 지점에 이원론적 구분은 없으며 상대적 개념도 없다. 서로 분명히 다르지만 같다는 불이不異와 불이不二의 이치로 해석이 가능해진다. 존재의 근본적 자리를 깨닫는 여기까지 이르기 위해 김영석은 많은 궁구와 성찰을 거듭했을 것이다. 그 경지를 다음의 시가 더 감득하게 한다.

길고 긴 밤의 내장 속을
헤매고 다니는 노루는
그냥 한 덩이 어둠이다
밤의 내장에 연결된
산모퉁이 찻길에 나선 노루가
달리는 차에 치었다
흙덩이가 툭, 하고
땅바닥에 떨어지는 소리가 났다
나가서 살펴보니
한 덩이 어둠이 피를 흘리고 있다
흙덩이가 피를 흘린다
한 덩이 어둠이 없어진 자리에는
달이 동그랗게 떠 있다
갑자기 풀벌레 울음소리가 높아진다
　　　　　　　　　　　　－「흙덩이가 피를 흘린다」 전문

시적 화자는 "산모퉁이 찻길에 나선 노루가/달리는 차에 치었다"는 한 사건을 통해 자신의 심경을 형상화한다. 사건의 중심이 되고 있는 '노루'는 '한 덩이 어둠'이며 '흙덩이'다. '노루'의 죽음은 "흙덩이가 툭, 하고/땅바닥에 떨어지는 소리"에 의해 확인된다. 따라서 '노루'가 피를 흘리는 것은 '한 덩이 어둠'과 '흙덩이'가 피를 흘리는 것이 된다.

배경이 되고 있는 '한 덩이 어둠'은 김영석에 의해 타자가 아닌 주체로 순간 이동한다. 또한 '노루'의 죽음으로 접하게 되는 '흙덩이'는 '노루'가 아니면서 '노루'로 변환되어 화자에 의해 동질성을 부여받는다. 이어서 '노루'의 죽음은 "한 덩이 어둠이 없어진 자리'"로 치환된다. 나아가 "한 덩이 어둠이 없어진 자리" 에는 "달이 동그랗게 떠 있다"고 의미를 부여한다. 드러내지 않지만 변화를 거듭하는 은밀한 반전이 연속된다.

'노루'의 죽음으로 "갑자기 풀벌레 울음소리가 높아진" 이유를 시의 흐름으로 대변한다. 화자가 감각하는 '노루'의 죽음은 '풀벌레 울음소리'와 다르지 않으며 '울음소리'가 '높아'짐으로 인해 전해지는 순간의 느낌을 그대로 표현한다.

이 시속에 배치된 대상들의 역할은 시의 문면에서 시적 화자의 감각과 다르지 않다. 화자의 감각과 감성은 「흙덩이가 피를 흘린다」는 시적 대상들에 동일하게 스며든다. 일종의 균질미라고 할 수 있다.

불이不異와 불이不二의 이치는 공空의 세계와 맞닿는다. 김영석이 보는 "한 덩이 어둠이 없어진 자리"는 본래부터 공의 세계이며 공의 자리다. 실재하는데 실재하지 않는 곳까지 김영석의 시선은 가 닿는다. 이 시는 그래서 얼핏 죽음의 공허함을 노래하고 있는 듯하다. 하지만 한 단계 더 나아가 죽음이 삶 속에 스며있으며 죽음이 삶과 다르지 않고 죽음이 삶과 함께 흐르고 있음을 주목한다. 경계를 구분하지 않는 소통이 선행될 때 삶에 내재하는 죽음이 삶으로써 존재한다.

죽음과 삶은 인위적으로 경계를 구분했을 뿐 본시 구분이 없다. 따라서 김영석은 삶의 균열을 봉합하며 생멸의 과정을 성스러움으로 치환한다고 해야 할 것이다. 대상에 대한 애정과 속 깊은 사유가 진솔하게 시의 문면에 함의되어 있는 것이다.

> 모든 것은 뒤안이 있습니다 오리나무 갈참나무 잎갈나무 지렁이
> 굼벵이 동박새 벌새 승냥이 멧돼지 막대기 돌맹이 모두 모두 제 뒤안

이 있습니다 어떤 일이 일어나면 거기에는 반드시 뒤안 있기 마련입니다 젊은 어머니가 두 아이를 안고 투신자살하는 데에 유괴한 아이를 생매장하는 데에 칼부림으로 피를 흘리는 데에 먹고 자고 사랑하고 이별하는 데에 생로병사와 희로애락이 있는 데에 모두 모두 뒤안이 있습니다 뒤안이 없는 곳은 아무 데도 없습니다 이 세상은 뒤안의 그늘인지 모릅니다 그렇습니다 세상은 뒤안의 그늘입니다

  그 뒤안에
  황홀한
  아편꽃이
  조용히
  흔들립니다

  　　　　　　　　　　　　　　　　　　－「아편꽃」부분

　　생의 이면을 보는 김영석의 시선이 닿는 곳은 '뒤안'이다. 시야에 전시되는 사물, 그리고 자신의 기억에 적재되어 순간적으로 연상되는 대상들, 모두가 '뒤안'이 있음을 확고하게 신뢰한다. 이 믿음을 확인시키기 위해 화자는 사례를 시의 문면에 실증적으로 예시한다.

　　"젊은 어머니가 두 아이를 안고 투신자살"하고 "유괴한 아이를 생매장하"고 "칼부림으로 피를 흘리"지만 그 '뒤안'에는 그렇게 할 수밖에 없는 필연성이 내재함을 주시한다. "생로병사와 희로애락이 있는 데에 모두 모두 뒤안이 있"다는 사실을 극구 옹호하듯 병기를 거듭하며 강조한다. 화자는 끝내 "세상은 뒤안의 그늘입니다"하고 자신의 주장을 옹호하듯 단언한다. 화자가 내리는 결론의 당위성 속에는 그만큼 화자의 눈에 비치는 세계가 온당하지 않다는 부정적 의미를 내포한다. 하지만 '뒤안의 그늘'을 보면서 '뒤안'에도 '그늘'이 있음을 중시한다. 부정적 의미에게 다시 긍정의 시선을 보낸다. '뒤안의 그늘' 은 반복된다. 화자의 시선이 가 닿는 그곳은 긍정과 부정이 혼용되면서 초월하는 지점이 된다.

"황홀한/아편꽃이/조용히/흔들"리는 그곳 '뒤안'은 생의 비경이 서려 있는 경지이다. '아편꽃'은 강렬함과 부드러움을 동시에 지닌다. 미혹에 빠지게 할 만큼 아름다움을 주지만 그 이면에는 파멸로 이끄는 중독성이 내재함을 어쩌지 못한다. '뒤안의 그늘'이 그곳에 있음을 화자는 보여준다.

화자의 시선에는 모든 대상물이 마치 "황홀한/아편꽃이/조용히/흔들"리는 것처럼 보인다. 온 천지 두두물물이 '아편꽃'이며 그래서 모두가 '뒤안의 그늘'이 있음을 부정 속에 다시 긍정한다. 긍정 속에 부정이 있으며 부정 속에 긍정이 내재함을 다시 긍정한다. 화자는 긍정과 부정 양변을 포월包越하며 세상을 온유하게 관조하는 것이다.

3. 공존의 방식

자신이 존재하는 곳, 그곳은 자기 정신의 뿌리이며 자신이 처음 시작한 '마음의 고향'이다. 상재지향桑梓之鄕이며 자신의 본원인 자가상재自家桑梓다. 자기 집 담 밑에 심어둔 뽕나무와 가래나무가 여전히 그곳에 있다고 신뢰를 보내듯 김영석이 가고자하는 그의 시세계는 김영석의 내면에 존재한다.

모든 인간은 천성으로 회귀하려는 무위적 본능을 지닌다. 무위적 본능은 유위가 빚어내는 인간의 범주를 역행하지 않아야 한다. 무위는 균형 있는 삶을 유지하게 하는 저울추 역할을 한다. 또한 자연의 순리를 따른다. 본원으로 돌아가 자연의 흐름에 순응하려 한다. 자신의 본래면목本來面目으로 회귀하고자 하는 김영석의 의지가 시의 곳곳에 현현한다.

　　이 풍진 세상에서
　　이리 맞고 저리 터지면서 시난고난 살던

순하디 순한 한 사내가
사람들이 무섭고 사람들의 시선이 두려워
참으로 해괴한 꿈을 갖게 되었다
다른 사람들은 자기를 볼 수 없지만
자기는 이 세상 뭐든지 볼 수 있는
투명인간이 그는 되고 싶었다
다른 사람들의 시선에서 자기가 생겨나고
자기의 시선에서 세상의 꼴이 생기는 이치를
그는 정말 쬐금도 몰랐다
그것은 실로 왕이 되는 꿈이지만
…〈중략〉…
어느 날 산기슭에 사람들이 웅성거리며
아주 왜소한 알몸의 시체를 보고 있었다
마치 고치 속의 마른 애벌레처럼
투명한 셀로판지에 싸인 왕이었다
투명한 혼이 되어서야
백성을 버리고 왕은 꿈을 이루었다
맑은 하늘이 조용히 굽어보고
나무들이 바람에 사운대며 지켜보는데
모인 사람들이 모두 왕답게
한마디씩 제 주장들을 하고 있었다

ー「왕의 꿈」 부분

　"순하디 순한 한 사내가" "이 풍진 세상"을 사는 방식은 "사람들이 무섭
고 사람들의 시선이 두려워" 혼자 꿈꾸는 삶을 그리게 된다. 그런 삶을 희
구해 보지만 일상에서 접하는 현실을 피할 길이 없음을 인지하는 화자는
체념을 하게 된다.

　화자의 총체적 현실인식은 부정적이다. 왜곡된 현실을 긍정으로 돌리
기 위해 화자가 할 수 있는 유일한 돌파구는 현실을 벗어나는 길 즉 화자

의 꿈이 실현되는 이상적인 길을 찾아내는 일이다. 그 방법은 현실화 되지 않는다. 화자는 그래서 꿈을 확대해본다. '투명인간'으로 변하는 것, 타인의 시선을 전혀 의식할 필요가 없는 것, 그러나 그것은 오로지 혼자였을 때 가능한 일이다. 자신의 존재라는 것은 타자와 공존할 때 확보되는 영역이다.

"다른 사람들의 시선에서 자기가 생겨나고/자기의 시선에서 세상의 꼴이 생기는 이치를"몰랐다는 시적 공간을 설정하며 화자는 "실로 왕이 되는 꿈"만이 이룰 수 있는 지경임을 넌지시 암시한다. 하지만 "왕이 되는 꿈"을 이루기 위해 "이 풍진 세상"을 휘돌지만 세상은 "왕이 되는 꿈"을 용납하지 않는다.

"아주 왜소한 알몸의 시체를 보고 있"는 사람들에 의해 비로소 왕의 실체가 드러난다. 그러나 "투명한 혼이 되어서야/백성을 버리고 왕은 꿈을 이루었다"고 화자가 표출하듯이 '왕의 꿈'은 '백성'을 떠나야 이루어질 수 있음을 밝힌다. '백성' 없는 '왕'은 이미 '왕'이 아니다. '투명한 혼'만이 '왕'을 이룰 수 있는 유일한 방편임을 화자는 제시한다.

「왕의 꿈」은 화자의 자화상이며 나아가 "이 풍진 세상"을 감내하며 살아가는 우리들의 자화상이다. 또한 "순하디 순한 한 사내"로 세상과 대립하는 김영석이 안고 있는 꿈의 실체다. 따라서 '투명한 혼'만이 세상의 '왕' 노릇을 할 수 있다는 역설적인 의미부여가 화자의 "아주 왜소한 알몸의 시체를 보"듯 자기위안으로 느껴진다. 그것은 또한 우리가 우리 자신의 위축된 내면을 돌아보는 일이기도 하다.

밤이 깊다 이 캄캄한 어둠은 온갖 기계들이 숨을 쉬면서 내뱉은 것이다 어둠은 쇳가루처럼 무겁다 하나님이 처음에 당신의 모습을 따라 당신을 닮은 사람을 만든 뒤에 사람도 제 모습을 따라 저를 닮은 기계를 만들기 시작한 지 참 오래되었다 저절로 된 것 말고 만들어진

것들은 모두 주인이 사용하기 위하여 작동되는 기계들이다

···〈중략〉···

아, 기계들도 입력된 대로 사랑하고 슬퍼하고 분노하고 눈물을 흘린
다 그러나 눈물은 투명하지도 않고 짜지도 않다 기름 냄새가 나고 쇠
붙이에 슨 붉은 녹 냄새가 난다 기계의 눈물은 녹이 물든 피눈물이다
서로가 서로를 만드는 무한반복의 둥근 고리 그 둥근 고리에 갇힌 캄
캄한 밤 기계들은 쇳가루 같은 어둠을 뱉어 내며 붉은 눈물을 흘린다
　　　　　　　　　　　　　　　　 —「기계들의 깊은 밤」 부분

존재하는 것들은 "저절로 된 것"과 "만들어진 것들" 두 가지로 구성되
어 있다고 화자는 설정한다. 화자가 주목하는 부분은 "하나님이 처음에
당신의 모습을 따라 당신을 닮은 사람을 만든 뒤에 사람도 제 모습을 따
라 저를 닮은 기계를 만들"었다고 전제하는 문면이다. 여기에는 하나의
가설이 또 다른 가설과 병행한다. "만들어진 것들은 모두 주인이 사용하
기 위하여 작동되는 기계들이"라는 것이다. 필요에 의해 '만들어진 것'은
용도에 맞게 사용되어야 한다. 그게 피조물의 운명이다. 시적 화자는 이
점을 중시하면서 '기계'들에게도 하나의 생명이 깃들어 있음을 감각한다.
　'기계들'의 회전하는 광경을 보고 그 소리를 들으면서 "기계들도 입력
된 대로 사랑하고 슬퍼하고 분노하고 눈물을 흘린다"면서 유정물有情物이
될 수 있음을 제시한다. "쇠붙이에 슨 붉은 녹 냄새"라고 하면서 "기계의
눈물은 녹이 물든 피눈물"로 전환하는 것은 무정물無情物이 곧 유정물과
다르지 않다는 화자의 인식을 보여준다. 생명 없는 것의 생명 있음이다.
일체중생 실유불성一切衆生 悉有佛性, 모든 존재에게 불성이 있다는 존재
의 의미를 부여한다. 그게 바로 "하나님이 처음에 당신의 모습을 따라 당

신을 닮은 사람을 만든" 이유와 다름 아니다. 나아가 그것은 "서로가 서로를 만드는 무한반복의 둥근 고리"가 이루어지는 이치가 되기도 한다. 상의相依에 의해 "무한반복의 둥근 고리 그 둥근 고리에 갇"혀 있는 것을 시적 화자는 자신도 '기계'와 다르지 않다는 시선으로 바라본다.

"쇳가루 같은 어둠을 뱉어 내며 붉은 눈물을 흘"리는 '기계'는 다름 아닌 형상화된 화자의 '붉은 눈물'이다. '깊은 밤' 어둠 속에 갇힌 미명의 자신을 바라보는 화자의 회한의 눈물이다. 동시에 김영석이 존재에 대한 깨달음 속에 역설적으로 흘리는 희열의 눈물이다.

> 어딘가 거기 앉아서
> 내내 조용히 우리를 보고 있는데
> 또 문득 돌아보면
> 거짓말처럼 그것은 보이지 않는다
> …<중략>…
> 그리고 보니 고양이가 숨어 있지 않은 곳은
> 아무 데도 없다
> 푸나무에도 벌레에도 돌멩이에도
> 아니, 보이는 모든 것 속에
> 그놈이 숨어 서로를 지켜보고 있다
> 우리도 결국 우리 속에 숨어 있는
> 그 놈의 눈을 통해 무엇인가 보고 있다
> 모든 것이 고양이의 눈이다
> 고양이가 다 보고 있다.
>
> ―「고양이가 다 보고 있다」 부분

시적 화자는 성장과정에서 신출귀몰한 '고양이'의 행동을 지켜본 기억이 강렬하게 남아 있다. '고양이'에게 감시당하고 있다는 의식은 "고양이가 숨어 있지 않은 곳은/아무 데도 없다"는 인식이 전제된다. 자신의 기억 속 '고양이'는 의식과 무의식에도 존재하는 특별한 존재로 각인되어 있다. 기억의 잔존이다. 나아가 "푸나무에도 벌레에도 돌멩이에도" 눈에 보이는 나무와 하찮은 미물과 무정물인 '돌멩이'까지도 '고양이'가 있다고 단정한다. 또한 "보이는 모든 것 속에/그놈이 숨어 서로를 지켜보고 있다"고 하면서 '서로' 관계되고 있음을 중시한다.

"우리도 결국 우리 속에 숨어 있는/그놈의 눈을 통해 무엇인가 보고 있"는 하나의 존재이며 "모든 것이 고양이의 눈"으로 얼마든지 변용될 수 있음을 드러낸다. 보이지 않는 곳에서 보이는 곳을 보면 보이지 않는 곳은 알 수 없다. 이처럼 문면에서 경계 없는 무형상이 잠시 형상으로 존재함을 보여준다.

다음 예시하는 시 「알에 관한 명상」의 '알'은 "고양이의 눈"이 되기도 한다. 인드라망의 중중무진세계를 휘돌고 다시 지금 여기로 돌아온 "고양이의 눈"이다. 이렇게 시적 화자의 존재에 대한 물음을 '고양이'에 비견하며 "고양이가 다 보고 있다"는 사실을 인지하게 한다. '우리'의 내면까지 속속들이 시선의 반경을 넓히는 "고양이의 눈"은 김영석이 자신과 독자에게 동시에 던지는 화두의 다른 이름이라고 할 수 있다.

참 이상한 일이다 처음에 알 속에서 나와 여전히 알 속에 있고 온갖 것 온갖 일들이 저저금의 알 속에서 나와 여전히 알 속에 있는데 그 모든 알들이 하나일 뿐이라는 것은 참으로 만고의 수수께끼가 아닐 수 없다 이것은 순전히 말놀음인가 아니다 무엇이 생겨날 때는 반드시 알 속에서 생기는 것이니 알이 없다면 말도 생겨날 수가 없는 것이다 그러니 말이 말에 대하여 말한다는 것은 말이 되지만 말이 저를 낳은 그 알 수 없는 알에 대하여 말한다는 것은 제가 제 발을 걸고넘어지는 꼴이어서 말이 안 된다 그리고 더 기막힌 것은 알은 아무도 보

지 못했고 도무지 볼 수도 없다는 사실이다 그러니 결국은 고요한 알
이 없다는 것이 있을 뿐이다

없음이 있다
알은 없다
그러므로 알은 있다고 말한다
세상이 잠겨 있는 알은
여전히 아늑하고 고요하다

— 「알에 관한 명상」 부분

시적 화자의 「알에 관한 명상」은 존재에 대한 명상이며 물음이다. 얼핏
선문선답禪問禪答처럼 자신에게 화자는 무수한 질문을 던진다. 무릇 세상
에 존재하는 것들에게 존재하는 이유를 묻기 전에 자신에게 먼저 질문을
던지는 형국이다.

"알 속에서 나와 여전히 알 속에 있는데 그 모든 알들이 하나일 뿐이라
는 것은" 한 생각 일어나는 그 순간에 한 세계가 시작되고 한 생각 사라지
는 그 순간에 한 세계가 사라진다고 하는 또한 화자의 한 생각이다. 그런
세계는 일즉일체다즉일一卽一切多卽一「법성게」을 함유한다. 하나의 '알'
이 '모든 알'이고 '모든 알'이 하나의 '알'이다. 태초유무泰初有無, 무유무명
無有無名, 일지소기一之所起「장자, 천지편」처럼 태초에 그 무엇도 존재하
지 않는 곳에서 하나가 시작된다. 김영석은 이 모든 것에 대해 스스로 '말
놀이'라고 하면서도 "알이 없다면 말도 생겨날 수가 없는 것"을 은연중 명
시한다.

언어가 태동한 이후 생각이 뒤따른다. 언어 없는 생각이 없으니 그 둘
의 병행은 필연이다. 존재가 언어에 의해 증명되는 형국이다. 존재에 대
해 "알 수 없는 알에 대하여 말한다는 것은 제가 제 발을 걸고넘어지는 꼴
이어서 말이 안 된다"고 그는 의문을 제기한다. 하지만 "알은 아무도 보지

못했고 도무지 볼 수도 없다는 사실"에 대해 나름 '기막'혀 하면서 "고요한 알이 없다는 것이 있을 뿐"이라고 결론을 내린다. 그의 결론이 과연 부정일까. 그가 내리는 결론은 '알'은 있으되 '고요한 알'이 없다는 뜻으로 해석해도 되는 것일까. 그가 자신의 시 면면에 부정을 반복하면서 '명상'에 빠져 있다고 하듯이 '알'은 '고요'하되 잠시도 그 움직임을 멈추지 않는다.

김영석이 "없음이 있다/알은 없다/그러므로 알은 있다고 말한다"라는 문면은 부정의 반복을 통하여 결론 없는 결론에 도달하는 김영석의 '명상'이다. '명상'을 하고 진리를 긍정하기 위해서는 무수한 부정의 반복을 거쳐야 한다. 더 이상 부정할 수 없을 때 부정 속에서 하나의 진리는 비로소 진리로 존재한다. 『금강경』이 부정 속에서 부정을 더 이상 부정하지 못하니 진리로 귀결되는 '즉비卽非 논리'와 상통한다.

「알에 관한 명상」은 결국 도道에 대한 그의 물음이다. 천하만물생어유天下萬物生於有, 유생어무有生於無「도덕경, 40장」라고 하듯 천하만물은 유有에서 나오고 유는 무無에서 나온다. 따라서 그가 표현하는 "여전히 아늑하고 고요하"게 '명상'을 하는 것은 무화無化로 향한 그의 몸짓이다.

무화로 향한 김영석의 존재에 대한 '명상'은 현상계의 진공묘유이며 나아가 끊임없이 현시하는 김영석의 역설적인 사유의 명료화 작업이라고 할 수 있다.

4. 무주(無住)에 머물며

김영석은 자신이 경험하고 진행되는 깨달음, 그 현묘한 세계를 자신의 언어로써 보여주려 한다. 초논리의 세계를 시적 언어로 보여주는 것은 쉬운 일이 아니다. 역순종횡逆順縱橫하는 현상계를 꿰뚫는 맑은 눈을 지니고 있을 때만 가능한 일이다. 그는 사리분별의 망상이 없는 눈으로 세상을 보려고 나름 고심한다. 그리고 끝내 지금 우리가 존재하는 이 자리의 중요성을 깨우치는 일이 더 중요하다고 자신의 시를 통해 우리를 일깨운다.

벌레야 너는 어디서 오니
네가 온 곳에서 온단다

온 곳 *거기*가 어디니
거기가 여기란다

─「문답1」 부분

김영석은 일관되게 존재의 근원을 묻고 답한다. "벌레야 너는 어디서 오니" 묻고 "네가 온 곳에서 온"다고 답한다. 또한 "온 곳 거기가 어디"냐고 묻고 "거기가 여기"라고 답한다. 이 자문자답은 김영석이 존재의 근원을 파고드는 방식이다. '여기'가 없는 곳은 존재하지 않는다. '여기'가 있음으로 '거기'가 존재한다.

"온 곳 거기가 어디"냐의 끝없는 물음은 생이 다하는 순간까지 계속된다. 살아있음의 자각이다. 가는 곳마다 본래자리이고 이르는 곳마다 처음 출발한 자리다. 행행본처行行本處 지지발처至至發處다. '여기'의 존재가 '거기'가 존재하는 이유와 의미가 되고 서로가 서로를 연결하며 존재한다. 공존이다. 포월의 이치가 선명하게 드러난다. 상의相依와 연기緣起에 의해 존재가 거듭되고 있음을 표상한다.

… 결국 이쪽은 저쪽이 되고 저쪽은 이쪽이 되고 만다. 분별이 되기도 하고 분별이 되지 않기도 한다.

…<중략>…

저 안개가 실은 우리가 피워 올린 안개 아닌가 생각이 자꾸 들어
요. 그러니까 만일 우리가 저쪽에서 본다면 이쪽도 안개에 가려서 아
무것도 보이지 않을 지도 모른다 하는.

가만, 나도 근래에 비슷한 생각을 되풀이했는데. 이런 생각이 들더
군요. 우리는 이미 강 저쪽에서 이쪽으로 건너왔다 하는. 그렇다면 저
쪽으로 건너갈 필요가 없지 않습니까. 결국 당신 이야기는 저쪽이 곧
이쪽이라는 말 아닙니까. 딴은 그럴 수도 있겠다 싶습니다만.

…<중략>…

어디로도 갈 곳이 없는 그대는
그러므로 어디론가 길을 떠나야 한다
새를 따라 허공을 날아가는 물고기처럼
물고기 따라 강물 속을 헤엄치는 새처럼
갈 길이 없으므로 갈 길이 있으니
그대는 살아서 떠나야 한다

– 사설시 「나루터」 부분

김영석의 사설시 「나루터」는 사설시라는 형식을 빌리고 있는 자문자
답이며 일종의 선문선답이다. 수없이 전변하는 상황을 설정하면서 화자
는 곡진하게 '쌍둥이'인 '분신'을 내세운다. 그 또한 수없이 변주되는 또
다른 자아다. 시적 화자는 이렇게 변주되는 자아에 대해 긍정과 부정을
거듭하며 끝내 자신의 본원으로 회귀하는 방편을 드러낸다.

"이쪽은 저쪽이 되고 저쪽은 이쪽이 되"는 경지는 양변을 포월包越하는
경지다. 왼손과 오른손이 서로 다른 손이지만 한 몸에서 나왔고 한 몸에
붙어 있다는 이치와 다름 아니다. "분별이 되기도 하고 분별이 되지 않기
도 한다."는 것은 결국 불이不異와 불이不二에 맞닿는다. 세상은 이치적으
로 구분이 되지 않는다. 태극의 음양도 결국은 하나에서 비롯되고 하나에

귀결된다. "저쪽에서 본다면 이쪽도 안개에 가려서 아무것도 보이지 않을 지도 모"르는 것처럼 우리는 우리 안에 갇혀서 생각하기 때문에 '저쪽'을 의식하지 않는다. 시적 화자가 "우리는 이미 강 저쪽에서 이쪽으로 건너 왔다 하"고 말하는 것은 구분되지만 분리는 할 수 없다는 이치를 표명한 다. 때문에 "저쪽이 곧 이쪽이라는"는 '당신 이야기'는 곧 '나'의 이야기가 된다.

김영석 긍정은 부정 속에서 비롯된다. "어디로도 갈 곳이 없는 그대는/ 그러므로 어디론가 길을 떠나야 한다"는 시적 화자의 권유는 화자의 의지 에 더 동조해달라는 강력한 시사가 된다.

'갈 곳이 없는 그대'는 '갈 곳이 없'기 때문에 어디고 '갈 길'이 있는 것이 다. 부정은 더 강한 긍정과 다르지 않다. 존재론적 이원론은 김영석게 극 복의 대상이다.

'물고기'가 물을 벗어나 '허공'을 날아가듯이 '새'가 "강물 속을 헤엄치" 듯이 "저쪽이 곧 이쪽"인데 구분하지 말라는 주문이다. 분별을 벗어나면 더 넓은 세상이 보인다. 지도무난至道無難 유혐간택唯嫌揀擇「3조 승찬대 사의 신심명」에서 강조하듯이 분별하지 않으면 모든 진리에 이르는 일이 어려운 것이 아니다. 분별을 벗어난 그곳에 세상을 바르게 볼 수 있는 혜 안이 열린다. "갈 길이 없으므로 갈 길이"열리는 역설의 미학이 존재한다.

김영석은 "그대는 살아서 떠나야 한다"고 하듯이 또 다시 새로운 길을 찾아 떠날 것이다. 그곳은 "이쪽은 저쪽이 되고 저쪽은 이쪽이 되"는 지점이며 끝내 양변을 포월하는 김영석의 시적 공간이다.

김영석은 지금 「나루터」에서 자신이 타고 갈 배를 기다리고 있다. 목적 지를 자신이 결정해야 한다. 어쩌면 그는 자신의 목적지를 말하지 않지만 그곳을 자신이 태어난 그 시점부터 알고 있었는지도 모른다. 산다는 것은 그에게 자신이 가야할 그 목적지를 끊임없이 확인하는 숭고한 작업인지도 모른다.

『고양이가 다 보고 있다』고 의식하지만 김영석은 사실 그 의식마저도 두려워하지 않는다. 그는 깨어있는 눈으로 세상을 보고 '명상'을 통해 자신을 명징하게 보려고 한다. 존재의 정의를 내리는 일은 아직 확신하기 이르다고 의미를 점고하기를 반복한다. 분별하는 마음을 벗어버리고 있는 그대로 대상을 보고 자신의 근원을 보기 위해 자신을 담금질한다. 거기 「나루터」에 "저쪽이 곧 이쪽"이 되고 "이쪽이 곧 저쪽"이 되는 세상이 병존한다.

김영석 지향하는 곳은 결코 꿈의 세계가 아니다. 현상에 존재하는 양변을 포월하는 불이不異와 불이不二, 중도의 세상이다. 우리와 함께 가야할 "허공에 튼튼히 말뚝을 박아"(「그대가 어찌 구별하리오」)놓은 그곳을 김영석 "거기가 여기"(「문답1)라고 분명하게 말한다. 그곳은 모든 존재가 살아 공존을 거듭해야 할 바로 '지금 여기'로 무주의 자리이며 김영석이 무위진인無位眞人으로 서 있는 자리다.

(시와미학, 2015, 봄호)

이내의 기운과 기억의 소실점

– 김영석 시집『고양이가 다 보고 있다』

| 김정배

> 매미는 좋은 그늘을 얻어 제 자신을 잊고 있었다. 나뭇잎 뒤에 몸을 숨긴 사마귀가
> 매미를 노리고 있었다. 사마귀는 먹잇감을 노려보느라 제 몸이 노출되어 있다는 것을
> 잊고 있었다. 그 부엉이는 그 틈을 이용하여 사마귀를 잡아 제 잇속을 차리려고
> 본성을 잊고 있었다. 장자는 슬픈 듯이 말했다.
> "오호! 만물은 서로 연루되어 하나의 종류가 다른 종류를 불러들이고 있구나!"
> – 장자의「산목(山木)」편

일찍이 장자는 '산목'과 '소요유' 편에 실린 우화를 통해 절대경지의 자유를 역설한 바 있다. 산목과 소요유 편의 전언은 '도'가 만물의 질서를 주재하는 근본원리임을 확인하면서, '그 무엇에도 구속되지 않는 자유로운 삶'을 배경 삼는다. 이를 통해 장자는 세상의 모든 삼라만상이 속계의 속박에서 벗어나 자유로운 경지에 있기를 간청하면서, 현실세계의 모든 객관적 규정과 결정가능성의 세계를 초탈하려는 의지를 선보인다.

알려졌다시피 김영석 시인의 시작 행위는 도가사상에서 기인한다. 특히, 유불선을 통합한 '도의 시학'에 맞물린 시적 사유는 삼라만상의 모든 사물을 '도'와 '기'에 조응시킨다. 이 과정에서 시인은 세속을 벗고 인간

본연의 무위를 찾아가는 다양한 화두와 마주한다. 첫 시집『썩지 않는 슬픔』에서부터 네 번째 시집『외눈이 마을 그 짐승』까지의 도정은 그의 시적 자장을 도가적 사유로 묶기에 충분하다. 물론, 첫 시집에서 선보인 비극적 현실인식과『모든 돌은 한때 새였다』에 나타나는 설화성 짙은 비현실적인 것들은 그의 가벼운 시적 외도로 생각해 볼 수도 있겠으나, 근본적으로 그의 사유는 어김없이 도가적 사유를 통해 꿈과 현실의 경계를 무화해나가는 양상을 보인다. 그러면서 다시 현실과 환상을 무위로 봉합하는 과정을 반복하면서 자신만의 시적 본원을 확인한다. 이러한 사유는 시선집『모든 구멍은 따뜻하다』에 이르러 적극적으로 각인되면서, 이번에 상재한『고양이가 다 보고 있다』에 와서 궁극적인 도가적 사유의 소실점을 이룬다.

그 소실점을 지탱하는 원근의 힘은 모든 존재자의 생성과 소멸이 무위되는 이미지를 통해 지원된다. 이때 발생하는 이미지들은 지성이나 이성으로 수용하는 인식의 차원을 넘어, 아련하고 어렴풋한 순수를 '도의 시학' 속으로 끌어당기는 역할을 자진한다.

해 질 녘 낮과 밤이 한 몸이 된
어슴푸레한 이내를 보셨나요
참으로 까마득한 세월
하늘과 땅이
무선통신으로 교신한 무량한 말씀이
쌓이고 쌓여 마침내 숨을 쉬게 된
그 아롱아롱 살아 있는 이내를 아시나요
이내의 숨결은 또 어쩔 수 없이
이 세상 만물과 뭇 생명의
몸이 되고 맘이 되어
한량없이 속말을 서로 주고받으며

하늘과 땅의 수작에 울력한다는 것도
당신은 아시나요
밝은 대낮에도
어디서나 어느 것이나 아지랑이가 피어오르고
우리 맘이 한 가지를 보고도 서로 다르고
분명하게 아는 것은 하나도 없지만
아슴아슴 아노라 느끼는 것은
이내의 숨결이 이냥 그래 그런다는 것도
당신은 아시나요
가없는 숨결은
보는 것도 아니고 아는 것도 아니라는 걸
당신은 정말 아시나요

— 「이내를 아시나요」 전문

「이내를 아시나요」는 김영석 시인의 도가적 사유의 기운이 잘 나타난 작품이다. '이내'는 해질 무렵 멀리 보이는 푸르스름하고 흐릿한 기운을 뜻한다. 시인은 하늘과 땅 사이에 자리하는 이내의 숨결이 세상 만물과 뭇 생명의 몸이 되고 맘이 된다는 사실에 집중한다. 인간의 맘이라는 것이 '한 가지를 보고도 서로 다르고 분명하게 아는 것은 하나도 없다'라고 꼬집으면서도, 이내의 숨결은 '이냥 그래 그런다는 것'이란 사유로 시인은 통섭한다. '이내의 숨결'에서 '가없는 숨결'로 전이되는 과정에서 시인은 세상의 삼라만상이 '보는 것도 아니고 아는 것도 아니라는' 사실을 아슴아슴 깨닫는다.

아롱아롱 아슴아슴 생동하는 '이내'와 같은 '비움의 기운' 속에서 시인은 '바람', '안개', '물', '불', '눈', '꿈', '꽃' 등과 같은 이미지들을 불러 모으면서 '비움'과 '채움'이라는 기운생동을 시집 전편에 펼쳐놓는다. 가령, "보이지 않는 것들이 사는 허공 속에서/보이는 것들이 사는 이 세상"(「고양이가 다 보고 있다」)이나 "물속에는 밝은 불이 있어/불빛으로 어둠을 밝힌/맑은 강물"(「물방울 속 초가집 불빛」), "두루미는 날아가 없고/풍경은 주저앉은 채 우중충"(「낡은 병풍」)한 낡은 병풍의 묘사는 김영석 시인만의 기운 어린 도의 시품이 내재되어 나타난다.

> 뒤안은 보이지 않습니다 보이는 모든 것은 보이지 않는 뒤안이 있습니다 당신은 뒤안을 본 일이 있습니까 만일 그것을 보았다면 당신이 본 것은 이미 뒤안이 아닙니다 당신이 본 것은 다시 보이지 않는 뒤안이 있으므로 결코 당신은 뒤안을 볼 수 없습니다
>
> 모든 것은 뒤안이 있습니다 오리나무 갈참나무 잎갈나무 지렁이 굼벵이 동박새 벌새 승냥이 멧돼지 막대기 돌멩이 모두 모두 제 뒤안이 있습니다 어떤 일이 일어나면 거기에는 반드시 뒤안이 있기 마련입니다 …<중략>… 뒤안이 없는 곳은 아무 데도 없습니다 이 세상은 뒤안의 그늘인지 모릅니다 그렇습니다 세상은 뒤안의 그늘입니다
>
> —「아편꽃」 부분

보는 것도 아니고 아는 것도 아닌, 이 아련한 시적 감각의 층위는 시인의 기억 방식에도 적극적으로 개입한다. 그 기억은 '망각'이라는 시적 사유를 다채롭게 변주해냄으로써, 인간이 기억하는 것들에 대한 '뒤안'을 마련해준다. 김영석의 시세계가 꾸준히 '도의 시학'과 유기적이었다는 점을 감안하면, 이 '뒤안'은 '없음과 있음', '비움과 채움', '투명과 불투명'이라는 이질적 대상의 합일을 이루어 내는 매개로 인지된다. 동시에 시인의 기억의 오류를 수정하고 성찰하는 상징적 장소로써의 역할도 수행한다.

시인은 보이는 모든 것은 보이지 않는 뒤안이 있음을 연쇄적으로 자각한다. 하지만 그 뒤안은 우리가 인식하고 깨닫는 순간 달아나고, 도망치고, 사라진다. 모두 망각이 원인이다. 따라서 이 망각으로 상징되는 뒤안

은 인간의 인식 밖에 있기 때문에, 뒤안은 뒤안으로 인식되는 순간 그 의미를 스스로 실종시켜 버린다. '당신'이라는 시적 주체가 결코 볼 수 없는 이 '뒤안'에서 시인이 궁여지책으로 찾아낸 것은 바로 '그늘'이다.

여기에서 우리가 주목해야 할 것은 그늘에도 그늘의 원인이 있다는 점이다. 이 그늘의 현상을 통해 시인은 삶의 무수한 주름을 폈다 접는다. 이 과정에서 수거되는 성찰은 시인만의 존재의 접합지점에서 소용돌이를 이룬다. 무수한 주름이 침잠하는 그 망각의 그늘 속에서 김영석 시인은 비로소 자신의 본연의 모습을 목격하고 있는 것이다. 그래서 시인은 "아, 기억만 거울처럼 비치는 것이 아니구나/망각은 더 맑고 고요한 거울이구나"(「거울」)라고 자백한다. 시인의 자백 속에는 "아득한 기억의 저편에서/제 얼굴을 찾으러/제 이름을 찾으러"(「봄비」)오는 것들과 '제 존재에 맞는 색깔을 찾아주는 아이'(「바람의 색깔」)의 모습이 응축되면서 시인만이 지닌 도가적 사유의 휘장을 친다.

이렇듯 김영석 시의 생성과 귀결의 중심점은 아슴아슴하고 아롱아롱한 이미지들로 채워져 있다. 비어감으로써 채워지는 무수한 주름 속에서 시인은 기억 뒤편의 망각을 선택한다. 망각의 현상은 시인의 시적 도정을 지탱해주는 중요한 원인으로 제시되면서, 동시에 도의 시학을 결정짓는 중요한 경험구조를 잉태한다. 또한, 시인은 인위적이고 기계적인 것들에서 비롯되는 폭력적이고 이분법적 사유(「흙덩이가 피를 흘린다」, 「아스팔트 길」, 「기계들의 깊은 밤」 등)에서 벗어나 우주와 자연의 생명원리에 제 존재를 맡기는 질서와 조화에 시선을 집중한다.

종국적으로 김영석 시인은 '자신의 눈이 상수리나무의 눈'이며, '자신이 본 것은 상수리나무가 본 것'(「내가 본 것은 상수리나무가 본 것이다」)이라고 명명하는 도가적 성찰을 통해 자신만의 호접지몽을 성찰해낸다. 그의 시심이 '흰백지' 위에서 '아우성'치는 절대경지의 고요함으로 우리에게 기억되는 것은, 시인 자신이 이미 '무릎까지 빠지는 그 눈밭을 끝없이 걸어/아득한 소실점'(「흰 백지」)이 되어버렸기 때문인지도 모른다.

* 계간 『문예연구』(2014. 겨울호)에 「아슴아슴 아롱아롱 덜미잡힌 것들의 아우라」란 제명으로 게재되었던 서평 중 김영석의 부분만을 발췌한 것임.

부 록

관상시에 대하여

관상觀象은 상象을 직관한다는 뜻인데 주역周易의 방법이기도 하다. 그래서 주역 철학을 관상 철학이라고도 한다. 또 한편으로 동양의 시적 전통에서는 시 작품을 평할 때 흔히 기상氣象이 늠연하다느니, 기상이 보이지 않는다느니 하는 말들을 하는데, 이러한 표현에서 알 수 있는 바와 같이 상, 즉 기상이란 것은 시에서도 전의적轉義的으로 매우 핵심적인 개념이 되어 있다.

동양의 철학과 시는 상을 직관하는 것을 중시하는 전통이 있고 서양의 철학과 시는 의미 의 사고를 중시하는 전통이 있다. 한 쪽은 직관의 길이요 다른 쪽은 사고의 길이다. 상과 직관은 일차적이고 자연적인 것이요 의미와 사고는 이차적이고 문화적인 것이다.

그런데 오늘날은 사고의 힘이 일방적으로 지배하는 상황이 되었다. 그 결과 의미의 지적 조작에 의해 무수한 이데올로기가 생산되어 세상은 갈등과 투쟁이 그치지 않게 되고 과실재(hyperreality)와 과공간(hyperspace)이라는 유희적 세계가 난무하게 되었다. 심지어는 이른바 순수 모조(pure-simulation)까지 등장하는 바람에 도대체 무엇이 현실이고 초현실

인지, 무엇이 참이고 거짓인지 신조차 알 수 없는 지경이 되어버렸다.

이러한 상황에서 참다운 현실 혹은 자연으로 돌아가고자 하고, 사고의 인위적이고 지적인 조작으로부터 직관의 자연적인 본능으로 회귀하고자 하는 반동이 생기는 것은 지극히 당연한 일이다. 바로 여기에서 동양의 시적 전통에 따라 상의 직관을 위주로 하는 관상시가 요청되는 것이다.

상이란 기氣가 움직이는 모습, 즉 기상氣象이다. 기는 우주의 본체라고 도 할 수 있는 것이므로 이 세상의 모든 존재와 현상은 기의 생성이 아닌 것이 하나도 없다. 그럼에도 불구하고 기가 움직이는 모습은 볼 수가 없다. 우리는 다만 기가 움직여 생성한 사물과 현상을 볼 뿐이고 그 사물과 현상의 구체적인 움직임을 통해서 기의 움직임을 느낄 수 있을 뿐이다. 그래서 상을 구체적 동작과 구별하여 순수 동작이라 부르는데 우리말의 <짓>과 같은 뜻이라 할 수 있다. 예컨대 손짓, 발짓, 눈짓 등 구체적 동작 속에서 우리는 상이라는 순수 동작 즉 짓이 나타나고 있음을 알 수 있다. 예컨대 싹을 보면 위로 솟으려는 기운을 느끼게 되고 기쁜 일이 있는 사람한테서는 밝게 피어나는 기운을 느끼게 되는데, 바로 이 느껴지는 기의 움직임, 즉 기운이 짓이요 상이다.

기는 자연이다. 기는 사람을 포함하여 천지만물을 생성하면서 처음도 끝도 없이 자연 전체에 일관하여 흐른다. 사람의 마음도 이 생성의 정점 에 있는 기의 산물인 것은 더 말할 나위가 없다. 따라서 몬(物)과 몸(身)과 마음(心)은 불연속적인 것이 아니라 연속적인 것이다. 이 연속성 때문에 우리는 자연 혹은 상을 직관할 수 있게 된다.

직관이란 곧 느낌이다. 느낌은 두뇌의 사고를 통해서 간접적으로 이루 어지는 것이 아니라 직접적인 몸의 접촉을 통해서 이루어진다. 다시 말 하면 느낌은 가슴이나 창자와 같은 내장 기관의 앎과 같은 것이다. 그러 므로 느낌은 모호하고 무정형적인 것이기는 하지만 사고에 의해 자연을 왜곡하기 이전의 가장 확실한 앎이라 할 수 있다.

그런데 사람의 마음은 상을 직관하는 자연적 차원에만 머물러서는 만족할 수가 없다. 상은 결국 지각과 의식의 여러 단계를 거치면서 변성되고 분절된 기호적 의미 속에 정착하게 된다. 이리하여 사람의 마음은 기호적 의미를 가지고 사고의 길을 걷게 되면서 문화적 차원에서 작동하기 시작한다. 자연을 문화로 교체하여 살 수 밖에 없는 것이 인간의 숙명인 것이다. 사람은 이제 사고에 익숙해진 만큼 직관의 힘은 쇠미해져서 직접 자연으로 돌아가 거듭거듭 생신하여 나올 수 있는 일이 어려워졌다.

상을 직관하자면 사고의 길이 생성된 과정을 역순으로 더듬어 내려가 의미의 뿌리를 파고 들어가야 한다. 후기 구조주의 철학자 들뢰즈는 의미의 뿌리를 파고 들어가다가 이른바 명제 안에 존속하는 순수 사건을 최종적으로 발견했는데 이것은 일견 직관의 대상인 상과 비교적 흡사한 것으로 생각된다. 그러나 이 순수 사건이 문법적으로 부정법의 차원에서 언표되는 것인 한 구체적 의미로 분화되기 이전의 순수 의미는 될지언정 상과는 근본적으로 차원이 다른 것이다. 상이라는 순수 동작은 순수 의미 이전의 분절되지 않은 자연으로서 직관의 대상일 뿐이고 순수 의미는 어디까지나 의미인 만큼 의식 공간에서 분절된 것으로서 사고의 대상일 뿐일 수밖에 없기 때문이다.

따라서 우리가 직접 자연 또는 실재가 나타난 현실을 보자면 '몬-몸-마음'의 연속성 속에서 마음과 자연의 접촉점인 몸을 주목할 수밖에 없다. 몸은 감각과 직관의 원천이다. 잘 알려진 바와 같이 원시인과 어린이의 심성의 본질적 특징은 감각과 직관의 기능이 압도적이라는 데에 있다. 그리고 융에 의하면 개체발생학적으로나 계통발생학적으로 사고와 감정은 이 감각과 직관으로부터 파생된 것이라 한다.

이와 같은 까닭에 융은 인간 정신의 네 가지 기능을 좌표화하면서 사고-감정의 대극을 수직축으로 놓고 감각-직관의 대극을 수평축으로 하여 십자가 모양으로 교차시키고 있다. 비합리적 기능인 감각-직관은 자연과 접촉면을 이루면서 수평적 넓이를 형성하고, 이로부터 파생한 합리적 기능인 사고-감정은 자연과의 접촉을 버리고 수직적인 깊이를 형성한다. 이 수직적 깊이에서 인간의 지적 조작이 일어나고 인위적인 문화가 일어나면서 자연과 멀어지게 되는 것이다.

이 좌표를 바르트의 기호 모형에 비교해 보면 그 의미가 좀 더 뚜렷해진다. 바르트의 모형에서 1차 기호는 기표와 기의가 결합하여 지시적 의미를 형성하는 객관적 수준의 단계다. 이 수준의 언어를 언어-현실(language-realities)이라 하고, 이 수준의 기호가 전달하는 이미지를 기호학자들은 흔히 날 이미지(raw image)라고 부른다. 그런데 이 1차 기호가 다시 하나의 기표가 되면서 새로운 기의와 결합하게 되는데 이 단계를 2차 기호라 한다. 그러니까 2차 기호는 객관적 수준의 1차 기호가 주관과 문화의 렌즈를 통과하면서 굴절한 결과 형성된 함축 의미의 체계라 할 수 있다. 동일한 방식으로 2차 기호는 또 다른 함축 의미로 굴절하면서 3차 기호로 발전한다.

여기서 1차 기호인 언어-현실의 수준은 융의 감각-직관의 수평축에 대응하고, 2차 기호부터는 사고-감정의 수직축에 대응한다고 볼 수 있다. 수평축은 자연 혹은 현실과 접촉면을 형성하는 환유적 결합축이고 수직축은 자연 혹은 현실로부터 멀어지면서 인위적 문화가 형성되는 은유적 계열축이다.

바르트는 이런 까닭에 2차 기호부터는 신화라고 말한다. 그런데 이 주장은 기호학적 모형을 전제하고 있다는 점에 유의해야 한다. 엄밀히 말해서 인간의 심성론적 측면에서 본다면 유아적 원시 심성의 특성을 지닌 감각-직관이 이데올로기의 전 단계인 신화의 상像을 인식시키기 때문이다. 따라서 1차 기호가 형성되기 이전으로부터 1차 기호에까지 근본적으로 신화는 침투되어 있다. 다만 이 경우의 신화는 자연적인 것이라는 점에서 2차 기호의 그것과 구별된다. 2차 기호부터는 합리적 기능인 사고-감정에 의해서 인위적이고 능동적으로 신화가 구성되기 때문에 바르트는 기호학적 관점에서 바로 이 단계부터 신화라고 말했던 것이다. 어쨌든 바르트 식으로 말한다면 모든 문장은 신화인 셈이다. 그리고 이 단계의 신화는 분화된 사고-감정이 능동적으로 작동하여 형성한 이데올로기와 언제나 같이 가는 것이므로 또한 모든 문장은 이데올로기의 운반체인 셈이기도 하다. 신화와 이데올로기가 난무하면 할수록 자연과 현실은 왜곡 날조되고 갈등과 투쟁은 확대 심화될 수밖에 없다.

지금까지의 설명에서 대강 알 수 있듯이 결국 관상시가 겨누고 있는 것은 신화와 이데올로기를 가능한 한 걷어내고 자연과 현실을 있는 그대로 보자는 것이다. 자연과 현실을 마주하고 조용히 관상하자는 것이다. 그렇게 하자면 우선 사고-감정의 수직적 깊이를 최소한으로 축소하고 감각-직관의 수평적 넓이를 극대화해야 한다.

그런데 인간의 정신 기능은 서로 상보적 관계에 있기 때문에 한 가지의 기능만 순수하게 작동하지는 않는다. 사고, 감정, 감각, 직관 등이 서로 다소간에 섞이기 마련이다. 예컨대 직관적 사고와 같이 두 기능이 섞이게 되는 것이다. 그러므로 아무리 감각-직관 차원에서 대상을 바라본다고 해도 사고와 감정의 수직적 깊이가 완전히 사라질 수는 없는 것이다. 그리고 내향적 감각이나 내향적 직관의 경우는 주관적 현실이나 정신세계의 영상이 나타나기 때문에 일견 초현실성을 띠기도 한다. 따라서 감각-직관의 수평축이 극대화되는 데 비하여 사고-감정의 수직축이 얼마나 능동적인가 수동적인가 하는 구별이 중요하다. 관상시에서는 사고와 감정은 언제나 수동적이다.

결론적으로 말하자면, 관상시란 눈에 보이는 것이나 의미만을 가지고

너무 생각하지 말고 눈에 보이는 것 너머의 그리고 의미 이전의 보이지
않고 개념화되지 않는 움직임, 즉 상을 느껴보자는 것이다. 상은 느낄 수
밖에 없는 것이고 느낌이야말로 개념과 달리 모호하지만 가장 확실한 앎
이기 때문이다. 또한 동시에 인식론적 측면을 떠나서라도 시적 감동은 물
론이고 모든 예술적 감동에 있어서 그 '감동感動'이란 결국 감각—직관의
느낌과 섞여져 있는 미분된 감정에 불과하기 때문이다.

(시집 『외눈이 마을 그 짐승』, 문학동네, 2007)

제2시집 서문

문단에 나온 지 30년 만에 이제야 겨우 두 번째 시집을 내어 놓는다. 첫 번째 시집에서는 남이 쓴 해설 뒤에 후기라는 딱지를 달고 소회를 밝혔는데 이제는 굳이 그럴 일만도 아니라 생각되어 해설과 후기를 빼 버리고 어줍잖으나마 책 머리에 나서기로 했다. 얼마 전 어느 잡지에 몇 편의 시와 함께 발표한 짧은 글을 좀 보완하여 서문 삼아 여기 옮겨 적는다.

요즘은 하도 볼거리도 많고 장난감도 많아서 아이들이 재미삼아 그런 짓은 별로 하지 않을 것이다. 두 다리를 벌리면서 양손으로 발목을 잡고 상체를 반으로 접어 가랑이 사이로 뒤의 풍경을 바라보는 일 말이다.

나는 어렸을 적 성격이 내성적인 데다가 아주 한적한 시골에서 살았던 터라 늘 혼자 놀았다. 신나고 재미나는 일이 별로 없었다. 산길에서 개미들이 줄지어 기어다니는 것을 앉은뱅이 걸음으로 한없이 따라다니다가 막대기로 개미집을 들쑤시거나, 양팔을 한껏 벌리고 비행기 날아가는 시늉을 하며 논두럭길이나 밭두럭길을 숨이 찰 때까지 내달리거나, 쥐구멍이란 쥐구멍은 죄 찾아서 오줌을 싸거나 돌맹이와 흙덩이로 꼭꼭 다져 메우는 일, 고작 그런것들이 내가 할 수 있는 놀이의 전부였다. 그러그러한 시시한 놀이 끝에 나는 어느날 우연히 가랑이 사이로 뒤의 풍경을 바라보는 놀이를 발견하였다. 그것은 실로 내게 있어서 기적 같은 신세계의 발견이라고나 할 만한 것이었다.

내가 동구 밖 언덕길에서 가랑이 사이로 우리 동네를 처음 바라보았을 때 나는 내가 지금 꿈을 꾸고 있는 것은 아닐까 하고 의심했다. 가랑이 사이를 통하여 거꾸로 보이는 마을은 분명 우리 마을이면서 분명 우리 마을이 아니었다. 늘 무심코 지나쳤던 낯익은 마을 길과 버드나무가, 황토 흙담과 초가 지붕들이 생전 처음 보는 것처럼 너무나 생생하고 선명하게 다가들었다. 생생하고 선명한 만큼 생면부지로 낯설다는 것도 참으로 기묘하게 느껴졌다. 나는 몇번이고 다시 일어나서 마을과 주위를 자세히 눈여겨 살핀 다음 가랑이 사이로 고개를 박았다. 거꾸로 보는 풍경은 볼 때마다 여전히 새롭게 빛을 발했다.

가랑이 사이로 풍경 보기는 그때부터 나만의 은밀한 놀이로 굳어졌다. 나는 내 주위에 있는 모든 사물들을 하나하나 거꾸로 바라본 다음에야 바로 그 새로운 모습을 내 왕국의 주민으로 등록해 나갔다. 길을 가다가도 동네 아저씨나 아주머니를 만나면 나는 얼른 뒤로 돌아서 가랑이 사이로 그들을 바라보았다. 이 우스꽝스럽고 해괴한 짓거리 때문에 나는 어른들한테서 심한 핀잔을 듣는 것은 물론 한동안 놀림감이 되어야만했다. 그러나 나는 이 짓거리를 그 뒤로도 한동안 쉽게 포기하지 않았다.

그리고 거꾸로 보기에서 어렴풋이 깨달은 한 가지를 나는 나만이 아는 것으로 여기면서 은근히 스스로를 대견스럽게 생각했다. 그 한 가지란 텅 빈 허공을 보는 일이었다. 바로 서서 사물을 바라볼 때 내 눈은 사물에 사로잡히는 듯한 느낌을 받는다. 그런데 이상하게도 가랑이 사이로 사물을 바라보면 낯설고도 생생하게 빛나는 사물의 배후에 있는 공간이 압도할

듯이 다가오는 것이었다. 두 발을 땅에 딛고 바로 서서 눈길을 줄 때 눈길은 자연스럽게 지상의 사물에 가 닿거나 지평선을 향하지만, 가랑이 사이에 고개를 박고 거꾸로 바라볼 때 눈길은 자연스럽게 상향하여 드넓은 하늘을 보기 쉽다. 그런 때문일까. 거꾸로 보기에서 나는 사물들이 새롭게 보일 뿐만 아니라 그동안은 볼 수 없었던 허공을 <볼> 수 있다는 것을 깨달았다. 그리고 사물의 배후에 있는 그 공간이 바로 그 사물들을 낯설고도 생생한 빛으로 치장한다는 것도 함께 알았다.

이 어린 시절의 경험은 얼마 뒤에 거울 보기의 신선한 충격으로 이어졌다. 무심코 바라보던 거울에서 나는 어느날 가랑이 사이로 보기에서 처음 느꼈던 그 기묘한 느낌을 똑같이 받고 깜짝 놀랐다. 거울은 좀더 극적이었다. 거울 속에서는 왼쪽과 오른 쪽이 바뀌어 있었다. 나는 거울에 내 모습을 비치기 전에 텅 빈 거울의 면을 바라보다가 갑자기 내 얼굴을 거울 앞에 디밀고는 했다. 그럴 때마다 말끔하게 비어있던 거울의 공간이 내 얼굴을 호동그라니 받들어 보이고는 했다. 그것은 마치 아무것도 비치지 않은 거울의 빈 공간이 순간순간 내 얼굴을 기적처럼 만들어 내는 듯한 느낌을 주었다. 그 뒤로 나는 조그만 손거울을 들고 다니면서 주위의 모든 사물들과 풍경들을 비추어 보는 놀이에 한동안 빠져들었다. 심지어는 손거울로 뒤를 비쳐 보면서 뒤로만 걷는 일에 열중하기도 했다.

가랑이 사이 보기나 거울 보기가 사람의 말과 비슷하다고 느낀 것은 내가 나이가 들고 난 훨씬 뒤의 일이다. 내가 처음으로 시라는 것을 끄적거리기 시작할 때 나는 말도 거울과 비슷하다는 것을 알았다. 말 속에 담겨진 풍경이나 사물들은 실제보다 더 생동하고 빛나는 듯했다. 그러나 말과 사물은 미묘하게 어긋나 있다. 가랑이 사이의 구도와 거울의 반사 구도가 자기 주장을 하듯 말의 의미도 자기주장을 하면서 사물을 담아 내는 것이다.

가랑이 사이 보기나 거울 보기에서 텅 빈 공간이 사물을 생동하게 하듯이 말 또한 마찬가지다. 말의 의미는 아무것도 의미하지 않는 무의미가 빛을 내게 하는 것에 불과하다. 정면으로 말의 의미에만 사로잡힐 것이 아니라 가랑이 사이 보기나 손거울을 이리저리 조정하여 보듯 의미의 굴절과 반사를 만들어 내는 무의미를 함께 보는 일, 그것이 필요하다고 나는 생각하게 되었다.

시쓰기란, 물론 다 그렇다는 것은 아니지만, 말과 사물이 미묘하게 어긋난 그 틈으로 들어가는 일, 그 틈을 가능한 한 넓게 벌리는 일, 그 틈으로 무한대의 공간과 무량한 고요를 체험하는 일, 그래서 눈에 보이는 사물이나 말의 의미에만 매달리지 않고 자유롭게 살게 하는 일, 일종의 그런 것일 수도 있지 않을까. 가뜩이나 요즘처럼 사람들이 <없음의 있음>이나 <있음의 없음>을 까마득히 잊어버린 나머지 있음과 없음, 이론과 실천, 미학적 영역과 비미학적 영역, 구상과 추상, 의미와 무의미, 자아와 세계, 존재와 언어, 음성주의와 문자주의, 책과 텍스트 등등 무수한 분열과 대립을 초래한 마당에 그러한 시쓰기는 불가피하게 요청되는 것일 수도 있지 않을까.

나는 바로 위에서 열거한 대립항들이 동양의 사유 전통에 따라 일여적一如的인 것이라 생각한다. 다시 말하면 그것들은 하나이면서 둘이고 둘이면서 하나이다. 그것들은 상호 순환적이고 상호 생성적이다. 그래야만 생명과 존재와 자유가 하나가 되어 살 수 있다. 옛사람은 말하기를 '사람은 진실로 천지의 마음이다.' '말과 글이야말로 천지의 마음이다.'라고 했다. 이러한 일여적 사유가 아니면 무수한 대립과 분열을 초래하고 생명과 삶의 세계를 황폐화시킨 오늘날의 기술적 이성의 일방적 횡포로부터 벗어나기는 매우 어렵다고 나는 생각한다.

이런 까닭에 나는 나의 시가 공空과 존재와 언어의 일여적 순환과 생성 속에서 태어나 생명과 존재와 자유와 하나가 되기를 희망한다. 그러나 희망이란 희망으로만 남거나 그 배반이 되기가 얼마나 쉬운 일이던가.

1999년 8월 27일

청계산 기슭 삼가재(三可齋)에서 김영석

(제2시집 『나는 거기에 없었다』, 시와시학사, 1999)

한국 현대시와 도*

1. 문제의 제기 및 도의 실마리

서구 문예사조의 거센 혼류와 더불어 비롯한 한국의 현대시는 그 동안 자연스럽게 서구의 문학이론의 관점에서 논구되어 왔다. 좀 심하게 말한다면 한국의 현대시는 서구 문학이론의 보편성과 타당성을 증명하기 위한 적용대상으로서의 종속적 가치밖에 지닐 수 없었다고 하는 것이 그간의 상황이었다고까지 말할 수 있을 것이다. 이러한 전도된 연구상황의 극복을 위해서는 우선 우리의 문학사 안에 잠재되어 있는 문학론을 발굴하여 현대적인 관점과 논리체계 위에서 재해석하는 일이 시급히 요청되고 있다.

이와 같은 반성적 전제 아래 우리는 무엇보다 먼저 19세기 말엽 근대문학의 출현이 이루어질 때가지 연면히 지속되어 온 문이관도文以貫道 혹은 문이재도文以載道라는 전통적 문학사상과 바로 그 도의 체용體用이라 할

---

* 이 글은 1985년 5월 전국국어국문학회 연구발표대회에서 「만해시의 도의 형상화」라는 제목으로 발표된 것으로서 졸저 『도의 시학』(민음사, 1999) 중 만해의 시에 관련된 것을 일부 발췌하여 재구성한 것이다. 도 혹은 태극의 여러 개념과 그 자세한 시학적 논의는 이 책을 참조할 것.

수 있는 태극을 주목하게 된다. 궁극적인 우주론적 존재론적 본체이자 심성론적 본체인 도 혹은 태극의 상징적 의미가 한국의 현대시에 어떻게 형상화되고 있는지 분석해 낼 수 있다면 우리는 귀중한 문학적 전통의 계승은 물론 획일적인 서구의 이론적 관점으로부터 벗어날 수 있는 여러 가능성의 한 단서를 풀어낼 수도 있을 것이다.

도와 문文이 근원적으로 불가분의 관계에 있다는 인식을 최초로 보여준 것은 동양사상 최고의 본원이라 할 수 있는 역경으로부터 비롯된다. 다음의 인용문들이 바로 그러한 예라 할 수 있다.

> 비괘(賁卦)는 형통한다. 부드러운 것이 와서 굳센 것을 드러내므로 형통한다. 굳센 것이 나뉘어 위로 올라가 부드러운 것을 드러낸다. 따라서 가는 곳이 있으면 조금 이로우니 천문(天文)이요 문명(文明)에서 머무니 인문(人文)이다. 천문을 관찰하여 때의 변화를 살피고 인문을 관찰하여 천하를 이루어지게 한다.[1]

> 성인이 괘를 베풀어 상象을 관찰하고 거기에 말을 붙여 길흉을 밝혔다. …… 변화라는 것은 나아가고 물러오는 상이요 굳세고 부드러운 것은 낮과 밤의 상이요 육효가 움직인다는 것은 삼극의 도이다.[2]

---

1) 『주역』, 「비괘 단사」. "賁亨 柔來而文剛 故亨 分剛 上而文柔故 小利有攸往 天文也 文明以止 人文也 觀乎天文 以察時變 觀乎人文 以化成天下" 여기에 나오는 '柔來而文剛' '分剛上而文柔'의 문(文)을 김경탁 교수는 『주역』(명문당, 1978)에서 '수식한다' 라고 번역했다. 그러나 역리의 대대적(待對的) 인식─부드러움은 굳셈으로 인하여 부드러움이 되고 굳셈은 부드러움으로 인하여 굳셈이 된다는 식의 사유방식─을 전제할 때 '드러내다'라고 해야 그 뜻이 분명할 듯하여 필자는 그렇게 번역한다. 또 실제로 문(文)은 천문(天文), 인문(人文) 등에서와 같이 '드러난 모양'이라는 뜻으로 쓰이고 있다. 이가원, 『상해한자대전』(유경사, 1972) 참조.
2) 「계사전」 상. "聖人設卦觀象 繫辭焉 而明吉凶 …… 變化者 進退之象也 剛柔者 晝夜之象也 六爻之動 三極之道也"

위에서 보는 바와 같이 천문과 인문을 나란히 제시하여 유추관계를 성립시키고 있다. 천문은 하늘에서 도가 드러난 모양이고 인문은 사람한테서 도가 드러난 모양이다.[3] 또 두 번째의 인용문에는 삼극의 도 즉 천도, 지도, 인도 등을 하나의 통일된 구조로 파악하고 있다.[4]

역경에서 보여주고 있는 이와 같은 도문일체道文一體의 사상은 시대를 따라 의미의 굴절을 겪으면서 19세기 말엽까지 실로 한국문학사 전체를 관통하며 지배하는 핵심적 이념이 되었던 것이다. 남효온南孝溫의 다음과 같은 발언은 바로 역경의 그러한 인식을 단적으로 보여준다.

> 천지의 바른 기운을 얻은 것이 사람이요, 한 사람의 몸을 맡아 다스리는 것이 마음이며, 사람의 마음이 밖으로 퍼나온 것이 말이요, 사람의 말이 가장 알차고 맑은 것이 시이다.[5]

남효온은 위의 글에서 '천지=사람=마음=말씀=시'라는 등식을 도출해 내고 있다. 이것은 역경의 도문일체의 사상을 시학적 관점에서 더욱 분명하게 구체화한 것이라 볼 수 있다. 이 등식의 의미를 좀더 부연한다

---

3) 문(文)은 천지자연의 도가 드러난 모양이므로 문학은 자연을 모방하는 것이라고 생각되기도 한다. 「시위(詩緯)」에서, '시는 하늘과 땅의 마음이다(詩者天地之心)'라고 한 것은 그와 같은 생각의 표현이다. 이런 점에서 문(文)은 도가 드러난 모양, 즉 '무늬'라는 단순한 뜻으로부터 마침내 문장 혹은 문학이라는 뜻에 이르기까지 그 의미의 폭이 매우 넓다. 유약우, 『중국문학의 이론』, 이장우 역(범학사, 1978), 43~45쪽 참조.

4) 괘는 6개의 효로 이루어지는데 위의 두 효는 하늘을 상징하고 가운데의 두 효는 사람을 상징하고 아래의 두 효는 땅을 상징한다. 그리하여 이 6개의 효의 교합과 변화를 살펴 길흉을 판단한다. 따라서 인간을 포함한 우주의 변화를 천지인 삼재의 불가분적 관련성 속에서 관찰하고 있다고 볼 수 있다. 따라서 천문·지문·인문 등은 하나의 통일적인 구조로서 상보적이다.

5) 남효온, 「추강냉화」, 『대동야승』 I (민족문화 추진회, 1982), 706쪽. "得天地正氣者人 一身之主宰者心 一人心之宣泄於外者言 一人言之最精且淸者詩"

면 '천지의 도=사람의 도=마음의 도=말씀의 도=시의 도'가 된다. 다시
말하면 시는 도를 통해서 가장 알차고 맑은 말씀에 이를 수 있고, 가장 알
차고 맑은 말씀에 이를 수 있으므로 사람의 마음의 중심에 이르러 감동시
킬 수 있으며, 감동시킬 수 있으므로 마침내는 천하의 움직임을 고무할
수 있게 된다는 뜻이다.

그렇다면 시에서 도는 본질적으로 어떠한 성질을 지닌 것이며 어떻게
드러날 수 있다는 말인가. 도의 체용이라 할 수 있는 태극의 상징적 혹은
시학적 의미를 『논어』는 다음과 같이 비유적인 어법을 통하여 아주 간명
하게 기록하고 있다.

> 자하: '귀여운 보조개 어여쁜 웃음이여. 눈동자도 선명한 아름다운
>   눈이여. 흰 바탕 위에 그림 그리네.' 이것은 무엇을 말하는 것
>   입니까?
> 공자: 그림 그리는 일은 흰 바탕이 마련된 뒤에야 이루어진다는 말
>   이다.
> 자하: 예(禮)는 뒤에 온다는 말씀입니까?
> 공자: 나를 일깨워 주는 사람은 상商이로다. 이제야 함께 시를 논
>   할 만하구나.6)

---

6) 『논어』, 「팔일」 "子夏問曰 巧笑倩兮 美目盼兮 素以爲絢兮 何謂也 子曰 繪事後素 曰
   禮後乎 子曰 起予者商也 始可與言詩已矣" 이에 대한 주자의 주는 다음과 같다. "회사
   (繪事)는 그림 그리는 일이다. 후소(後素)는 흰 바탕(비단)을 마련한 뒤라는 뜻이다.
   주례(周禮)의 고공기에 '그림 그리는 일은 흰 비단을 마련한 뒤에 한다.'라고 하였으
   니, 먼저 흰 비단으로 바탕을 삼은 뒤에 오색의 채색을 칠하는 것이니, 마치 사람이
   아름다운 자질이 있은 뒤에야 문식을 가할 수 있음과 같은 것이다."(繪事 繪事之事
   也 後素 後於素也 考工記曰 繪畵之事 後素功 謂先以粉地爲質 而後施五彩 猶人有美質
   然後 可加文飾) "예는 반드시 충신을 바탕으로 삼으니, 이는 그림 그리는 일에 반드
   시 흰 바탕을 우선으로 삼는 것과 같다."(禮 必以忠信爲質 猶繪事 必以粉素爲先)

위의 대화는 고도의 생략과 함축으로 인하여 일견 동문서답과 같은 논리의 단절을 느끼게 한다. 그리고 '흰 바탕'이 마련된 뒤에야 그림을 그릴 수 있다고 하는 자명한 사실을 진지하게 반복하는 데에 이르러서는 무의미한 언어유희의 느낌마저 갖게 한다. 그러나 그림 그리는 일이 예禮의 행위와 동일하게 비교되는 대목에서 우리는 비로소 '흰 바탕'에 그림 그리는 일이 매우 의미심장한 비유임을 깨닫게 된다.

공자는 그림 그리는 일이 오로지 '흰 바탕' 위에 성립되고 있음을 강조하고 있다. 그리고 이 그림 그리는 일과 마찬가지로 예의 행위도 '흰 바탕'으로 비유되고 있는 모종의 근원 위에서야 비로소 성립될 수 있음을 이야기하고 있다. 그렇다면 '흰 바탕'에 동가적으로 비유되고 있는 그 근원은 무엇인가. 그것은 '예는 반드시 충신을 바탕으로 삼는다' 라는 주자의 주에 명시되어 있다. 의義, 예禮, 지智, 신信, 충忠이 근본적으로 인仁과 다르지 않고, 인은 중中, 성性, 태극과 결코 다른 것이 아니다.[7] 그러므로 충신으로 예의 바탕을 삼는다면 예가 이루어지는 그 근원은 결국 다름 아닌 도, 즉 태극임을 알 수 있다.

그림 그리는 일은 '흰 바탕' 위에 성립하고, 예의 행위는 도의 바탕, 즉 태극 위에 성립하는데, 그 양자가 동일한 논리에 따라 동가적으로 비유되고 있으므로 여기에서 '흰 바탕'은 바로 태극의 표상이라 할 수 있다. 태극은 무이유無而有이고 부동이동不動而動하는 미분적 혼론混淪으로서 만물의 근원인 일자一者다. 일자는 만물의 존재와 형상으로 나누어지기 이전의 모습이므로 순연히 통일된 무無의 모습, 즉 절대무이자 상대무인 모습

---

7) 『이정전서』(경문사 영인, 1981), 24쪽. "인의예지신 다섯 가지는 성(性)이다. 인(仁)은 전체이고 네 가지는 넷으로 갈라진 것이니 인은 체(體)다."(仁義禮智信五者性也 仁者全體 四者四支 仁體也); 『맹자』, 「진심」 하. "인(仁)이라는 것은 인(人)이다. 이것을 합하여 말하면 도(道)이다."(仁也者人也 合而言之 道也); 『근사록』(경문사 영인, 1981), 136쪽. "성(性)은 치우침이 없으므로 중(中)이라 한다"(性也無所偏倚 故謂之中)

으로 드러난다. '흰 바탕'은 아직 선과 색채에 의하여 어떤 존재나 형상을 드러내지 않고 있으므로 그것 역시 무의 모습에 상응하는 것이라 할 수 있다. 어떤 대상적인 존재나 형상으로 드러나기 이전의 '흰 바탕'인 태극은 우리의 감각을 초월한 형이상자이므로 구체적으로 감지되지 않는다. 이것이 태극이 지닌 초월성이며, 아직 오채와 형상으로 나누어지고 구분되지 않았으므로 그 순수한 '흰 바탕'의 초월적인 미분성未分性을 일컬어 태극의 전일성全一性이라고 부른다.[8]

'흰 바탕'은 스스로 자신의 모습을 드러낼 수 없지만, 선과 색채에 의하여 일정한 구도 속에 구체적인 사물의 존재와 형상이 그려질 때, 그것은 비로소 무한한 가능성 속에 열려있는 가능태로서의 자신의 편모(片貌)를 그 사물의 존재와 형상을 통해서 드러내게 된다. 그림 그리는 일에서 '흰 바탕'이 구체적인 사물의 형상을 통하여 자신을 실현시키는 것과 같이 초월적 미분성인 태극도 음양 이기로 분화되어 천지만물 속에 내재되면서 비로소 그 만물을 통하여 감각적인 존재로 나타나게 된다.

그림에서 온갖 색채와 형상들이 자신의 배후에 자신의 존재근거로서의 '흰 바탕'을 공통적으로 지니고 있듯이, 현상적으로 구별되는 천지만물역시 본질로서 내재된 하나의 태극을 공통적으로 지니고 있다. 그리하여 이 공통된 하나의 태극을 통하여 만물은 서로 다르면서 궁극적으로 같다고 하는 역설적 동일성을 획득하게 된다. 요약컨대 태극이 음양 이기로 분화되기 이전의 초월적 미분성을 일컬어 전일성이라고 한다면, 태극이 음양 이기로 분화되어 만물을 이룬 다음에 그 태극의 내재성에 의하여 야기되는 역설적 동일성은 전동성全同性이라고 부를 수 있는 것이다.[9]

---

8) 이 글에서 '전일성'이란 용어는 태극이 지닌 초월적 미분성을 가리키는 것으로서 특별히 시학적 개념으로 사용하기 위하여 필자가 채용한 용어이다. 이 용어는 뒤에 나오는 '전동성'과 상호 불가결한 상보적 짝이 되어 그 완전한 개념을 확보하게 된다.
9) '전동성'은 태극의 '초월적 내재성'이 만드는 역설적 동일성을 특별히 가리키기 위하

회화에서 '흰 바탕'과 오채의 형상을 본질적으로 분리할 수 없는 것과 같이 태극의 초월성과 내재성은 근원적으로 분리하거나 구별할 수가 없다. 다시 말하면 태극의 본질이 초월성이면서 내재성이라고 하는 사실, 즉 태극의 '초월적 내재성'이 전동성을 야기한다. 이 점이 다자는 일자 속에 포함되어 있고 일자는 다자 속에 편재한다고 하는 현묘한 도의 한 양상이라 할 수 있다.

공자와 자하의 대화로 다시 돌아가 보자. 공자는 이 대화에서 먼저 그림 그리는 일과 예의 행위를 나란히 비교하면서 태극을 '흰 바탕'으로 표상하여 양자를 일치시킨 다음에 비로소 시를 논할 수 있게 되었다고 말한다. 이는 그림 그리는 일, 즉 예술과, 예의 행위, 즉 삶이 다 같이 '흰 바탕'인 태극 혹은 도라고 하는 근원 위에서 이루어진다는 뜻이므로 삶과 예술이 결코 분리되는 것이 아님을 말하는 것과 다름없다. 다시 말하면 삶과 예술 모두가 도를 떠나서는 성립될 수 없기 때문에 흔히 이야기하듯 '인생을 위한 예술'이니, '예술을 위한 예술'이니 하는 이분법의 논리는 처음부터 성립할 수가 없다. 삶과 예술이 모두 도를 근원으로 하고 있다면, 그리고 그러한 전제 위에서 비로소 시를 논할 수 있게 되었다고 한다면, 공자의 이 말은 결국 무엇을 의미하는가. 그것은 도가 바로 예술정신이요, 나아가서 시정신임을 말하고 있는 것에 다름아니다. 도는 참다운 삶이 비롯되는 '흰 바탕'이요, 또한 그 '흰 바탕'은 모든 예술과 시의 창조적 근원인 예술정신이요 시정신인 것이다. 도라고 하는 '흰 바탕'이 바로 시정신이라면 어떠한 시문도 이와 같은 시정신을 떠나서는 성립되지 않는다.

이 글의 목적은 위에서 간략하게 살펴본 도의 전일성과 전동성의 시적 형상에 한정하여 그것들이 한국의 현대시에 어떻게 드러나고 있는지 우선 만해의 몇 편의 시를 통하여 알아보고자 하는 것이다.

여 필자가 고안한 용어이다.

2. 전일성에의 지향

태극론의 입장에서 본다면 태극으로부터 음양 이기가 생겨 나오고 그 음양 이기로부터 무수한 대립적 사물과 현상의 분화가 일어나 천지만물이 이루어졌다. 그러므로 우리가 살고 있는 이 세계는 본질적으로 음양 이기로 수렴될 수 있는 무수한 대립과 분열과 갈등을 필연적인 속성으로 지닐 수밖에 없다. 즉 세계와 자아, 의식과 대상, 주관과 객관, 있음과 없음, 선과 악, 미와 추, 밝음과 어둠, 자유와 구속, 소유와 무소유, 시간과 영원, 젊음과 늙음, 건강과 질병, 행복과 불행 등등 헤아릴 수 없이 많은 대립적 현상과 가치의 갈등 속에서 삶의 세계는 영위된다.

대립적 현상이란 거리감 혹은 거리의식이고, 이것과 저것의 거리에서 발생하는 분별의식이요 갈등의식에 다름아니다. 허정虛靜과 같은 주객합일의 순수의식과 달리 현실적이고 일상적인 심리상태는 언제나 의식과 의식대상 사이의 거리감에서 발생하는 대립과 분별의식 속에 놓여 있다. 그러기 때문에 의식과 의식대상이 이원적으로 분열하여 대립하면 의식은 대립하는 만큼 근원적으로 결핍된 존재로 남아 있을 수밖에 없고, 의식대상이 이것과 저것으로 분별되면 의식은 또한 대상이 분별되는 만큼 갈등관계에 놓여 있을 수밖에 없다. 요약하건대 결핍과 갈등은 존재와 이상의 대립관계, 혹은 바람직하지 않은 세계와 바람직한 세계의 갈등관계에서 발생한다.

인간의 욕망은 결핍과 갈등의 근본적인 해소를 향하여 부단히 움직인다. 결핍과 갈등의 구조 속에 놓여 있는 세계를 자각함과 동시에 인간은 실제로 세계를 개조하거나 생활태도를 적응시켜 나아가려고 하는 동사적 언어 혹은 실용적 언어의 지향을 보이든지, 아니면 실용적 언어의 지향을 넘어서 바람직한 세계로 곧장 나아가려는 상상적 언어의 지향을 보이게 된다. 실용적 언어의 지향을 보이든지 상상적 언어의 지향을 보이든지 간에 그것들의 목표는 한결같이 결핍과 갈등의 해소이고 바람직한 세계의 성취라고 할 수 있다. 그런데 결핍과 갈등을 만들고 이것과 저것의 분별을 만드는 대립적 거리가 커지는 것에 비례하여 실용적 언어는 무력해지고 상상적 언어는 강력해진다. 다시 말해서 상상력이란 대립적 거리를 뛰어넘어 이것과 저것을 하나로 연결하는 힘이라고 할 수 있다.

대립적 거리가 근원적으로 존재하지 않는 바람직한 세계는 물론 태극의 전일성으로 상징되는 세계다. 따라서 인간은 현실의 분열된 상대적 가치와 대립물들이 하나로 통합되어 있는, 그리고 자아와 세계가 순일하게 통합되어 완전한 전체를 이루었던 태초의 시간, 즉 태극의 전일성을 회복하고자 하는 근원적 갈망을 선험적으로 지니게 된다.10) 바로 이러한 인간의 근원적 갈망이 수많은 원시종족들의 여러 제의와 민간신앙의 제의적 행위 속에서 시간을 소거하는 상징행위로 줄기차게 반복 표현되고 있음은 이미 널리 알려진 사실이다.11)

전일성을 지향하는 이와 같은 인류의 보편적이고 근원적인 갈망에 뿌리박은 언어가 바로 상상적 언어요, 그 상상적 언어형식을 대표하는 것이 시임은 더 말할 필요가 없다. 왜냐하면 시의 언어는 세계를 서술하는 데에 있지 않고 의식과 세계가 하나의 동체로 융합되어 있는 세계를 발화와 동시에 창조하고 표현하는 데에 그 가치를 두고 있기 때문이다. 이런 의미에서 본다면 시의 언어는 전일성을 지향하는 한에서 기호를 넘어서 본질적으로 존재성을 지니고 있다고 말할 수 있을 것이다.

---

10) 태극의 전일성을 향한 인간의 근원적 갈망이라고 하는 심리학적 함의는 태극론이 우주론일 뿐만 아니라 인성론 혹은 심성론이라는 점에서 정당화된다. 태극은 심(心)의 체(體)로서 양에 해당하는 의식과 음에 해당하는 무의식이, 그리고 지(知)와 정(情)과 의(意)가 모두 통합된 개념이다.

11) 김태곤, 『한국민간신앙연구』(집문당, 1983); M. 엘리아데, 『우주와 역사』, 정진홍 역(현대사상사, 1976); M. 엘리아데, 『샤아머니즘』, 문상희 역(삼성출판사, 1979); M. 엘리아데, 『종교형태론』, 이은봉 역(형설출판사, 1981) 등 참조.

시적 상상과 감정의 가장 보편적 원천이라 할 수 있는 전일성에 대한 향수와 그리움은 모든 시작품 속에 다양한 형상으로 드러나게 된다. 그것이 배제의 원리를 통해 선명하게 양각으로 드러나거나 포괄의 원리에 따라 음각으로 드러나거나 간에, 그리고 역설과 해체적 언어에 의해서 의도적으로 왜곡되거나 생략되거나 간에 시적 의미의 기저에는 전일성의 형상이 반드시 잠복하여 있기 마련이다. 특히 우리 시의 경우 전일성에 대한 그리움은 흔히 한恨의 정서로 굴절되면서 연면히 지속되어 왔다고 볼 수 있는데, 가령 널리 알려진 다음과 같은 만해의 시는 도의 초월적 전일성이 비교적 명료하게 드러나 있는 예라 할 수 있다.

① 바람도 없는 공중에 수직의 파문을 내이며 고요히 떨어지는 오동잎은 누구의 발자취입니까

② 지리한 장마 끝에 서풍에 몰려가는 무서운 검은 구름의 터진 틈으로 언뜻언뜻 보이는 푸른 하늘은 누구의 얼굴입니까

③ 끝도 없는 깊은 나무에 푸른 이끼를 거쳐서 옛 탑 위의 고요한 하늘을 슬치는 알 수 없는 향기는 누구의 입김입니까

④ 근원은 알지도 못할 곳에서 나서 돌뿌리를 울리고 가늘게 흐르는 적은 시내는 구비구비 누구의 노래입니까

⑤ 연꽃같은 발꿈치로 가이없는 바다를 밟고 옥같은 손으로 끝없는 하늘을 만지면서 떨어지는 날을 곱게 단장하는 저녁놀은 누구의 시입니까

⑥ 타고 남은 재가 다시 기름이 됩니다. 그칠 줄 모르고 타는 나의 가슴은 누구의 밤을 지키는 약한 등불입니까

－ 한용운, 「알 수 없어요」[12]

---

12) 앞으로 한용운의 시작품 인용은 『한용운연구』(새문사, 1982)에 수록된 시집 『님의 침묵』을 사용하되, 가독성을 위해서 원문 일부의 옛 표기를 오늘날의 철자법으로 바꾸어 쓴다.

이 시의 구조와 전개는 기본적으로 수수께끼 물음의 형식을 밟고 있다. 전체가 6행으로 되어있는 이 작품은 6행이 각기 6개의 수수께끼식 물음으로 구성되어 있다. 그런데 그 6개의 수수께끼는 주제나 해답이 각기 다른 물음이 아니라 하나의 주제나 해답을 위한 각기 다른 6개의 설명방식으로 전개되는 물음으로 되어 있다. 하나의 해답은 아직 그 이름을 알 수 없거나 혹은 명명할 수 없기 때문에 의문사 '누구'로 지시할 수밖에 없는 어떤 대상이다. 그런데 일반적인 수수께끼가 그렇듯이 질문을 던지는 화자는 그 주제적 대상, 즉 해답을 잘 알고 있다. 그래서 대상을 암시하는 다양한 설명적 묘사는 매우 구체적이고 질문이 반복될수록 그 다양한 묘사의 중첩에 의하여 주제적 대상을 드러내는 초점이 자연스럽게 형성된다.

　　다양한 구체적 묘사에 의해서 주제적 대상을 향한 초점을 강화해 나가는 「알 수 없어요」의 작품구조는 조금만 더 자세히 살펴본다면 영원하고 무한한 시간과 공간의 교묘한 유합癒合을 통해서 이루어지고 있음을 알 수 있다. ①의 '오동잎'을 수식하는 전반부의 문맥적 의미가 종적인 공간의 깊이와 관련된다면, ②의 '푸른 하늘'을 수식하는 문맥은 횡적인 공간의 넓이와 관련된 표현이다. 그리고 ③의 '향기'를 수식하는 문맥이 통시적인 시간의 유구함을 드러내고 있다면, ④의 '시내'를 수식하는 문맥은 공시적인 시간의 무한함을 드러내는 표현이다.

　　여기에서 ①과 ②의 공간적 심상과 함께 제시된 '오동잎'이나 '푸른 하늘'이 그 시각적인 형태의 결정성과 부동성으로 인하여 미묘하나마 천상의 공간적 지속성이나 불변성을 암시하고 있는 반면에, ③과 ④의 시간적 심상과 함께 제시된 '향기'와 '시내'는 그 후각적이고 시청각적인 무형성과 유동성으로 인하여 지상의 시간적 전변성과 가멸성을 암시하고 있어 서로 대조적인 구도를 보여준다. 그리고 여기까지 나타나 있는 수직과 수평의 구도, 천상과 지상의 이원적 차별, 시간과 공간의 영원함과 무한함,

불변성과 전변성 등은 ⑤의 '저녁놀'을 수식하는 문맥에 이르러 상호 교차되면서 하나의 전체로서 융해되고 만다.

다시 말해서 그 일여적—如的 융해는 무한한 지상적 공간성, 즉 '가이없는 바다'를 밟고, 심원한 천상적 공간성, 즉 '끝없는 하늘'을 만지면서 순간과 영원의 양면성을 상징하는 '떨어지는 날'을 단장하는 '저녁놀'에 의해서 완성된다. 그리고 '저녁놀'은 계선界線이 불분명하고 상호 삼투적인 형상이라는 점에서, 또 머지 않아 그 본질적 속성인 어둠의 너그러움으로 만물의 차별상을 하나의 빛으로 환원시킨다는 점에서 그것은 일여적 융해를 상징하는 심상으로서 매우 적절해 보인다.

「알 수 없어요」의 시적 결구는 실상 5행까지의 묘사에 의해서 완성되었다고 볼 수 있다. 6행은 5행까지의 물음에 대한 대답을 결정적으로 암시하는 결론 부분이고 그 탐색적 물음들의 원천이 된 핵심적 사상의 요약에 불과하다. 그런데 이 6행만이 두 개의 문장으로 구성되어 있음이 주목된다. '타고 남은 재가 다시 기름이 됩니다.'라는 구절은 5행까지의 시상과 서정적 흐름의 결, 그리고 시적 분위기와 율조를 일시에 파탄시키면서 돌출하고 있다. 더구나 이 구절은 이 시의 심오한 핵심적 사상을 요약한 것으로서 지금까지 전개되어 온 구체적이고 감각적인 대상의 묘사로부터 일시에 관념적이고 형이상학적인 의미의 상징적 표현으로 반전하고 있다. 또 거두절미한 채 단도직입적으로 내던져진 그 구절도 파격적인 역설로 제시되고 있다. 이와 같은 시적 파행과 돌출성을 완화하여 시의 전체적 통일성을 조성하기 위해서는 불가피하게 파행 이전의 시적 전개와 동질적인 물음을 부가할 수밖에 없었을 것이다. 이것이 6행이 두 개의 문장으로 구성된 까닭이다.

'타고 남은 재가 다시 기름이 됩니다.'라는 이 시의 결론적 역설의 의미를 파악하기 위해서 5행까지의 구조적 의미를 좀더 밝혀보자. 이미 앞에서 분석해 본 바와 같이 5행까지 전개된 시적 의미의 공간은 시공상으로 광대한 우주를 포괄하고 있다. 우주론적 구도 위에 형상화되고 있는 것들은 생멸과 전변을 거듭하고 있는 각기 차별화된 뭇 존재자와 자연적 현상들이다. 그런데 각 시행들을 살펴보면 '~은 누구의 ~입니까'라는 구조로 되어 있다. 앞 부분 '~은'에 해당되는 문장상 주제어구가 지시하는 대상은 각기 차별화된 '오동잎' '푸른 하늘' '향기' '시내' '저녁놀' 등 구체적인 현상적 존재들이다. 그러나 뒷 부분 '누구의 ~입니까'의 '누구'는 여러 존재가 아니라 하나의 존재다. 이 '누구'는 더 말할 것 없이 시집 『님의 침묵』 전체를 관류하고 있는 님이라고 할 수 있는데, 이 작품에서 확인할 수 있는 바와 같이 그 님은 현상세계의 너머에 신비하게 가려진 채 자신의 정체를 완전히 드러내지 않고 있다. 비가시적 은폐성과 초월성으로서의 님은 다만 차별화된 천지만물의 가변적 존재, 즉 가시적 현시성 속에서 전변을 거듭하는 감각적이고 현상적인 존재들을 통해서 자신의 정체를 암시적으로 드러낼 뿐이다.

결국 님은 무수한 현상적 존재들, 즉 '오동잎' '푸른 하늘' '향기' '시내' '저녁놀' 등을 통해서 부분적으로 접근될 수 있을 뿐 그 완전한 모습은 볼 수가 없다. 이것인가 하면 이것이 아니고 저것인가 하면 벌써 저것도 아니다. 정확히 말해서 그리움의 대상인 님은 현상적 존재 전체라고 할 수 있다. 그러나 전부를 가리키는 것은 아무것도 가리키지 않는 것과 같다. 따라서 가변적이고 생성적인 감각존재들은 님을 구체적으로 부각시킨다기보다 서로가 서로를 연속적으로 상쇄시키면서 무화되고 있다고 보아야 할 것이다. 이렇게 무화된 광대한 시적 공간 속에 무수하게 생성 변화되는 현상들만 망막에 잔상을 남긴 채 가뭇없이 허공으로 사라지고 있다. 이 시의 의미론적 생성의 끝에는 우주론적 시공의 구도 위에 이와 같이 무화된 공간이, 그러나 이 무화가 절대적인 무를 가리키지 않는다는 점에서 진공묘유라고 할 수 있는 현묘한 공간만이 강조되고 전경화되어 남아 있다. 이렇게 볼 때, 님은 결국 현상적 존재 전체이면서 동시에 진공묘유가 드러내는 무 또는 공일 수밖에 없다.

불교적으로 말한다면 현상적 존재는 가아假我, 색色, 사事, 소연기所緣起 등에 해당되고, 님은 무아無我, 공空, 이리, 능연기能緣起 등에 해당된다고 할 수 있을 것이다. 그러나 불교의 존재론적 역설의 논리에 의한다면 색즉시공色即是空이고 공즉시색이며, 이사무애理事無碍요 동체이체同體異體이므로 현상 즉 실체이며 현상 즉 님이 된다. 바로 이러한 역설의 논리에 대응되는 시적 표현이 '타고 남은 재가 다시 기름이 됩니다.'라는 구절이다.

자신의 모습을 감각적 현상을 통해서 드러내면서 그 현상의 배후에 은폐성과 초월성으로서 남아있는 님, 즉 차별상과 분별성을 뛰어넘은 무 또는 공은 앞에서 이야기한 바 있는 '흰 바탕'과 같은 것이라 할 수 있다. 이 '흰 바탕'이라는 도의 전일성 위에서 '오동잎' '푸른 하늘' 등 감각적 존재는 비로소 현상되고 결구되어 나타날 수 있는 것이다. 이러한 양상을 그림 그리는 일에 비유해 보면 그 의미가 더욱 분명해진다. 감각적 현상 쪽에서 본다면 '오동잎' '푸른 하늘' 등이 오채五彩의 문식文飾을 통해서 스스로 자신의 존재성을 드러내는 것처럼 보이지만, '흰 바탕' 쪽에서 본다면 오히려 '흰 바탕'이 오채의 문식을 통해서 다양한 감각적 현상으로 자신의 역설적 존재성을 드러내고 있다고 볼 수 있다. 다시 말하면 역설적이게도 그림 그리는 일은 대상을 그리기 위함이 아니라, 은폐성과 초월성으로서의 '흰 바탕'이 그 대상을 통해서 보다 더 구체적인 모습으로 드러날 수 있도록 하기 위한 작업이라고 할 수 있다. 그러나 아무리 다양한 색채와 선으로 무수한 형상을 그려낸다고 하더라도 그 '흰 바탕'은 끝내 소진될 수 없을 뿐만 아니라 완결된 제 모습을 결코 드러내지 않는다. 감각적 형상들은 오히려 그 배후에 있는 '흰 바탕'의 역설적 존재성을 강조하는 부재성으로 지탱된다. 동양화의 그 압도할 듯한 표현적 여백의 전통적 기법은 바로 이와 같은 '흰 바탕'이라고 하는 도의 전일성에 대한 인식을 전제한 것이라고 볼 수 있다.

이상의 분석에서 알 수 있듯이 「알 수 없어요」에 형상화되어 있는 님은 그것이 은폐성과 초월성을 본질로 지니고 있는 한 결코 만날 수 있는 대상이 아니다. 결코 만날 수 없는 님이기 때문에, 그러나 동시에 온갖 현상을 통해서 끝없이 그 님의 '발자취'와 '입김'을 분명히 감지할 수밖에 없기 때문에, 님에 대한 그리움과 기다림은 숭고한 종교성과 영원성을 함축한 의미로 승화된다. 만해의 시적 어법을 빌린다면 종교적 의미로 승화되는 님은 자신의 '입김'을 불어 넣어 현상적 존재들을 생성시키고 있다고 볼 수 있는데, 이것은 만물을 분화시키는 도의 생성력과 그대로 일치하는 것이다. 노자는 이와 같은 도의 생성력을 이렇게 간결하게 표현하고 있다.

> 도는 빈 그릇이다. 거기에서 얼마든지 퍼내서 사용할 수 있다. 또 언제나 넘치는 일이 없다. 깊고 멀어서 천지만물의 근원을 이루고 있다.[13]

> 곡신은 죽지 않는다. 이것을 현빈玄牝이라고 한다. 현빈의 문을 천지의 근본이라고 한다. 끊임없이 길게 이어져 있어서 써도 노고함이 없다.[14]

도는 '빈 그릇'과 같은 무의 생성력으로 천지만물의 근원이 되고, 곡신, 즉 무는 죽지 않기 때문에 영원히 신비한 모성을 지닌 현빈으로서 천지의 근본이 될 수 있다는 것이다. 이와 같이 만물을 낳는 도의 생성력, 그리고

---

13)『도덕경』, 제4장. "道沖 而用之 或不盈 淵兮似萬物之宗"
14) 위의 책, 제6장. "谷神不死 是謂玄牝 玄牝之門 是謂天地根 緜緜若存 用之不勤"

시작품을 낳게 하는 궁극적인 시정신으로서의 도의 창조력은 독일의 낭만주의 철학자 셸링이 말하는 이른바 영혼으로서의 창조정신과 매우 흡사한 면이 있다. 그에 의하면 자연은 하나의 유기체로서 영혼을 지니고 있으며, 인간과 자연물을 통하여 이 영혼을 표현하려고 하는데, 그것이 가장 잘 표현된 것이 예술이라는 것이다. 그리하여 그는 모든 예술은 바로 그 영혼의 표현, 즉 영감의 표현일 뿐이며, 특히 시는 그 영감의 표현이 가장 잘 이루어진 것이라고 말하고 있다.[15] 그러나 셸링의 이러한 사상은 일종의 범신론에 가까운 것으로서 그 창조정신이라는 영혼이 일방적으로 초월성을 띠고 있을 뿐만 아니라, 자연과 인간은 그 영혼의 표현을 위한 일종의 수단에 불과하다는 점에서 일자인 도의 초월성과 다르다고 볼 수 있다. 다시 말해서 일자인 도는 능생能生이면서 소생所生이요 초월적이면서 내재적이고, 상즉상입相卽相入하여 동체이체를 이루는 것이다. 만해의 역설처럼 '타고 남은 재는 다시 기름이 됩니다.'와 같은 논리가 된다.

3. 전동성의 역설

앞에서 설명한 바와 같이 그림에 있어서 '흰 바탕'과 오채의 형상이 궁

---

15) Friedrich Wilhelm Von Schelling, "On the Relation of The Plastic Arts to Nature", Hazard Adams(ed.), Critical Theory since Plato(New York: Harcourt Brace Jovanovich, Inc., 1971), 446쪽. "가장 오래된 표현을 빌면 조형 예술은 무언의 시이다. 이 정의를 만들어 낸 이는 분명히 이 말로, 전자는 후자와 마찬가지로 정신적 사상들, 그 근원을 영혼에 두고 있는 관념들, 을 말에 의해서가 아니라 무언의 자연처럼 형체, 형상, 그리고 실체를 지닌 독자적인 작품들에 의해 표현해야 한다는 점을 의미했었다."(Plastic art, according to the most ancient expression, is silent poetry. The inventor of this definition no doubt meant thereby that thr former, like the latter, is to express spiritual thoughts—conceptions whose source is the soul; only not by speech, but, like silent nature, by shape, by form, by corporeal, independent works.)

극적으로 분리될 수 없듯이 도의 초월성과 내재성은 근원적으로 둘이 아니다. 형이상학적인 '흰 바탕'은 감각적 형상들이 아니면 자신을 실현할 수 없고 감각적 형상들은 '흰 바탕'이 없으면 자신의 존재근거를 찾을 수 없다. 바꾸어 말하면 '흰 바탕'은 곧 감각적 형상이고, 일자는 곧 다자이며, 능생能生은 곧 소생所生이며, 초월성은 곧 내재성이다. 모든 사상事象은 일자적 다자성, 능생적 소생성, 초월적 내재성 등으로 표현되는 역설적 존재성을 갖는다. 이렇게 되면 다자는 일자이므로 결국 이夷와 미微는 둘이면서 하나가 되고 '이것'과 '저것'은 각기 다른 것인 동시에 같은 것이 될 수밖에 없다. 이러한 관계를 일원적이라 하지 않고 일여적一如的이라 한다. '이것'이 없으면 '저것'도 없고 '저것'이 일어나면 '이것'도 따라서 일어난다. 사상事象이 서로 다르면서 같다고 하는 이와 같은 역설적 동일성이 바로 도가 지닌 전동성이다.

> 천지만물의 이(理)는 홀로가 아니라 반드시 상대가 있다. 이것은 모두 저절로 그러한 것이지 안배한 것이 아니다. …… 중(中)이란 글자는 가장 알기 어려운 것이니 모름지기 직관적으로 알아낼 것이다.16)

> 천하 사람들이 다 아름다운 것을 아름답다고 알지만 그것은 추악한 것이 있기 때문일 뿐이다. 다 착한 것을 착하다고 알지만 그것은 착하지 않은 것이 있기 때문일 뿐이다. 그런 까닭에 있는 것과 없는 것은 서로 낳는 것이고 어려운 것과 쉬운 것은 서로가 성립시키는 것이다. 긴 것과 짧은 것은 서로 비교되어 형태를 드러내기 때문에 생기는 것이며, 높은 것과 낮은 것은 높고 낮음의 기울기로 서로를 비추기 때문에 생기는 것이다. 음音과 성(聲)은 서로가 있어야 조화를 이루고, 앞과 뒤는 앞이 있어야 뒤가 따르고 뒤가 있어야 앞이 따를 수 있다.

---

16) 『근사록』, 151~153쪽. "天地萬物之理 無獨必有對 皆自然而然 非有安排……中字最難識 須是黙識心通"

그런 까닭에 성인은 작위함이 없이 일을 처리하고 말하지 않고 가르침을 행한다.[17]

태극의 미분성으로부터 일단 음양 이기가 분화되면 대립이 생긴다. 대립은 시공간적 존재의 본질이다. 홀로 있는 전일한 존재는 태극뿐이다. 시공간 속에 존재한다는 것은 분별되고 구별되는 거리를 지닌다는 뜻이므로 천하만물은 대립적인 상대가 있을 수밖에 없다. 그러나 대립자는 서로 다르면서도 같은 것이다. 어느 하나가 없어지면 다른 나머지도 따라서 없어진다. 그것들은 서로 생성적인 관계에 있으며 서로의 존재근거가 되고 있는 것이다. 그러므로 어느 한쪽에 치우치는 것은 허망한 짓일 뿐이다. 어느 쪽으로도 치우치지 않으면서 양자를 모두 포괄할 수 있어야만 참된 도리에 이를 수 있다. 그러나 인간의 행위는 대립적인 가치의 추구에 기울어지게 마련이고 인간의 언어는 본질상 분별하지 않을 수 없다. 기울어짐과 분별됨은 기울어지고 분별되는 만큼의 결핍을 초래하고, 결핍은 욕망을 일으키기 마련이며, 욕망은 갈등과 투쟁을 야기할 수밖에 없다. 그러므로 성인은 대립이 하나로 통일된 중심을 소중히 한다. 그리고 중中의 자리, 즉 도 위에서 작위함이 없이 일하고 말하지 않고 가르친다.

전동성은 시공간적 존재의 존재구조이자 존재근거이다. 태극으로부터 우주가 생성되었다고 하는 것은 전동성이 시공간적 사상事象을 통하여 실현되었다는 뜻이고 전동성이 실현되었다는 것은 세계가 처음부터 역설적 존재구조일 수밖에 없다는 뜻이다. 따라서 역설적 존재는 하나의 일관된 시점과 체계적 설명에 의해서 파악될 수 없다. 그것은 필연적으로 상호모순적인 다면적 시점과 역설적 비유를 요구하는 것이다. 전동성이 야기하

---

17) 『도덕경』, 제2장. "天下皆知美之爲美 斯惡已 皆知善之爲善 斯不善已 故有無相生 難易相成 長短相形 高下相傾 音聲相和 前後相隨 是以聖人處無爲之事 行不言之敎"

는 이와 같은 역설이 이른바 존재론적 역설(ontological paradox)을 이루는 것이라 할 수 있다.18)

여러 번 암시된 바와 같이 전동성은 사상의 차이와 대립을 현상대로 인정하면서도 그것들이 궁극적으로 동일하다고 보는 개념이다. 이와 같이 상별相別이면서 상동相同인 전동성의 개념을 이율곡은 다음과 같이 설명한다.

> 대저 이理라는 것은 기의 주재요, 기란 것은 이가 타는 바이니, 이가 아니면 기가 뿌리박을 곳이 없고, 기가 아니면 이가 의지할 데가 없다. 이와 기는 두 물건도 아니요 한 물건도 아니다. 한 물건이 아니기 때문에 하나이면서 둘이요, 두 물건이 아니기 때문에 둘이면서 하나인 것이다. 왜 이기가 한 물건이 아니라 하는가. 이기가 비록 서로 떠나지 못하나 묘하게 합한 가운데서도 이는 이 자체가 있고 기는 기 자체가 있어 서로 섞이지 아니하므로 한 물건이 아니다. 그러면 왜 두 물건이 아니라 하는가. 이와 기는 서로 선후도 없고 떨어지고 합한 것도 없이 혼연히 되어 두 물건으로 보이지 않으므로 두 물건이 아니다. 움직임과 고요함이 끝이 없고 음과 양이 처음이 없으니 기가 비롯함이 없음은 이가 비롯함이 없는 까닭이다.19)

---

18) Philip Wheelwright, The Burning Fountain(Indiana University Press, 1968), 97~98쪽. "현실은 논리적 담론이 재현하는 것만큼 원래부터 윤곽이 뚜렷한 것이 아니다. 그리고 논리학자의 전략은 윤곽이 뚜렷하거나 비교적 뚜렷한, 현실의 양상들과 현실 내에서의 관계들을 강조하는 것이다.……존재론적 역설은 탐색적 가능성들을 암시하는 데 있어서 너무 신비스럽고 너무 다면적이어서 현저한 왜곡없이는 그 절반도 개별적으로 단언될 수 없는 어떤 초월적 진리를 표현한다."(Reality is not natively as clear-cut as logical discourse would represent it, and the strategy of the logician is to stress those aspects of it and those relations within it that are clear-cut or comparatively so.……An ontological paradox expresses some transcendental truth which is so mysterious and so many-sided in its suggestions of explorative possibilities that neither half of it could be affirmed separately without gross distortion.)

19) 『율곡전서』, 1권(성대대동문화연구원 영인, 1978), 197쪽. "夫理者氣之主宰也 氣者理之所乘也 非理則氣無所根柢 非氣則理無所依著 卽非二物又非一物 非一物故一

이는 기가 없으면 의지할 데가 없어 드러날 수가 없으며, 기는 이가 없으면 뿌리박을 데가 없어 홀로 설 수가 없다고 한다. 그러면서도 그것들은 하나라고 할 수도 없고 둘이라고 할 수도 없다는 것이다. 그러므로 그것은 일이이一而二, 즉 하나이면서 둘이고, 이이일二而一, 즉 둘이면서 하나라고 할 수밖에 없다.

시정신은 바로 전일성이다. 시적 세계관이 이 전일성을 지향하는 데에 있는 한 시는 전동성의 표현을 필연적인 본질로 지닐 수밖에 없다. 왜냐하면 비동일성과 동일성을 동시에 포괄하는 전동성의 개념은 '둘이면서 하나'라고 할 때의 그 '둘'에서 성립한다기보다 둘 사이의 동일성, 즉 '하나'를 발견하는 데에서 성립하는 것이며, 서로 다른 이것과 저것이 '하나'임을 발견하여 나가는 일은 결국 전일성이라는 이념을 지향하는 것에 불과하기 때문이다.

시가 전일성을 지향하는 한 시적 언술의 본질은 전동성의 표현일 수밖에 없고, 시가 전동성을 드러내고자 하는 한 모든 시적 언술은 근본적으로 역설이 될 수밖에 없다. 전동성은 역설이 발생하는 근원이다. 그래서 시는 역설에서 시작하여 역설로 끝난다. 게다가 시가 상상적 언어라는 점은 시적 언술의 본질이 전동성의 표현이며 역설이라고 하는 사실을 더욱 필연적이고 확고부동한 것으로 확인시켜 준다. 상상력은 대립과 차별성을 뛰어넘어 사물과 사물을 하나로 연결하고 통합하는 힘이기 때문이다. 다시 말하면 상상력 자체가 바로 역설이고 전동성의 표현이다.

시적 언술은 무수한 겹겹의 역설로 감싸여 있다. 이제 지금까지 설명한 전동성이 아주 논리적인 시적 진술을 통해서 나타나 있는 다음의 시를 보자.

而二 非二物故二而一也 非一物者 何謂也 理氣雖相離不得 而妙合之中 理自理 氣自氣 不相挾雜 故非一物也 非二物者 何謂也 雖曰 理自理 氣自氣 而混淪無間 無先後無離合 不見其爲二物 故非二物也 是故動靜無端 陰陽無始 理無始 故氣亦無始也"

나는 어느날 밤에 잠없는 꿈을 꾸었습니다.

「나의 님은 어데 있어요 나는 님을 보러 가겠습니다. 님에게 가는 길을 가져다가 나에게 주셔요 검이여」

「너의 가려는 길은 너의 님이 오려는 길이다. 그 길을 가져다 너에게 주면 너의 님은 올 수가 없다.」

「내가 가기만 하면 님은 아니 와도 관계가 없습니다.」

「너의 님의 오려는 길을 너에게 갖다 주면 너의 님은 다른 길로 오게 된다. 네가 간대도 너의 님을 만날 수가 없다.」

「그러면 그 길을 가져다가 나의 님에게 주셔요.」

「너의 님에게 주는 것이 너에게 주는 것과 같다. 사람마다 저의 길이 각각 있는 것이다.」

「그러면 어찌하여야 이별한 님을 만나보겠습니까.」

「네가 너를 가져다가 너의 가려는 길에 주어라. 그리하고 쉬지 말고 가거라.」

「그리 할 마음은 있지마는 그 길에는 고개도 많고 물도 많습니다. 갈 수가 없습니다.」

검은 「그러면 너의 님을 너의 가슴에 안겨 주마」하고 나의 님을 나에게 안겨 주었습니다.

나는 나의 님을 힘껏 껴안았습니다.

나의 팔이 나의 가슴을 아프도록 다칠 때에 나의 두 팔에 베어진 허공은 나의 팔을 뒤에 두고 이어졌습니다.

— 한용운, 「잠없는 꿈」

만해 한용운의 시집 『님의 침묵』 전체가 형이상적 역설로 구성되어 있다고 하는 것은 이미 널리 알려진 사실이다. 또 만해의 시처럼 철저하게 역설적인 인식 위에서 이루어진 시작품을 일관되게 산출해 낸 시인도 우리 시문학사에서는 만해 외에 더 찾아볼 수가 없다.

만해의 시가 엮어내고 있는 무수한 역설은 한 마디로 말해서 불교의 독특한 본체론에서 기인한다고 볼 수 있다.[20] 불교의 본체론 혹은 존재론이 지니는 역설과 심오한 진리를 시의 형식을 빌어 형상화한 것이 바로 만해의 시이다. 이런 점에서 만해의 시에는 도의 전동성과 그 역설이 가장 노골적으로 그리고 철저하고 다양하게 드러나 있다고 볼 수 있다.

앞에 인용한 「잠없는 꿈」은 우선 제목부터가 선명한 역설이다. 그리고 이 시는 형이상적 관념과 역설이 강조된 나머지 구체적인 시적 형상화의 아름다움은 전혀 찾아볼 수가 없다. 그러나 다양한 시적 형상의 의장에 의해서 표현하지 않고 직설적 진술이 갖는 분명한 논리에 의해서 표현하고 있으므로 오히려 '님'의 정체와 그 '님'과의 관계를 파악하기는 아주 용이해진 셈이다.

이 시의 내용은 화자가 '검'과 주고받는 대화로 구성되어 있는데, 그 대화의 내용을 크게 나누어 말한다면 결국 다음과 같은 세 개의 의미단위로 요약된다.

> 1) 내가 '님에게 가는 길'과 님이 '나에게 오는 길'은 하나다.
> 2) '길'을 '님에게 주는 것'과 '나에게 주는 것'은 같다.
> 3) 님을 만나기 위해서는 나는 나의 길과 하나가 되어 쉬임없이 가
>   야 한다.

여기에서 1)이 의미하는 바는 결국 길이 하나밖에 없다는 뜻이다. 하나밖에 없는 이 유일한 길로 내가 님에게 갈 수도 있고 님이 나에게 올 수도 있다. 그러므로 그 길을 나에게 주면 님이 올 수가 없고 님에게 주면 내가 갈 수가 없다. 따라서 2)의 의미와 같이 길을 님에게 주는 것과 나에게 주는

---

20) 불교의 존재론이 갖는 역설성과 비교하여 만해시의 역설을 「님의 침묵」을 중심으로 논의한 업적으로는 오세영의 「침묵하는 님의 역설」, 『국문학논문선』(민중서관, 1977)이 있다.

것은 어느 경우에나 나와 님이 오거나 갈 수 없다는 점에서 같은 것이다. 그러나 이것은 모순이다. 하나밖에 없는 길이라면 그 길로 내가 가거나 님이 오거나 반드시 둘은 만나야 함에도 불구하고 '너의 님이 오려는 길을 너에게 갖다주면 너의 님은 다른 길로 오게 된다. 네가 간대도 너의 님을 만날 수가 없다.'라고 말하기 때문이다.

분명히 길은 하나라고 말하면서도 또 님이 오는 '다른 길'이 있음을 말하면서 '네가 간대도 너의 님을 만날 수가 없다.'라고 하는 것은 도대체 무슨 뜻인가. 길은 하나이면서 동시에 또 다른 길이 있다고 하는 것은 길은 하나이면서 둘이라는 뜻이다. 길이 하나이면서 둘이라고 하는 것은 그 길이 처음과 끝이 있는 직선적인 길이 아니라 처음과 끝이 맞물려 있는 순환적인 길임을 뜻하는 것이다. 순환적인 길이라면 앞으로 가는 길과 뒤로 돌아오는 길은 서로 다르면서도 궁극적으로는 같은 길이 될 수밖에 없다. 그래서 내가 님을 만나기 위해 앞으로 가면 님은 뒤로 돌아오는 '다른 길'로 오는 것이다.

그렇다면 님은 어떻게 만날 수 있는가. '너를 가져다가 너의 가려는 길에 주어라. 그리하고 쉬지 말고 가거라'하고 '검'은 말한다. 다시 말하면 님을 만나기 위해서 나는 길과 하나가 되어야 하고 그 길을 쉬임없이 가야 한다는 것이다. 이 말은 님과 길이 결코 다르지 않고 또한 나와 길이 결코 다르지 않다는 뜻이다. 길이 하나이면서 둘이듯이 님과 길은 둘이면서 하나이고, 나와 길도 둘이면서 하나이다. 따라서 나와 님도 둘이면서 하나가 될 수밖에 없다. 나와 님과 길은 서로 상보적이기도 하고 서로의 존재조건이기도 하고 궁극적으로는 하나의 단일존재이기도 하다. 바꾸어 말하면 이이일二而一이요 일이이一而二인 전동성의 역설이다.

(1985년 전국국어국문학회 발표논문 「만해 시의 도의 형상화」 일부)

김영석 연보 · 저서

1945년 3월 21일 김해(金海) 김씨(金氏) 재남(裁南)과 영월(寧越) 신씨(辛
氏) 옥순(玉順)을 부모로 하여 6남매 중 장남으로 전북 부안군 동진
면 본덕리에서 출생. 이곳에서 초등학교 5학년을 마치고 전주에서
하숙하며 완산국민학교, 전주북중학교 졸업.

1961년 전주고등학교 2학년 때 휴학하고 전북 부안군 마포 앞 바다의 원불
교 수양소인 하도(荷島)에서 1년간 독거.

1964년 전주고등학교 졸업. 전주 남고산성의 삼경사(三擎寺)에서 몽석실
(夢石室)이란 당호를 달고 1년간 독거.

1969년 경희대학교 문과대학 국어국문학과 졸업.

1970년 동아일보 신춘문예에 시 '방화' 당선. 육군 보병 입대.

1972년 10월 28일 달성(達城) 서씨(徐氏) 미원(美源)과 결혼.

1974년 한국일보 신춘문예에 시 '단식' 당선. 서울 연서중학교 교사 부임.
장남 호종(昊鐘) 출생.

1975년 경희대학교 대학원 국문학과 석사과정 졸업.

1976년 상명여사대 부속고등학교 교사 부임. 딸 나래 출생.

1981년 경희대학교 문과대학 강사로 부임. 월간문학 신인문학상에 문학평론 '도덕의식의 사물화' 당선. 9월에 경희대학원 박사과정 입학.

1985년 박사학위 취득하고 배재대학교 국어국문학과 조교수 취임.

1988년 역서『구운몽』(학원사) 출간.

1989년 배재대학교 국어국문학과 부교수 취임. 공저『문학의 이해』(시인사) 출간. 역서『삼국유사』(학원사) 출간.

1992년 제1시집『썩지 않는 슬픔』(창작과비평사) 출간.

1994년 배재대학교 국어국문학과 정교수 취임.

1995년 미국 미시간 주립대학 초청 공식 방문. 국제학술원(ISP) 위원으로 위촉됨.

1996년 교육부의 연구비 지원을 받고 경희대 민속학 연구소 교환교수로 연구.

1997년 공저『문학의 길』(한국문화사) 출간.

1999년 논저『도의 시학』(민음사),『한국 현대시의 논리』(삼경문화사) 출간. 제2시집『나는 거기에 없었다』(시와시학사) 출간. 시집『나는 거기에 없었다』로 제4회 시와시학상 본상 수상.

2000년 논저『도와 생태적 상상력』(국학자료원) 출간.

2002년 공저『문학의 이해와 감상』(창과현)

2003년 제3시집『모든 돌은 한때 새였다』(시와시학사) 출간. 편저『한국 현대시 작품사』(창과현) 출간.

2004년 편저『한국 현대소설 작품사』1, 2(배재대 국문학회) 출간.

2006년 논저『새로운 道의 시학』(국학자료원) 출간.

2007년 제4시집『외눈이 마을 그 짐승』(문학동네) 출간.

2008년 전북 부안 변산으로 낙향하여 능가산 기슭 세설헌(洗雪軒)에서 산촌생활을 시작함. 제4시집『외눈이 마을 그 짐승』으로 제18회 편운문학상 본상 수상.

2011년 사설시집『거울 속 모래나라』(황금알) 출간. 제5시집『바람의 애
벌레』(시학) 출간.

2012년 시론집『한국 현대시의 단면』(국학자료원) 출간. 시선집『모든 구
멍은 따뜻하다』(황금알) 출간.

2012년 배재대학교 정년퇴임.

2014년 논저『시의 의식현상』(국학자료원) 출간.

2014년 제6시집『고양이가 다 보고 있다』(천년의시작) 출간.

2015년 자작시 해설집『말을 배우러 세상에 왔네』(황금알) 출간.

2016년 전자책『눈물 속에는 섬이 있다』(창과현),『거기 고요한 꽃이 피어
있습니다』(창과현) 출간.

2017년 전자책『외눈이 마을』(창과현) 출간.

현재 배재대학교 인문대학 명예교수.

시집

『썩지 않는 슬픔』(창작과 비평사, 1992)

『나는 거기에 없었다』(시와시학사, 1999)

『모든 돌은 한때 새였다』(시와시학사, 2003)

『외눈이 마을 그 짐승』(문학동네, 2007)

『거울 속 모래나라』(황금알, 2011)

『바람의 애벌레』(시학, 2011)

『모든 구멍은 따뜻하다』(황금알, 2012)

『고양이가 다 보고 있다』(천년의시작, 2014)

『눈물 속에는 섬이 있다』(전자책, 창과현, 2016)

『거기 고요한 꽃이 피어있습니다』(전자책, 창과현, 2016)

『외눈이 마을』(전자책, 창과현, 2017)

학술서

『도의 시학』(민음사, 1999)

『한국 현대시의 논리』(삼경문화사, 1999)

『도와 생태적 상상력』(국학자료원, 2000)

『새로운 道의 시학』(국학자료원, 2006)

『한국 현대시의 단면』(국학자료원, 2012)

『시의 의식 현상』(국학자료원, 2014)

『문학의 이해』, 공저(시인사, 1989)

『문학의 길』, 공저(한국문화사, 1997)

『문학의 이해와 감상』, 공저(창과현, 2002)

자작시 해설집 『말을 배우러 세상에 왔네』(황금알, 2015)

번역서

『구운몽』(학원사, 1988)

『삼국유사』(학원사, 1989)

편저

『한국 현대시 작품사』(창과현, 2003)

『한국 현대소설 작품사』1권 2권(배재대 국문학회, 2004) 외 대학교재 다수.

연구서지

1. 단행본

배재대학교 현대문학회 엮음, 『김영석 시의 세계』(국학자료원, 2012)

강희안 엮음, 『김영석 시의 깊이』(국학자료원, 2017)

이선준 지음, 『김영석 · 강회안 시의 창작 방법론』(국학자료원, 2017)

2. 논문 · 평문

김 현, 「훈련과 극복」, 『서울평론』 11호(서울신문사, 1974)

황동규, 「절망을 씨앗으로 환원하는 의지」, 『동아일보』(1974, 2, 13)

강정중 역편, 세계 시선집 11, 『한국현대시집』(동경: 토요미술사, 1987)

남진우, 「별과 감옥의 상상체계」, 『현대시』(1993, 12)

김이구, 「허무에 이르지 않는 절망」, 『오늘의 시』 10호(1993)

이형기, 「종말론적 상상력과 현대적 감수성」, 『현대문학』(1993, 7)

이숭원, 「절제의 미학과 비극적 세계인식」, 『현대시와 삶의 지평』(시와시학
　　　사, 1993)

――――, 「정갈하고 신선한 이야기체 시형식」, 『주간조선』(1993, 1, 2)

이문재, 「23년만에 첫시집 『썩지 않는 슬픔』」, 『시사저널』(1993, 1, 21)

이가림, 「사람다운 삶의 쟁취를 위한 시」, 『녹색평론』 9호(1993, 3)

한 무, 「내려다보는 세상, 그 스산함과 적막함」, 『배재신문』(1993, 3, 23)

임순만, 「외로운 시작의 따뜻함」, 『문학 이야기』(세계사, 1994)

최동호, 「삶의 슬픔과 뿌리의 약」, 『삶의 깊이와 시적 상상』(민음사, 1995)

조재윤, 「시어의 통계적 분석」, 『인문논총』 9집(배재대학교, 1995)

이명재, 「탈식민주의와 한국의 전통비평」, 『문학비평의 이론과 실제』(집문
　　　당, 1997)

김명환, 「김영석 시 연구」, 『배재문학』(1997)

신범순, 「시인에게 울려오는 삶의 기호들」, 『문학사상』(1999, 10)

채진홍, 「우주 · 생명 · 시를 찾아서」, 『작가연구』(1999, 7, 8호)

이숭원, 「존재의 확인, 존재의 부정」, 『현대시학』(1999, 10)

박주택, 「언어와 인식의 형상으로서의 세계」, 『현대시학』(1999, 10)

유종호, 「넉넉함과 독특한 호소력, 열정」, 『시와시학』(1999, 겨울호)

오세영, 「시적 진정성과 치열성」, 『시와시학』(1999, 겨울호)

김재홍, 「시인정신과 외로움의 깊이」, 『시와시학』(1999, 겨울호)

이윤기, 「산이라면 넘어주고 강이라면 건너주마」, 『시와시학』(1999, 겨울호)

송기한, 「해체적 감각과 사물의 재인식」, 『시와시학』(1999, 겨울호)

박윤우, 「삶을 묻는 나그네의 길」, 『시와시학』(1999, 겨울호)

고봉준, 「위기를 넘어서는 운명의 언어」, 『시와시학』(2000, 봄호)

고찬규, 「허공에 집 짓기, 아니 맨땅에 헤딩하기」, 『현대시학』(2000, 2월호)

이승하 외, 「좋은 시」, 『시안』(2001, 가을호)

김재홍, 「평안의 시학을 위하여」, 『문학사상』(2002, 12월호)

조희봉, 「시인 김영석」, cafe.daum.net/ecocafe(2003, 11)

김교식, 「환상성의 체험과 두타행, 그리고 바람」, 『시와상상』(2004, 상반기)

송기한, 「오랜 시간 속 신이 된 자리에서 흔적 찾기」, 『시와 정신』(2004, 가을호)

김석준, 「깨달음의 높이와 심연－문자의 안과 밖」, 『문학마당』(2005, 겨울호)

───, 「진정성에 관한 포즈」, 『시와 정신』(2005, 겨울호)

김홍진, 「선적 상상력과 정신의 높이」, 『한남어문학』(2006, 30집)

───, 「선, 성찰, 상처의 풍경」, 『부정과 전복의 시학』(역락, 2006)

강희안, 「엄격한 자유인의 초상」, 『현대시』(2007, 11월호)

조해옥, 「낯설고 생생한 사물의 빛을 보다」, 『서정시학』(2007, 여름호)

이만교, 「삶의 비극성과 비장미－『썩지 않는 슬픔』」, 『문예비전』(2008, 51호)

박송이, 「깊이와 높이의 시학－『외눈이 마을 그 짐승』」, 『시와정신』(2008, 봄호)

고인환, 「성숙한 젊음의 몇 가지 표정」, 『불교문예』(2008, 봄호)

조미호, 「김영석 시 창작법 연구」(석사학위 논문, 단국대학교 대학원, 2008)

김현정, 「관상과 직관의 미학」, 『시에』(2008, 여름호)

박선경, 「결여를 획득하는 시어」, 『시에티카』(2009, 창간호)

안현심, 「허정의 상상력」, 『진안문학』(2010)

호병탁, 「존재와 소속 사이의 갈등」, 『문학청춘』(2011, 여름호)

오홍진, 「이야기에 들린 시인의 노래」, 『시와환상』(2011, 창간호)

임지연, 「역사의 존재론적 현상학」, 『미네르바』(2011, 가을호)

안현심, 「고원에서의 삼중주」, 『유심』(2011, 여름호)

이형권, 「바람의 감각과 실재의 탐구」, 『바람의 애벌레』(시학, 2011)

김석준, 「꿈 알레고리와 여율의 변증법」, 『문학마당』(2011, 겨울호)

안현심, 「텅 빈 고독과 우주적 전일성」, 『다층』(2011, 겨울호)

김옥성, 「환상소설과 시의 실험적 결합」, 『시와경계』(2011, 여름호)

조운아, 「직관과 서정에 깃든 원융함」, 『시와시학』(2011, 겨울호)

유성호, 「언어 너머의 언어, 그 심원한 수심」, 『모든 구멍은 따뜻하다』(황금
　　　　알, 2012)

김석준, 「의식의 연금술: 환멸에서 깨달음으로」, 『시와경계』(2012, 봄호)

박호영, 「텅 비움을 통한 일여적 통찰」, 『시와문화』(2012, 봄호)

호병탁, 「무문관 너머를 응시하는 형이상의 눈」, 『시문학』(2012, 4, 5)

정효구, 「고요의 시인, 침묵의 언어」, 『김영석 시의 세계』(국학자료원, 2012)

신범순, 「맑은 거울을 향한 사색」, 『김영석 시의 세계』(국학자료원, 2012)

신덕룡, 「길에서 바람으로의 여정」, 『김영석 시의 세계』(국학자료원, 2012)

김유중, 「도(道)·역(易)·시(詩)」, 『문학청춘』(2012, 여름호)

전정구, 「언어의 진창이자 절창인 두엄밭의 시」, 『서정시학』(2012. 여름호)

안현심, 「김영석의 '사설시' 연구」, 『한국언어문학』 89집(2014. 6)

───, 「김영석 시의 형식과 기법」, 『한국언어문학』 91집(2014. 12)

홍용희, 「무위 혹은 생성의 허공을 위하여－김영석의 시세계」, 김영석, 『고양
　　　　이가 다 보고 있다』(천년의시작, 2014) 해설

이덕주, 「'거기가 여기'라는 물음에 대해」, 『시와경계』(2014. 겨울호)

김정배, 「아슴아슴 아롱아롱 덜미잡힌 것들의 아우라」, 『문예연구』(2014. 겨
　　　　울호)

최서림, 「김영석, 서정에 대한 고정관념에 도전하다」, 『시와미학』(2015, 봄호)

오홍진, 「무량(無量)한 마음의 에로티즘」, 『시와미학』(2015, 봄호)

이덕주, 「극점에서 빚는 무주(無住)의 세계」, 『시와미학』(2015, 봄호)

강희안, 「김영석 시의 심층생태학적 윤리 의식 연구」, 『비평문학』 57집(2015. 9)

남기택, 「거울나라의 사설」, 『김영석 시의 깊이』(국학자료원, 2017)

이경철, 「서정과 형이상학적 교감을 위한 길 없는 길」, 『김영석 시의 깊이』(국학자료원, 2017)

이선준, 「새로운 형식의 시창작 방법론 연구」(석사학위 논문, 배재대학교 대학원, 2016)

엮은이 강희안

1965년 대전 출생하여 배재대 국문과 졸업 및 동대학원에서 석사과정을 졸업
했다. 1990년『문학사상』신인 발굴에 시「목재소에서」외 4편의 시가 당선되
어 문단에 나왔으며, 2002년 8월 한남대 대학원에서「신석정 시 연구」로 문학
박사 학위를 받았다. 시집으로『지나간 슬픔이 강물이라면』,『거미는 몸에 산
다』,『나탈리 망세의 첼로』,『물고기 강의실』,『오리의 탁란』(시선집) 등이 있
으며, 논저로『석정 시의 시간과 공간』,『새로운 현대시작법』,『고독한 욕망
의 윤리학』,『새로운 현대시론』등. 이밖에 공저로『현대문학의 이해와 감상』,
『문학의 논리와 실제』,『유쾌한 시학 강의』와 편저로『한국 시의 전당 헌정시
100선집』,『2016 올해의 시』,『김영석 시의 깊이』등이 있다. 현재 배재대학
교 주시경교양대학 교수.

김영석 시의 깊이

초판 1쇄 인쇄일	2017년 3월 26일
초판 1쇄 발행일	2017년 3월 27일

엮은이	강희안
펴낸이	정진이
편집장	김효은
편집/디자인	김진솔 우정민 백지윤 문진희 박재원
마케팅	정찬용 정구형
영업관리	한선희 이선건 최인호 최소영
책임편집	우정민
인쇄처	국학인쇄사
펴낸곳	국학자료원 새미(주)
	등록일 2005 03 15 제25100-2005-000008호
	서울특별시 강동구 성안로 13 (성내동, 현영빌딩 2층)
	Tel 442-4623 Fax 6499-3082
	www.kookhak.co.kr
	kookhak2001@hanmail.net

ISBN	979-11-87488-54-5 *93800
가격	19,000원

* 저자와의 협의하에 인지는 생략합니다.
  잘못된 책은 구입하신 곳에서 교환하여 드립니다.
  국학자료원・새미・북치는마을・LIE는 국학자료원 새미(주)의 브랜드입니다.
* 이 도서의 국립중앙도서관 출판예정도서목록(CIP은 서지정보유통지원시스템 홈페이지(http://seoji.nl.go.kr)와 국가자료공동목록시스템
  (http://www.nl.go.kr/kolisnet)에서 이용하실 수 있습니다.(CIP제어번호: CIP2017006620)